BODAS DE SANGUE

PIERRE LEMAITRE

BODAS DE SANGUE

TRADUÇÃO
ZÉFERE

2ª EDIÇÃO

Copyright © 2009 Calmann-Lévy
Copyright desta edição © 2019 Editora Gutenberg

Título original: *Robe de marié*

Publicado anteriormente no Brasil em 2013, pela Editora Vestígio, um selo do Grupo Autêntica, sob o título *Vestido de noivo*.

Todos os direitos reservados pela Editora Gutenberg. Nenhuma parte desta publicação poderá ser reproduzida, seja por meios mecânicos, eletrônicos, seja via cópia xerográfica, sem a autorização prévia da Editora.

EDITORA RESPONSÁVEL
Rejane Dias

EDITORA ASSISTENTE
Carol Christo

PREPARAÇÃO
Kátia Trindade

REVISÃO
Mariana Faria
Renato Potenza Rodrigues

CAPA
The Picture Production Company

ADAPTAÇÃO DE CAPA ORIGINAL
Diogo Droschi

DIAGRAMAÇÃO
Larissa Carvalho Mazzoni

Dados Internacionais de Catalogação na Publicação (CIP)
Câmara Brasileira do Livro, SP, Brasil

Lemaitre, Pierre
　　Bodas de sangue / Pierre Lemaitre ; tradução Zéfere.
– 2. ed. – Belo Horizonte : Editora Gutenberg, 2019.

　　Título original: Robe de marié.
　　ISBN 978-85-8235-606-7

　　1. Ficção policial e de mistério (Literatura francesa)
I. Título.

19-28426　　　　　　　　　　　　CDD-843.0872

Índices para catálogo sistemático:
1. Ficção policial e de mistério :
Literatura francesa 843.0872

Cibele Maria Dias - Bibliotecária - CRB-8/9427

A **GUTENBERG** É UMA EDITORA DO **GRUPO AUTÊNTICA**

São Paulo
Av. Paulista, 2.073, Conjunto Nacional, Horsa I
23º andar . Conj. 2310-2312
Cerqueira César . 01311-940 São Paulo . SP
Tel.: (55 11) 3034 4468

Belo Horizonte
Rua Carlos Turner, 420
Silveira . 31140-520
Belo Horizonte . MG
Tel.: (55 31) 3465 4500

www.editoragutenberg.com.br

*Para Pascaline, claro,
sem a qual nada disso...*

SOPHIE

Sentada no chão, as costas contra a parede, as pernas esticadas, ofegante.

Léo está completamente encostado nela, imóvel, com a cabeça no seu colo. Com uma das mãos, ela acaricia seus cabelos; com a outra, tenta enxugar os olhos, mas com uma grande desordem nos gestos. Chora. Os soluços às vezes se transformam em gritos; começa a berrar, algo que vem do ventre. A cabeça pende para um lado, para o outro. Às vezes a aflição é tão intensa que ela bate contra a parede a parte de trás da cabeça. A dor lhe traz um pouco de reconforto, mas, logo, dentro dela, tudo desmorona de novo. Léo é muito tranquilo, ele não se move. Ela baixa os olhos, olha para ele, aperta a sua cabeça rente ao ventre e chora. Ninguém pode imaginar o tamanho da sua infelicidade.

1

Nessa manhã, como em tantas outras, ela acordou em prantos, com um nó na garganta, mesmo sem ter nenhuma razão em particular para estar preocupada. Na sua vida, as lágrimas não são nada de excepcional: chora todas as noites desde que ficou louca. De manhã, caso não sentisse o rosto encharcado, poderia até pensar que suas noites são tranquilas e seu sono é profundo. De manhã, o rosto banhado em lágrimas e o aperto na garganta são meros detalhes.

Desde quando? Desde o acidente de Vincent? Desde sua morte? Desde a primeira morte, bem antes?

Ela endireitou-se sobre um dos cotovelos. Enxuga os olhos no lençol, tateando à procura dos cigarros e, não os encontrando, de repente percebe onde estão. Tudo lhe vem à cabeça, os acontecimentos da véspera, da noite... Ela se lembra, de repente, de que precisa ir embora, deixar aquela casa. Levantar-se e ir embora, mas fica ali, pregada na cama, incapaz de fazer o mínimo gesto. Esgotada.

Quando ela finalmente consegue sair da cama e ir até a sala, encontra a senhora Gervais sentada no sofá, tranquila, inclinada sobre o seu teclado.

– Tudo bem? Descansada?

– Tudo bem. Descansada.

– Pela sua cara, não parece.

– Eu sempre fico assim de manhã.

A senhora Gervais salva o arquivo e fecha seu laptop.

– Léo ainda está dormindo – diz ela, já se dirigindo com um passo firme ao cabideiro. – Eu estava com medo de acordá-lo, então preferi não entrar no quarto. Como ele não tem aula hoje, é melhor que fique dormindo, assim você tem um tempinho de tranquilidade...

Não tem aula hoje. Sophie se recorda vagamente. Algo sobre uma reunião pedagógica. De pé, perto da porta, a senhora Gervais já vestiu o casaco.

– Tenho que ir agora...

Ela sente que não vai ter coragem de anunciar sua decisão. Aliás, mesmo que tivesse coragem, não teria tempo. A senhora Gervais já fechou a porta e se foi.

Hoje à noite...

Sophie ouve o barulho dos seus passos na escada. Christine Gervais nunca toma o elevador.

Tudo fica em silêncio. Pela primeira vez, desde que conseguiu aquele emprego, ela acende um cigarro ali mesmo, no meio da sala.

Põe-se a vagar pela casa. Faz lembrar uma sobrevivente de uma catástrofe, tudo o que vê lhe parece vazio. Precisa ir embora. Já não sente tanta pressa agora que está sozinha, de pé, com um cigarro na mão. Mas sabe que, por causa do Léo, precisa se preparar para ir embora. Dando um tempo para não perder o juízo, ela vai à cozinha e coloca água para ferver na chaleira elétrica.

Léo, seis anos.

Desde que o viu, pela primeira vez, ela o achou uma criança bonita. Fazia quatro meses, nessa mesma sala da rua Molière. Ele entrou correndo, parou de uma só vez diante dela e a olhou fixamente, erguendo um pouco a cabeça, o que, nele, é um sinal de intensa reflexão. Sua mãe disse simplesmente:

– Léo, como eu tinha te falado, essa é a Sophie.

Ele a observou por bastante tempo. Depois disse simplesmente: "Legal" e aproximou-se dela para cumprimentá-la com um beijo.

Léo é um menino amável, um pouco caprichoso, inteligente e terrivelmente vivo. O trabalho de Sophie consiste em levá-lo à escola pela manhã, pegá-lo no almoço e depois no fim do dia e cuidar dele até a senhora Gervais ou seu marido voltarem para casa, num horário imprevisível. Portanto, sua hora de ir embora varia entre cinco da tarde e duas da manhã. O que lhe rendeu o emprego com certeza foi sua disponibilidade: ela não tem vida pessoal, isso ficou evidente desde a primeira entrevista para o trabalho. A senhora Gervais até tentou não tirar tanto proveito da sua disponibilidade, mas as demandas do dia a dia sempre prevalecem sobre os princípios. Em menos de dois meses, Sophie se tornou uma engrenagem indispensável para a família, porque está sempre lá, sempre a postos, sempre à disposição.

O pai de Léo, um quarentão esguio, ressecado e enrugado, é chefe de serviço no Ministério das Relações Exteriores. Já sua esposa, uma mulher alta e elegante com um sorriso incrivelmente sedutor, tenta conciliar as exigências do seu cargo de estatística em uma sociedade de auditoria com aquelas que lhe cabem como mãe e mulher de um futuro secretário de Estado. Todos os dois ganham a vida muito bem. Sophie foi sábia em não ter se aproveitado disso para negociar o salário. Na verdade, sequer pensou nisso, já que aquilo que lhe propunham atendia às suas necessidades. A senhora Gervais logo aumentou o seu ordenado, no fim do segundo mês.

Já Léo, agora, só jura pelo nome dela. Ela parece ser a única que pode, sem se esforçar, obter dele o que a sua mãe levaria um bom tempo. Não se trata de uma criança mimada e exigente como um tirano, o que poderia ter-se temido, mas de um garoto calmo e que sabe escutar. Claro, ele dá suas cabeçadas, mas Sophie ocupa um lugar privilegiado na sua hierarquia, bem no topo.

Toda noite, por volta das 18 horas, Christine Gervais liga para ter notícia e dizer, num tom embaraçado, a que horas vai chegar. Sempre conversa alguns minutos com seu filho e depois com Sophie, com quem, por telefone, esforça-se para trocar umas palavras mais pessoais.

Essas tentativas não são tão bem-sucedidas: Sophie se atém, sem nenhuma vontade em especial, a generalidades formais, como o relatório do que aconteceu durante o dia, sua conversa se resumindo essencialmente a isso.

Léo é colocado na cama às 20 horas em ponto, todas as noites. Isso é importante. Sophie não tem filhos, mas tem princípios. Depois de ler uma história para ele, ela passa o resto da noite na frente da imensa televisão de tela plana que recebe praticamente todos os canais transmitidos via satélite, um presente disfarçado dado pela senhora Gervais, no segundo mês de trabalho, assim que constatou que Sophie estava sempre na frente da televisão quando ela chegava em casa, pouco importava o horário. Foram várias as vezes em que a senhora Gervais ficou espantada com aquilo, com o fato de uma mulher de 30 anos, visivelmente de boa educação, contentar-se com um emprego tão modesto e passar noites inteiras na frente de uma tela, mesmo que seja agora uma telona. Na primeira conversa entre elas, Sophie lhe disse que tinha estudado comunicação. A senhora Gervais quis saber um pouco mais e ela mencionou seu diploma universitário num curso profissionalizante, explicou, sem especificar seu cargo, que tinha trabalhado numa empresa de origem inglesa e disse ter sido casada, mas que já não era mais. Essas informações bastaram à senhora Gervais. Sophie tinha sido recomendada por uma amiga de infância, diretora de uma agência de trabalhos temporários que, por alguma razão ainda desconhecida, simpatizou com ela, numa única entrevista. E, acima de tudo, era urgente a contratação de alguém: a babá anterior tinha pedido demissão de uma hora para a outra, sem aviso-prévio. O rosto calmo e sério de Sophie inspirava confiança.

Durante as primeiras semanas, a senhora Gervais procurou sondar um pouco mais sobre sua vida, mas, com muito tato, desistiu, pressentindo que um "drama terrível e secreto" devia ter assolado a sua existência, um resquício de romantismo bastante frequente, mesmo na alta burguesia.

Como de costume, quando a chaleira elétrica dá o sinal de que a água está fervida, Sophie se encontra perdida nos seus pensamentos. No caso dela, podem durar um bom tempo, tais momentos de ausência. Seu cérebro parece se fixar em torno de uma ideia, de uma imagem, o pensamento se enrola ao redor, bem devagar, feito um inseto, e ela perde a noção do tempo. Aí, sob o efeito de uma espécie de lei da gravidade, ela cai novamente no instante presente. Então retoma sua vida lá onde a tinha interrompido, normalmente. É sempre assim.

Dessa vez, curiosamente, foi o rosto do doutor Brevet que surgiu. Há muito não pensava nele. Não era assim a imagem que tinha dele. Por telefone, imaginara um homem alto, autoritário, e ele era uma coisinha de nada, lembrava um escrevente de um tabelião, impressionado por ser autorizado a receber clientes menos importantes. Ao lado, uma estante de livros com bibelôs. Sophie queria ficar sentada. Dissera na entrada: "Não quero me deitar". O doutor Brevet fizera um sinal com a mão, como que dizendo que não havia problema algum. "Aqui, a gente não se deita", acrescentara ele. Sophie se explicara, o melhor que pudera. "Uma caderneta", decretara, enfim, o doutor. Sophie devia anotar tudo o que fazia. Podia ser que, simplesmente, fosse ela que fizesse dos seus esquecimentos uma coisa "do outro mundo". Precisava tentar ver as coisas objetivamente, dissera o doutor Brevet. Dessa forma, "você poderá medir com exatidão o que esquece, o que perde". Então Sophie tinha começado a anotar tudo. Tinha feito isso por, vai saber, três semanas... Até a sessão seguinte. E, durante esse período, quanta coisa tinha perdido! De quantos encontros tinha se esquecido e, duas horas antes de reencontrar o doutor Brevet, ela se deu conta de que tinha perdido até mesmo a sua caderneta. Impossível tê-la às mãos novamente. Já havia revirado tudo. Teria sido nesse dia que tinha trombado de novo com o presente de aniversário de Vincent? Aquele que ela tinha sido incapaz de achar na hora de lhe fazer a surpresa.

Tudo se confunde, sua vida é uma confusão só...

Ela despeja a água na caneca e termina o cigarro. Sexta-feira. Não tem aula. Normalmente, ela só fica o dia inteiro com Léo na quarta-feira e, às vezes, nos fins de semana. Leva-o para cá, para lá, dependendo dos desejos e das oportunidades. Até agora os dois se divertiram bastante, e brigaram com frequência. Enfim, tudo anda bem.

Pelo menos até que ela começasse a sentir alguma coisa meio estranha e, depois, incômoda. Não quis dar muita importância, tentou rechaçar aquilo como se fosse uma mosca, mas a sensação insistia em voltar. Seu comportamento com o garoto foi sofrendo transformações. Nada com o que se alarmar no início. Somente algo vago, silencioso, algo secreto que parecia implicar a ambos.

Até que a verdade apareceu de repente, na véspera, na praça Dantremont.

Esse fim de maio foi bem bonito em Paris. Léo quis um sorvete. Ela se sentou no banco, não se sentia bem. Primeiro atribuiu o mal-estar ao fato de que detesta mais que tudo esse lugar, porque tem que passar o tempo todo se esquivando das conversas com as mães. Conseguiu se livrar daquelas que estão sempre por lá e agora, já não tentam mais, incessantemente, abordá-la. Mas ainda tem muito que fazer em relação às menos assíduas, às novatas, às de passagem, sem contar as aposentadas. Não gosta dessa praça.

Está folheando, distraidamente, uma revista quando Léo chega e fica parado na frente dela. Olha para ela sem nenhuma intenção em particular, tomando sorvete. Ela devolve o olhar. E compreende, nesse exato momento, que não poderá esconder de si mesma o que está mais que evidente: inexplicavelmente, começou a detestá-lo. Ele continua a olhar para ela fixamente e ela enlouquece ao ver que tudo o que ele é tornou-se insuportável, seu rosto de querubim, sua boca gulosa, seu sorriso imbecil, suas roupas ridículas.

"Vamos", disse ela, como se dissesse: "Vou-me". A máquina voltou a funcionar na cabeça. Com seus brancos, suas faltas, seus vazios, seus disparates... Enquanto caminha apressada para casa (Léo reclama que está indo rápido demais), imagens desordenadas vêm atormentá-la: o carro de Vincent achatado na árvore e as luzes da polícia girando na noite, seu relógio no fundo de um porta-joias, o corpo da senhora Duguet rolando pela escada, o alarme da casa urrando no meio da noite... As imagens vão desfilando de um lado para o outro, novas imagens, antigas. A máquina da vertigem retomou seu movimento perpétuo.

Sophie perdeu a conta dos anos de loucura. Faz longa data... Por causa do sofrimento, sem dúvida, tem a impressão de que o tempo contou em dobro. Um leve declive no início e, ao fio dos meses, a impressão de estar num tobogã, descendo em alta velocidade. Sophie era casada naquela época. Era... antes de tudo isso. Vincent era um homem muito paciente. Cada vez que Sophie se lembra de Vincent, ele vem como em uma fusão de imagens cinematográficas: o Vincent jovem, sorridente, eternamente calmo, se confunde com aquele dos últimos meses, com o rosto fatigado, a tez amarelada, os olhos vidrados. No princípio do casamento (Sophie revê com exatidão o apartamento, fica até difícil imaginar como, numa mesma cabeça, podem viver juntos tantos recursos e tanta escassez), tudo era só uma distração. Este era o mote: "Sophie é distraída", mas o que a consolava é que ela sempre fora assim. Depois sua distração tinha se tornado bizarrice. E, em poucos meses, tudo desandou de uma maneira brutal. Esquecimento de compromissos, coisas, pessoas, começa a perder objetos, chaves, papéis, a reencontrá-los semanas mais tarde, nos lugares mais inusitados. Apesar da sua calma, Vincent foi aos poucos ficando nervoso. Não é difícil compreender. Depois de tanto... Esquecer a pílula, os presentes de aniversário, as decorações de Natal... É de tirar qualquer um do sério. Então Sophie começou a anotar tudo, escrupulosamente, como uma drogada em processo de recuperação. Perdeu suas cadernetas de anotação. Perdeu o carro, amigos, foi detida por roubo, seus distúrbios foram, pouco a pouco, contaminando todos os aspectos da sua vida e ela começou, como uma alcoólatra, a dissimular suas faltas, a trapacear, a mascarar, para que nem Vincent nem ninguém se desse conta de nada. Um terapeuta lhe propôs que se internasse. Recusou, até que a morte se convidou a tomar parte na sua loucura.

Sem parar de caminhar, Sophie abre a bolsa, enfia a mão lá dentro, acende um cigarro tremendo, respira fundo. Fecha os olhos. Apesar do zumbido tomando conta da cabeça e do mal-estar a deixá-la arrasada, percebe que Léo não está mais do seu lado. Ela se volta para trás e o vê lá longe, em pé no meio da calçada, de braços cruzados, com a cara fechada, recusando-se obstinadamente a andar. Vendo esse menino emburrado, com os pés grudados na calçada, ela é subitamente tomada por uma raiva terrível. Volta até ele, para bem na sua frente e lhe dá um tapa, que se pode escutar à distância.

É o barulho do tapa que a acorda. Ela sente vergonha, vira para ver se alguém a viu. Não tem ninguém, a rua está tranquila, só uma moto passando lentamente ao lado deles. Seu olhar se volta para o menino, que esfrega a bochecha. Ele devolve o olhar, sem chorar, como se aquilo não tivesse muito a ver com ele.

Ela diz: "Vamos pra casa", em um tom decisivo.

E pronto.

Não se falaram mais o resto do dia. Cada um com suas razões. Ela, vagamente, se questionava se esse tapa não ia lhe causar problemas com a senhora Gervais, mesmo sabendo que aquilo não tinha grande importância. Agora ela devia ir embora, tudo acontecia como se ela já tivesse ido embora.

Como que propositalmente, Christine Gervais voltou tarde nessa noite. Sophie estava dormindo no sofá e, na televisão, via-se um jogo de basquete a todo vapor, sob um dilúvio de gritos e ovações. O silêncio a acordou quando a senhora Gervais desligou o aparelho.

– Está tarde... – desculpou-se ela.

Sophie olhou para a silhueta de casaco que estava parada na sua frente. Resmungou um "não" bem mole.

– Quer dormir aqui?

Quando volta tarde, a senhora Gervais sempre lhe propõe ficar, ela recusa e a senhora Gervais paga o táxi para ela.

Por um instante, Sophie reviu o filme do fim do dia, a noite silenciosa, os olhares se esquivando, Léo, sério, escutando a história que ela lia para ele, que, visivelmente, pensava em outra coisa. E, vendo que o beijo de boa noite foi tão penoso para ele, ela ficou surpresa com o que lhe disse:

– Não foi nada, não, meu bem, não foi nada. Me desculpe...

Léo fez que "sim" com a cabeça. Parecia que, naquele instante, a vida adulta acabava de irromper no seu universo, brutalmente, e isso, para ele também, tinha sido muito desgastante. Logo adormeceu.

Dessa vez, Sophie aceitou ficar e dormir por lá, tamanho o seu abatimento.

Ela segura com as duas mãos a caneca de chá, agora frio, sem se emocionar com as lágrimas que caem, pesadas, no piso. Por um curto instante, vem uma imagem, o corpo de um gato pregado numa porta de madeira. Um gato preto e branco. E outras imagens também. Somente mortes. São muitas as mortes na sua história.

Está na hora. Uma olhada no relógio de parede da cozinha: 9h20. Sem se dar conta, acendeu mais um cigarro. Com os nervos à flor da pele, apagou-o.

– Léo!

Sua própria voz lhe deu um susto. Escuta nela uma angústia que não sabe de onde vem.

– Léo?

Vai apressada ao quarto do menino. Sobre a cama, as cobertas formam um monte arredondado, como uma montanha russa. Ela respira, aliviada, e sorri, ainda que um sorriso vago. Desvanecido o medo, sem querer é levada a um tipo de ternura misturada com gratidão.

Chega perto da cama e diz:

– Então, cadê esse menininho...?

Vira para trás.

– Aqui, talvez...

Bate levemente a porta do armário de pinho, sem deixar de vigiar a cama com o canto do olho.

– Não, dentro do armário, não. Talvez numa das gavetas...

Abre as gavetas, uma, duas, três, dizendo:

– Nessa, não... Nem nessa... Não, também não... Onde é que ele foi parar...?

Aproxima-se da porta e, com uma voz mais alta:

– Bom, é isso, já que ele não está aqui, vou embora...

Fecha a porta com força, mas fica no quarto, olhando fixamente para a cama e para os lençóis. Fica à espreita, à espera de um movimento. E lhe vem um mal-estar, um buraco no estômago. Estranhíssima a forma que fazem os lençóis. Ela fica lá, petrificada, as lágrimas sobem de novo aos olhos, mas não são mais as mesmas, e sim, aquelas de outrora, aquelas que rebrilham no corpo ensanguentado de um homem desmantelado em cima do volante, aquelas que acompanham suas mãos espalmadas nas costas de uma velha lançada escada abaixo.

Em passos mecânicos, chega mais perto da cama e puxa os lençóis com um só gesto.

Léo está ali, sim, mas não está dormindo. Está nu, encolhido, com os pulsos atados aos tornozelos e a cabeça entre os joelhos. De perfil, seu rosto tem uma cor assustadora. Seu pijama serviu para amarrá-lo com firmeza. No pescoço, um cadarço, apertado com tanta força que deixou uma marca profunda na carne.

Ela morde o próprio punho, mas não consegue conter o vômito. Inclina-se para a frente, evita ao máximo encostar-se ao corpo da criança, mas a única saída é se apoiar na cama. No mesmo instante, aquele corpo pequenino rola na sua direção, a cabeça de Léo vem se chocar contra seus joelhos. Aperta-o tão rente a si mesma que nada pode impedir que eles caiam um sobre o outro.

E lá está ela agora, sentada no chão, com as costas contra a parede e, rente ao seu corpo, o corpo de Léo, inerte, gelado... Seus próprios berros a atordoam, como se saíssem de outra pessoa. Ela baixa os olhos em direção à criança. Apesar da cortina de lágrimas embaçando a vista, ela vê a proporção do desastre. Com gestos mecânicos, acaricia os cabelos do menino. Seu rosto, bege, marmorizado, está voltado para ela, mas seus olhos, abertos, olham fixamente para o vazio.

2

Quanto tempo? Ela não sabe. Reabre os olhos. A primeira coisa que percebe é o cheiro da sua camiseta cheia de vômito.

Ainda está sentada no chão, com as costas contra a parede do quarto, olhando para o piso, obstinadamente, como que querendo que nada mais se mexesse, nem a cabeça, nem as mãos, nem os pensamentos. Ficar ali, imóvel, se fundir à parede. Quando a gente para, tudo deve parar, não? Mas esse cheiro lhe embrulha o estômago. Ela move a cabeça. Um movimento mínimo, para o lado da porta. Que horas são? Movimento inverso, mínimo, para a esquerda. No seu campo de visão, um pé de cama. É como um quebra-cabeça: basta uma peça para que se reconstitua mentalmente o todo. Sem mexer a cabeça, move com dificuldade os dedos, sente os cabelos, como uma nadadora, volta à tona, onde o terror espera por ela, mas logo para, transpassada por uma descarga elétrica: o telefone acaba de se pôr a berrar.

Sua cabeça, dessa vez, não hesitou e se voltou diretamente para a porta. É de lá que vem a campainha, do aparelho mais próximo, aquele do corredor, na mesa de cerejeira. Baixa os olhos por um instante e a imagem do corpo da criança a choca: deitado de lado, com a cabeça no seu colo, numa imobilidade que faz com que se assemelhe a um quadro.

Há ali, praticamente deitado sobre ela, um menino morto, uma campainha de telefone que não quer parar e Sophie, aquela que cuida do menino, que geralmente responde quando o telefone toca, sentada com as costas contra a parede, cheirando o próprio vômito. A cabeça começa a rodar, o mal-estar retorna, ela vai desmaiar. O cérebro está quase fundindo, a mão estendida desesperadamente, como saída de um naufrágio. É só uma impressão, pois está enlouquecida, mas o telefone parece tocar ainda mais alto. Não ouve nada além disso, isso que perfura seu cérebro, a preenche por inteiro e a paralisa. Erguendo as mãos à frente, depois ao lado, às cegas, vai tateando em busca de um apoio, finalmente encontra algo duro, à direita, algo em que se agarrar para não se afogar de vez. E essa campainha que não para, que não quer parar... Sua mão agarrou a mesinha de cabeceira onde fica o abajur de Léo. Aperta-a com todas as forças e esse exercício muscular faz com que o mal-estar lhe dê uma trégua por um instante. O telefone para de tocar. Decorrem-se longos segundos. Ela prende a respiração. Seu cérebro conta, lentamente... quatro, cinco, seis... o telefone parou de tocar.

Passa um braço sob o corpo do Léo. Não pesa nada. Consegue repousar sua cabeça no chão e, num esforço desmedido, ficar de joelhos. Agora voltou o silêncio, quase palpável. Ela respira aos solavancos, como uma mulher em trabalho de parto. Um longo fio de saliva escorre no canto dos lábios. Sem virar a cabeça, ela olha para o vazio: procura uma presença. Pensa: tem alguém aqui, dentro do apartamento, alguém que matou Léo, alguém que vai me matar também.

No mesmo instante, o telefone toca de novo. Uma nova descarga elétrica atravessa seu corpo de cima a baixo. Ela procura ao seu redor. Encontrar alguma coisa, rápido... O abajur de cabeceira. Pega-o e puxa de uma só vez. O fio se solta da tomada e ela caminha pelo cômodo, lentamente, em direção ao telefone, pé ante pé, segurando o abajur como uma tocha, como uma arma, sem se dar conta do ridículo da situação. Mas é impossível ouvir a mínima presença com esse telefone que urra, que berra, sem cessar, com essa campainha que espicaça o espaço, mecânica, obcecante. Ela alcança a porta do quarto, quando, brutalmente, o silêncio se impõe. Avança e, abruptamente, sem saber por quê, está certa de que não tem ninguém no apartamento, de que está sozinha.

Sem nenhuma reflexão, sem hesitar, segue até o fim do corredor, rumo aos outros cômodos, brandindo o abajur diante dela, arrastando o fio pelo chão. Ruma para a sala, entra na cozinha, sai, abre portas, todas as portas.

Sozinha.

Desaba no sofá e finalmente larga o abajur. Na camiseta, o vômito ainda parece fresco. É tomada de nojo novamente. Com um só gesto, tira a camiseta, joga no chão, levanta e avança em direção ao quarto do menino. Lá está ela agora, encostada no umbral da porta, olhando para o pequeno corpo morto deitado de lado. Com os braços cruzados sobre o peito nu, ela chora de mansinho... Tem que chamar. Não adianta nada mais, mas tem que chamar. A polícia, uma ambulância, o Corpo de Bombeiros, a gente chama quem em um caso desses? A senhora Gervais? O medo vem como um soco no estômago.

Gostaria de sair correndo, mas não pode. Meu Deus, Sophie, em que enrascada você foi se meter?! Como se já não bastasse... Melhor ir embora logo, agora, antes que o telefone toque de novo, antes que a mãe, preocupada, pegue um táxi e despenque aqui com gritos, choros, polícia, perguntas, interrogatórios.

Sophie não sabe mais o que fazer. Chamar? Fugir? Tem que escolher entre o mau e o pior. É exatamente isso a sua vida.

Ela se endireita, finalmente. Algo nela está decidido. Começa a correr dentro do apartamento, de um cômodo para o outro, chorando, gesticulando desordenadamente, deslocando-se sem objetivo, ouvindo a própria voz choramingar como a de uma criança. Tenta repetir para si mesma: "Concentre-se, Sophie. Respire e tente pensar. Tem que se vestir, lavar o rosto, pegar suas coisas. Rápido. E ir embora. Agora. Junte suas coisas, arrume sua bolsa, depressa". Correu tanto por todos os cômodos, que até se desorientou. Quando passa em frente do quarto de Léo, não consegue evitar parar uma última vez, e o que ela vê primeiro não é o rosto de cera do menino, mas o pescoço e o cadarço marrom, com uma das extremidades serpenteando pelo chão. Ela o reconhece. É o cadarço dos seus próprios sapatos de caminhada.

3

Há coisas que se passaram nesse dia das quais ela não se lembra mais. O que vê em seguida é o relógio da igreja Sainte-Élisabeth, marcando 11h15.

O sol está muito forte e a sua cabeça, explodindo. Sem contar o esgotamento físico. A imagem do corpo de Léo a invade novamente. É como se ela acordasse uma segunda vez. Tenta se agarrar de novo... em quê?... À vidraça ao alcance das mãos. Uma loja. Um vidro frio. Ela sente as gotas de suor escorrendo das axilas. Geladas.

O que ela está fazendo ali? E, antes disso, onde ela está? Quer ver as horas, mas não está mais de relógio. Porém, tinha certeza de que estava usando relógio... Não, talvez não. Não se lembra mais. Rua du Temple. Meu Deus, não é possível que tenha levado uma hora e meia para chegar ali... O que será que fez esse tempo todo? Onde terá ido? E mais, Sophie, onde você está indo? Veio andando da rua Molière até aqui? Pegou o metrô?

Deu um branco. Ela sabe que está louca. Não, precisa de tempo, só isso, um tempinho para se concentrar. Pronto, é isso, deve ter vindo de metrô. Ela não sente mais o corpo, somente o suor que escorre pelos braços, as gotas que correm, lancinantes, e que ela enxuga esfregando o cotovelo contra o corpo. Como está vestida? Tem aparência de doida? Coisas demais na cabeça, zumbindo, imagens desordenadas. Precisa raciocinar, fazer algo. Mas o quê?

Ela cruza com a própria silhueta numa vitrine e não se reconhece. Primeiro pensa que não é exatamente ela. Mas sim, é ela, só que há alguma coisa diferente... Alguma coisa diferente, mas o quê?

Dá uma olhada para a avenida.

Caminhar e tentar raciocinar. Mas suas pernas se recusam a carregá-la. Só a cabeça ainda funciona, mais ou menos, no meio de imagens e palavras que passam zunindo; ela tenta se acalmar, respirando fundo. Sente o peito apertado, como que por um torniquete. Enquanto se apoia na vitrine, ela se esforça para organizar os pensamentos.

Você fugiu. Foi isso, ficou com medo e fugiu. Quando descobrirem o corpo de Léo, virão atrás de você. Vão acusá-la de... Como é mesmo que se diz? Algo como "auxílio"... Concentre-se, Sophie.

Na verdade, é simples. Você estava cuidando do menino e alguém veio e o matou. Léo...

Aí, logo em seguida, ela tenta, mas não consegue encontrar explicação para o fato de a porta estar trancada no momento em que ia fugir. Essa explicação vai ficar para mais tarde.

Ela ergue os olhos. Conhece esse lugar. Está perto de casa. Pronto, é isso, você fugiu e está voltando para casa.

Não devia vir aqui, loucura. Se estivesse com a cabeça no lugar, jamais teria voltado aqui. Vão procurá-la. Já devem estar à sua procura. Ela é tomada por uma nova onda de cansaço. Ali, um café, à direita. Entra.

Vai se sentar bem no fundo. Um esforço intenso para raciocinar. Primeiro, situar-se no espaço. Está sentada no fundo e, com olhos febris, olha fixamente para o rosto do garçom que se aproxima, dá uma olhada geral à sua volta para ver por onde poderá escapar caso... mas não acontece nada. O garçom vem e não pergunta nada, só olha para ela com um ar blasé. Ela pede um café. O garçom dá meia-volta e vai ao balcão num passo arrastado.

Isso, primeiro situar-se no espaço.

Rua du Temple. Está a... vejamos, de casa, três, não, quatro estações de metrô. Isso, quatro estações: Temple, République, uma conexão e aí... Qual é a quarta estação, meu Deus? Desce ali todos os dias, já pegou essa linha milhares de vezes. Consegue enxergar claramente a entrada, a escada, as rampas de metal, a banca de revistas ali no canto, com aquele cara que sempre diz: "Caralho, que tempo, hein!"... Que merda!

O garçom traz o café, deixa a nota do lado: um euro e dez centavos. Será que tenho dinheiro? Ela colocou a bolsa na sua frente, em cima da mesa. Nem tinha percebido que estava com ela.

Age sem memória alguma, automaticamente, com a cabeça vazia, sem se dar conta de nada. É assim que tudo aconteceu. É por isso que ela fugiu.

Concentre-se, Sophie. Qual é o nome da merda dessa estação? Sua vinda até aqui, a bolsa, o relógio... Algo age por ela, como se fosse duas. Eu sou duas. Uma que treme de medo diante deste café que está esfriando e outra que estava andando, apanhou a bolsa, tinha esquecido o relógio e volta agora para casa como se nada tivesse acontecido.

Ela coloca a mão na cabeça e sente as lágrimas rolarem. O garçom está olhando, enquanto enxuga os copos com uma cara falsa de desinteresse. Eu estou louca e dá para notar... Tenho que ir embora, levantar e ir embora.

De repente, uma onda de adrenalina a invade: se estou louca, talvez todas essas imagens sejam falsas. Talvez seja um pesadelo que estou sonhando acordada. Ela extrapolou todos os limites. É isso, um pesadelo, nada mais. Sonhou ter matado o menino. De manhã, ficou com medo e fugiu? Tive medo do meu próprio sonho, só isso.

Lembrou-se: Boa-nova! Bonne-Nouvelle! Isso, o nome da estação de metrô, Bonne-Nouvelle! Não, tem outra, antes. Mas, dessa vez, vem fácil: Strasbourg-Saint-Denis.

A sua, a sua estação é a Bonne-Nouvelle. Com certeza, lembra-se dela muito bem agora.

O garçom olha para ela de uma maneira estranha. Ela começa a rir mais alto. Chora e, de uma hora para a outra, está dando gargalhadas.

Tudo isso é real ou não? Tem que conferir. Deixar tudo claro. Tem que telefonar. Que dia é hoje? Sexta... Léo não tem aula. Está em casa. Léo deve estar em casa.

Sozinho.

Fugi e o menino ficou sozinho.

É preciso ligar.

Ela apanha a bolsa e abre como se fosse rasgá-la. Vasculha. Lembra o número de memória. Enxuga os olhos para ver melhor as teclas. Está tocando. Uma, duas, três vezes. Toca e ninguém atende. Léo não tem aula, está sozinho no apartamento, o telefone toca, e ninguém atende... O suor escorre de novo, nas costas, desta vez. "Que merda, atende!". Ela continua contando quantas vezes toca, inconscientemente, quatro, cinco, seis. Um clique, silêncio e, depois, uma voz inesperada. É o Léo que ela queria escutar, mas é a mãe quem fala: "Você ligou para a casa de Christine e Alain Gervais...". Essa voz calma e segura lhe dá um frio na espinha. Está esperando o quê para desligar? Cada palavra a cola mais na cadeira. "Não estamos no momento...". Sophie aperta com força o botão do telefone.

Incrível como leva tempo para ela articular duas ideias elementares... Analisar. Entender. Léo sabe perfeitamente atender o telefone, faz a maior festa quando consegue chegar primeiro, tirar o telefone do gancho, responder, perguntar quem está falando. Se Léo estivesse lá, atenderia, então simplesmente não está lá.

Que merda, onde será que foi parar aquele moleque se não está em casa? Ele não sabe abrir a porta sozinho. Desconfiada, sua mãe mandou instalar trincos de segurança logo que ele começou a esquadrinhar cada canto da casa. Ele não atende, e não pode ter saído de casa: quadratura do círculo, impossível isso. Onde foi parar aquele idiota?

Raciocina. Que horas são agora? 11h30.

Sobre a mesa, estão espalhados os objetos que saíram da sua bolsa. No meio deles, até um absorvente interno Nett. Devem pensar o quê dela? No balcão, o garçom conversa com dois caras. Clientes assíduos, sem dúvida. Devem estar falando dela. Cruzam os olhares, vagamente, desviam. Ela não pode ficar ali. Tem que ir embora. De súbito, apanha tudo que está na mesa, enfia na bolsa e vai saindo.

– Um e dez!

Ela volta atrás. Os três homens olham de modo estranho para ela, que fuça na bolsa, arranca com muito custo duas moedas, coloca-as sobre o balcão e sai.

O tempo ainda está bonito. Involuntariamente, ela filma na sua cabeça os movimentos da rua, os pedestres caminhando, os carros passando, as motos arrancando. Andar. Andar e raciocinar. Dessa vez, a imagem de Léo aparece nítida, nos mínimos detalhes. Não é um sonho. O menino está morto e ela está fugindo.

A faxineira deve chegar ao meio-dia! Não há razão alguma para que alguém entre no apartamento antes do meio-dia. Aí o corpo do menino será encontrado.

Então é preciso ir embora. Com cautela. O perigo pode chegar a qualquer momento, em qualquer lugar. Não pode ficar parada, tem que se mexer, andar. Juntar as suas coisas, fugir, rápido, antes que a encontrem. Afastar-se de lá por um tempo, somente o necessário para que possa raciocinar. Entender. Quando ela estiver num lugar tranquilo, poderá analisar a situação. Voltará com as explicações para tudo, é isso. Mas agora, tem que ir embora. Para onde?

Ela para de repente. Quem vem atrás acaba trombando com ela, que balbucia uma desculpa. Está parada no meio da calçada, olhando à sua volta. Tem bastante movimento na rua. E um sol terrível. A vida perde um pouco da sua loucura.

Pronto, lá está a florista, a loja de móveis. Rápido. Fixa o olhar no relógio da loja: 11h35. Corre para o hall de entrada do prédio, revira a bolsa, tira a chave. Correspondências na caixa do correio. Não pode perder tempo. Terceiro andar. Chaves de novo, primeiro a do trinco de segurança, depois a da fechadura. Suas mãos estão tremendo, ela coloca a bolsa no chão, tem que recomeçar duas vezes, tenta respirar bem fundo, virou a segunda chave, finalmente, a porta se abre.

Ela fica no limiar da porta escancarada: em nenhum momento pensou que podia não ter raciocinado direito, que podiam estar ali, esperando por ela... Reina o silêncio no corredor do seu andar. Sente a luz familiar do seu apartamento. Fica parada, como uma estátua, mas não escuta nada além da batida do próprio coração. De súbito, um sobressalto: barulho de chave numa porta. No mesmo pavimento, à direita. Sua vizinha. Sem pensar duas vezes, entra correndo em casa. A porta bate sem que tenha tempo de segurá-la. Ela para de novo, escuta. O vazio, tão frequentemente desesperador, agora é um alívio. Devagar, segue em frente no cômodo. Dá uma olhada no despertador: 11h40. Mais ou menos. Esse despertador nunca esteve certo. Adiantado ou atrasado? Pelo que se lembra, ele se adianta sozinho. Talvez não.

Tudo se desenrola ao mesmo tempo. Ela pega a mala no guarda-roupa, abre as gavetas da cômoda, agarra as roupas aleatoriamente e depois corre para o banheiro, varre a prateleira com a mão e derruba tudo dentro da bolsa. Dá uma olhada ao redor. Os documentos! Na escrivaninha: passaporte, dinheiro. Tem quanto? Duzentos euros. O talão de cheques! Onde está essa merda de talão? Na minha bolsa. Confere. Mais uma olhada à sua volta. Minha blusa de frio. Minha bolsa. As fotos! Ela retorna à cômoda, abre a primeira gaveta, o porta-retratos com a foto do seu casamento. Pega, joga tudo dentro da mala e fecha.

Tensa, cola o ouvido na porta e escuta. Mais uma vez, as batidas do seu coração ocupam todo o espaço. Encosta as duas mãos na porta, bem espalmadas. Concentre-se, Sophie. Não ouve nada. De golpe, apanha a mala e abre a porta: ninguém no patamar, ela fecha a porta com uma só puxada, nem se dá ao trabalho de trancar. Desce correndo as escadas. Um táxi está passando. Ela dá sinal. Ele para. O sujeito quer guardar a bagagem no porta-malas. Não dá tempo! Ela mete tudo no banco traseiro e entra.

O sujeito disse:

– Para onde?

Ela não sabe. Hesita por um instante.

– Para a estação de trem... Gare de Lyon.

Quando o táxi entra em movimento, ela olha pelo vidro traseiro. Nada fora do comum, alguns veículos, pedestres. Pode respirar. Deve estar com cara de louca. Pelo retrovisor, o motorista olha desconfiado para ela.

4

Em situações de emergência, é engraçado como as ideias se encaixam por si mesmas. Ela gritou:

– Pare, pare!

Surpreso, o taxista dá uma freada brusca. Eles não andaram nem 100 metros. Mal dá tempo para ele virar para trás, ela já saiu do carro.

– Já volto. Me espere aqui!

– Bom, assim a senhora não me ajuda muito... – diz o motorista.

Ele olha para a mala jogada no banco traseiro. Nem a mala nem a cliente inspiram muita confiança. Ela hesita. Precisa dele, e tudo está tão complicado agora... Ela abre a bolsa, tira cinquenta euros e estende a nota para ele.

– Isso é o suficiente?

O taxista olha para a nota, mas não pega.

– Bom, tudo bem, eu espero – diz ele –, mas ande logo...

Ela atravessa a rua e entra correndo no banco. O lugar está praticamente vazio. Atrás do guichê, um rosto desconhecido, uma mulher, mas ela vem tão pouco nessa agência... Ela tira o talão de cheques e coloca-o no balcão.

– Queria ver a situação da minha conta, por favor...

A atendente olha ostensivamente para o relógio de parede, apanha o talão, digita as informações no teclado e observa as unhas enquanto a impressora faz seus ruídos. As unhas e o relógio. A impressão que se tem é de que a impressora está realizando um trabalho extraordinariamente difícil, precisando de quase um minuto para cuspir dez linhas de texto e cifras. A única cifra que importa a Sophie é a última.

– E a minha poupança...

A atendente suspira.

– A senhora sabe o número?

– Não, não me lembro, sinto muito...

Sua cara é a de quem realmente sente muito. Ela sente muito. O relógio está marcando 11h56. Agora ela é a única cliente ali. O outro atendente, um sujeito alto, se levantou, atravessou a agência e está começando a baixar as persianas. Uma luz completamente artificial, clínica, substitui progressivamente a luz do dia. Com essa luz filtrada, abafada, chega um silêncio vibrante, denso. Sophie não se sente bem. De jeito nenhum. A impressora faz seus ruídos novamente. Ela olha as duas cifras.

– Vou sacar seiscentos da conta corrente e... deixa eu ver... cinco mil da poupança...?

Ela terminou sua frase como uma pergunta, como um pedido de autorização. Preste atenção, Sophie. Demonstre segurança.

Do outro lado do guichê, um ligeiro pânico no ar.

– A senhora gostaria de fechar as contas? – pergunta a atendente.

– Não, não... (Preste atenção, você é a cliente, você que decide.) Não, é que estou precisando de dinheiro em espécie. (Muito bem, isso mesmo, boa essa de "em espécie", dá um ar mais sério, adulto.)

– É que...

A atendente olha, nesta ordem, para Sophie, para o talão de cheques na sua mão, para o relógio de parede que segue sua corrida rumo ao meio-dia, para o colega que está agachado trancando as portas de vidro, que está baixando a última persiana e que está agora olhando para elas com uma impaciência indisfarçável. Ela hesita quanto à conduta a ser adotada.

Agora a coisa parece bem mais complicada que o esperado. A agência está fechada, é meio-dia, o taxista deve ter visto as persianas baixarem...

Ela diz, esboçando um sorriso:

– É que eu também estou com pressa...

– Um momento, vou ver...

Não dá mais para segurá-la, já empurrou a portinha do guichê e está batendo na porta do escritório logo em frente. Nas suas costas, Sophie sente o olhar do colega encarregado de fechar as portas, o qual preferiria estar encarregado de se sentar à mesa do almoço. Como é desagradável sentir alguém, assim, com esse olhar nas suas costas. Mas tudo é desagradável numa situação dessas, sobretudo esse sujeito chegando, acompanhando a atendente do guichê.

Ele, sim, ela o conhece, não se lembra mais do nome, mas foi ele que a recebeu no dia da abertura da conta. Um sujeito de uns bons 30 anos, com um rosto meio bruto, do tipo que deve sair de férias com a família, jogar bocha ao ar livre, falando bobagem, usar sapatos sem meias, ganhar vinte quilos nos próximos cinco anos, encontrar com amantes no intervalo do almoço, falar delas com os colegas, do tipo alto funcionário detentor do recorde em assédios dentre todas as agências do banco BNP, com a camisa encardida, um "Senhorita" bem acentuado. Do tipo estúpido.

O estúpido está ali, diante dela. Do lado, a atendente parece menor que antes. É o efeito que causa a autoridade. Sophie entende muito bem quem deve ser esse sujeito. Ela sente o suor no corpo todo. Meteu-se em uma bela de uma enrascada.

– Fui informado de que a senhora gostaria de sacar... (aí, o sujeito se curva para a tela do computador, como se tomasse conhecimento da questão pela primeira vez) praticamente a totalidade do que dispõe, em espécie.

– Por acaso é proibido?

No mesmo instante ela percebeu que aquela não era a melhor solução. Se você bate de frente com um indivíduo estúpido desses, a guerra está declarada.

– Não, não, não é proibido, é que...

Ele se volta para trás, endereça um olhar paterno para a atendente, ainda a postos, perto do cabideiro onde estão os casacos:

– Pode ir, Juliette, eu mesmo fecho, não se preocupe.

A maldita da Juliette não pensa duas vezes.

– Não está satisfeita com os nossos serviços, Sra. Duguet?

Batem-se as portas do fundo da agência, o silêncio pesa ainda mais que um tempo atrás. Ela raciocina o mais rápido possível...

– Não, de forma alguma... É só porque... estou partindo de viagem, só isso. E preciso de dinheiro em espécie.

A palavra "espécie" não soa mais tão bem empregada quanto antes, tomou um tom de pressa, de precipitação, de estranheza, de malandragem até.

– Precisa de dinheiro em espécie... – repete o sujeito. – É que, normalmente, para somas dessa importância, preferimos marcar uma hora com o cliente. No horário de funcionamento... Por uma questão de segurança, não é mesmo?

Está mais do que claro o que se deve subentender ali, algo tão típico de um indivíduo desses que ela poderia lhe dar um tapa na cara. Ela se fixa à ideia de que precisa, absolutamente, necessita desse dinheiro, e ao fato de que o táxi não vai ficar esperando o dia todo, de que ela tem que sair dali, de que tem que se sair bem dessa.

– Decidi viajar na última hora. No último instante até. Preciso ir, impreterivelmente. Preciso, impreterivelmente, ter essa soma à minha disposição.

Ela olha para o sujeito e algo nela começa a ceder, um pouco de dignidade, suspira, vai fazer o que for necessário, o que lhe causa certo desgosto.

– Entendo perfeitamente que coloquei o senhor em uma situação delicada, Sr. Musain. (Lembrou-se de repente do nome do sujeito, como um leve sinal de confiança reencontrada.) Se tivesse dado tempo para telefonar com antecedência, eu teria ligado. Se tivesse podido escolher a hora da minha partida, não teria vindo no horário de fechamento. Se não precisasse desse dinheiro, não teria incomodado o senhor. Mas preciso. Preciso de toda essa quantia. Agora mesmo.

Musain abre um sorriso com certa bondade. Ele sente que agora está jogando melhor suas cartas.

– Trata-se também de saber se dispomos dessa soma em espécie...

Sophie sente o suor na pele, branco, frio, feito neve.

– Mas vou verificar – disse Musain.

Disse isso e desapareceu. Para o escritório. Para telefonar? Para que entrar no escritório para ver o que tem no cofre?

Desamparada, ela olha para a porta da agência, para as persianas baixas, para a porta dos fundos pela qual saíram para almoçar os dois atendentes e que fez um barulho metálico de porta blindada. Um novo silêncio paira no ar, mais lento, mais ameaçador que o anterior. O sujeito está telefonando, com certeza. Para quem? Mas já está retornando. Ele se aproxima, não do lado de lá do guichê, como mais cedo, mas do lado dela, com um sorriso insinuante no rosto. Está muito perto dela, muito mesmo.

– Acho que vamos poder dar um jeito nisso, Sra. Duguet – solta ele com um sopro de ânimo.

Ela dá um sorriso encabulado. O sujeito não se mexe. Sorri com os olhos fixos nela, que também não se mexe, continua sorrindo. Era só isso. Sorrir. Responder à demanda. O sujeito vira as costas e se afasta.

Sozinha de novo. 12h06. Corre para as persianas, levanta algumas das lâminas. O táxi ainda está esperando. Não consegue distinguir bem o motorista. Está lá, deu para notar. Mas precisa ir mais depressa. Bem depressa.

Ela retoma sua posição de cliente, acotovelada no balcão, e o sujeito ressurge do seu antro. Colocou-se do outro lado do guichê e contou seus 5.600 euros. Ocupa o lugar do atendente e digita no teclado do computador. A impressora retoma seu trabalho, laboriosamente. Enquanto espera, ele olha para ela e sorri. Ela se sente completamente nua. Finalmente assina o recibo.

Musain não economizou nas recomendações. Em seguida, guardou o dinheiro em um envelope pardo e estendeu-o para ela com ares de satisfação.

– Uma jovem como a senhora, tão delicada, na rua, com todo esse dinheiro, eu não deveria permitir... Seria imprudente da minha parte...

"Tão delicada"! Isso é um sonho ou o quê?

Ela pega o envelope. Bastante volumoso. Ela não sabe bem o que fazer com ele, enfia-o no bolso interno da sua blusa de frio. Musain olha para ela com um rosto meio duvidoso.

– É o táxi – balbucia ela. – Deve estar esperando lá fora, preocupado... Depois eu guardo isso direito...

– Claro – diz Musain.

Ela se vai.

– Espera!

Ela vira para trás, pronta para tudo, pronta para a briga, mas ele está sorrindo.

– Depois do fechamento, tem que sair por aqui.

Aponta para uma porta atrás dele.

Ela o segue até os fundos da agência. Um corredor muito estreito e, lá no final, a saída. Ele manipula as fechaduras, a porta blindada desliza sobre ela mesma, mas fica somente semiaberta. O sujeito está lá, bem na frente, ocupando quase todo o espaço.

– Muito bem, pronto... – diz ele.

– Muito obrigada...

Ela não sabe bem o que deve fazer. O sujeito continua ali, sorrindo.

– E vai aonde...? Sem querer me intrometer...

Rápido, tem que encontrar alguma coisa para dizer, qualquer coisa. Ela sente que está pensando demais, que devia ter uma resposta na ponta da língua, mas nada lhe vem à cabeça.

– Vou para a região do Midi...

Sua blusa não está completamente fechada. Quando pegou as notas, subiu o zíper pela metade. Musain olha para o seu colo, ainda sorrindo.

– Midi... Bonita a região do Midi...

E, nesse momento, ele estende a mão em direção a ela e, discretamente, empurra mais para dentro o envelope que contém as notas, cuja borda estava aparecendo pelo decote da blusa. Sua mão roça os seios dela por um instante. Ele não diz nada, mas não tira a mão no mesmo momento. Ela precisa, realmente, precisa lhe dar um tapa, mas algo a retém, algo extremo, algo terrível. Medo. Chega até mesmo a pensar por um instante que, caso ele começasse a tocá-la de verdade, ali, paralisada, não diria nada. Ela precisa desse dinheiro. Será que está tão evidente assim?

– Pois é – continua Musain –, nada mal, mesmo, a região do Midi...

Com a mão liberada novamente, ele alisa delicadamente o avesso da blusa dela.

– Estou com pressa...

Ela disse enquanto se esquivava para a direita, para o rumo da porta.

– Eu entendo – diz Musain, abrindo um pouco de espaço.

Ela se espreme em direção à saída.

– Então, boa viagem, Sra. Duguet. E... até breve?

Ele lhe dá um aperto de mão demorado.

– Obrigada.

Ela sai para a calçada e aperta o passo.

A salvo do medo de ficar encurralada ali, de não poder mais sair, de ficar à mercê desse bancário cretino, uma onda de ódio a invade. Agora que está de fora, que tudo acabou, bem que bateria a cabeça desse sujeito contra a parede. Enquanto corre para o táxi, ela ainda sente os dedos dele roçando o seu corpo e, quase que fisicamente, sente o alívio que teria sido agarrá-lo pelas duas orelhas e esmagar o seu crânio na parede. Porque é a cabeça desse estúpido que é insuportável! Isso fez despertar nela uma raiva tamanha... Pronto, ela o agarra pelas orelhas e bate sua cabeça na parede. Ela repica com um barulho horrendo, surdo e profundo, o sujeito olha para ela como se tudo o que há de mais absurdo no mundo o tivesse invadido, mas, após essa expressão facial, segue o esgar da dor, ela choca a cabeça do sujeito contra a parede, três vezes, quatro, cinco, dez vezes, e o esgar, gradualmente, dá lugar a uma espécie de regelo, de imobilidade, os seus olhos vidrados olham para o nada. Ela para, aliviada, com as mãos cheias do sangue que escorre pelas orelhas do sujeito. Os olhos dele são como os daqueles que morrem nos filmes, fixos.

Então o rosto de Léo reaparece diante dela, mas com os olhos reais de um morto. De forma alguma como nos filmes.

Vertigem.

5

— Então, minha senhora, o que vamos fazer agora?

Ela ergue os olhos. Está parada diante do táxi, paralisada.

— Alguma coisa errada...? A senhora não vai passar mal, não, vai?

Não, vai dar tudo certo, entre no táxi, Sophie, caia fora. Fique calma, está tudo bem. É só a estafa, não é nada fácil a prova pela qual está passando, é só isso, vai dar tudo certo, concentração.

Ao longo do trajeto, o taxista fica a encarando pelo retrovisor, sem cessar. Ela tenta se tranquilizar observando a paisagem, que ela conhece tão bem, a praça de République, os cais do rio Sena, a ponte de Austerlitz lá no fundo. Pode respirar de novo. Os batimentos cardíacos se desaceleram. Acima de tudo, é preciso se acalmar, tomar certa distância, raciocinar.

Chegaram à estação de trem: Gare de Lyon. Enquanto ela acerta a corrida, em pé diante da porta do táxi, o motorista olha fixamente para ela, de novo, preocupado, intrigado, temeroso, não dá para saber, um pouco de tudo isso, aliviado também. Embolsa as notas e vai embora. Ela apanha a mala e se dirige ao painel onde informam as partidas.

Vontade de fumar. Ela vasculha os bolsos, irrequieta. Tanta vontade, tão pouco tempo. Na loja de conveniências, três pessoas na sua frente. Finalmente pede um maço, não, dois, a moça se vira de novo, pega dois maços, coloca-os sobre o balcão.

— Não, três...

— Afinal de contas, um, dois ou três?

– Um pacote com dez.
– Certeza?
– Não enche! E um isqueiro.
– Qual?
– Não importa, qualquer um!

Nervosa, ela agarra o pacote de cigarros, mete a mão no bolso, pega o dinheiro, suas mãos tremem tanto que tudo acaba caindo sobre a pilha de revistas à frente do balcão. Ela olha para trás e para os lados enquanto junta suas notas de cinquenta euros, enfia-as em tudo quanto é bolso. Realmente isso não está dando certo, de jeito nenhum, Sophie. Um casal fica encarando-a. Logo ao lado, visivelmente incomodado, um grandalhão finge olhar para outro canto.

Ela sai da loja com seu pacote de cigarros numa das mãos. Seu olhar tromba com um cartaz que, em letras vermelhas, aconselha os viajantes a tomarem cuidado com os trombadinhas... Agora, fazer o quê? Gritaria se pudesse, mas, curiosamente, ela sente algo que voltará com frequência mais adiante, algo estranho, quase reconfortante, como o que reside no âmago desses grandes medos infantis, em que, do fundo da angústia, vem à tona a tênue, mas absoluta certeza de que o que se está vivendo não é tão real assim, que, para além do medo, existe uma proteção, lá, em algum lugar, que algo desconhecido nos protege... A imagem do seu pai surge rapidamente, e depois desaparece.

Um reflexo meio místico da mente.

Sophie sabe perfeitamente que, bem no fundo, é só uma forma bastante infantil de se sentir mais segura.

Agora é encontrar os sanitários e, de novo, se pentear, concentrar, guardar as notas devidamente, decidir qual o ponto de destino, o plano, é isso que tem que fazer. E acender um cigarro, neste instante.

Ela rasga o papel do pacote, três maços caem no chão. Apanha-os, empilha-os com a blusa e o pacote em cima da mala, exceto um maço, que ela abre. Pega um cigarro e acende. Uma nuvem de bem-estar invade o seu ventre. Primeiro segundo de alegria depois de uma eternidade. E logo, quase no mesmo momento, sente a fumaça subir para a cabeça. Fecha os olhos para recobrar o espírito e, em poucos instantes, está melhor. Pronto, uns dois ou três minutos fumando e é como se reencontrasse a paz. Fuma de olhos fechados. Chegando ao final, apaga o cigarro, enfia o pacote na mala e se dirige ao café logo em frente às plataformas de partida.

Acima dela, no pavimento superior, o Train Bleu, com sua grande escada curva e, por detrás das portas de vidro, seus salões com os tetos vertiginosos, todas suas mesas brancas, seu burburinho de restaurante movimentado, seus talheres de prata, seus afrescos pomposos nas paredes. Vincent a levou ali uma noite, há tanto tempo. Tudo isso está tão longe.

Ela encontra uma mesa vazia na varanda coberta. Pede um café, pergunta onde ficam os sanitários. Não quer se afastar da mala. Mas para ir ao sanitário com a mala... Ela olha ao redor. Uma mulher à direita, outra à esquerda. Nesse caso, é melhor que sejam mulheres. A da direita deve ter mais ou menos a sua idade, está folheando uma revista enquanto fuma um cigarro. Sophie escolhe a da esquerda, mais velha, mais encorpada, mais autoconfiante; faz um sinal para ela apontando para a mala, mas a sua expressão facial já é, em si, tão intensa, que ela não sabe se foi compreendida ou não. No entanto, a mulher parece dizer com o olhar: "Pode ir que eu tomo conta". Um leve sorriso, o primeiro desde milênios. No caso de sorrisos, também, é melhor que sejam de mulheres. Ela sequer toca no café. Desce as escadas e se recusa a olhar para sua imagem no espelho, entra diretamente em uma das cabines sanitárias, fecha a porta, baixa o jeans e a calcinha, senta no vaso, coloca os cotovelos nos joelhos e começa a chorar.

Ao sair da cabine, no espelho, seu rosto. Devastado. É uma loucura o quanto ela se sente velha e desgastada. Lava as mãos, passa água na testa. Quanto cansaço... Agora é voltar, tomar o café, fumar um cigarro e raciocinar. Chega de se enlouquecer, tem de ser mais prudente, analisar bem a situação. É fácil falar...

Sobe as escadas novamente. Chega à varanda do restaurante e, no mesmo instante, a catástrofe lhe salta aos olhos. A mala sumiu, a mulher também. Ela berra: "Que merda!" e começa a bater o punho na mesa. A xícara de café cai, quebra, todos os olhares se voltam para ela. Ela se vira para a outra mulher, a da mesa da direita. E, instantaneamente, por um nada, pela sombra de um olhar, Sophie compreende que essa moça viu tudo, e não interveio, não disse uma única palavra, sequer esboçou um gesto, nada.

– Obviamente, a senhorita não viu nada...!

É uma mulher de uns 30 anos, vestida de cinza da cabeça aos pés, com um rosto triste. Sophie se aproxima. Enxuga as lágrimas com uma das mangas da blusa.

– Você não viu nada, hein, vadia!

E dá um tapa nela. Gritos, o garçom vem correndo, a moça põe a mão no rosto, começa a chorar, sem pronunciar uma só palavra. Todo mundo vem acudir, o que está acontecendo? Lá está Sophie, no olho do furacão, um monte de gente, o garçom agarra o seu braço e grita: "Calma, senão eu chamo a polícia!". Com um gesto dos ombros, ela escapa e foge em disparada, o garçom berra, corre atrás, a multidão vai junto, dez metros, vinte, ela não sabe aonde ir, a mão do garçom despenca no seu ombro, imperativa:

– Pague o café! – berra ele.

Ela se volta. O sujeito está olhando com raiva para ela. Seus olhares se chocam numa guerra de vontades. É um homem, ele. Sophie sabe que ele preza por essa vitória, já está todo vermelho. Então ela pega o envelope de dinheiro, onde só tem notas grandes, seus cigarros caem, ela cata tudo, e agora são tantas as pessoas à sua volta. Ela respira fundo, o nariz escorre, ela funga, enxuga as lágrimas com a mão, pega uma nota de cinquenta e taca na mão do garçom. Eles estão no meio da estação, em volta deles, um grande círculo formado por transeuntes e passageiros interrompidos pela curiosidade. O garçom introduz a mão no bolso do avental para dar o troco e Sophie sente, pela voluntariosa lentidão dos gestos, que ele está vivendo o seu momento de glória. Ele toma um tempo infinito, sem olhar ao seu redor, concentrado, como se o público não existisse e ele estivesse simplesmente cumprindo o seu papel, o da autoridade impassível. Sophie sente os nervos à flor da pele. As mãos coçando. A estação inteira parece ter combinado de se encontrar em torno dos dois. O garçom conta, escrupulosamente, de dois a cinquenta, colocando cada nota e cada moeda na palma da sua mão, que treme. Tudo o que Sophie vê é o topo da sua cabeça embranquecida, as gotas de suor nascendo dos cabelos ralos. Vontade de vomitar.

Sophie recebe o troco, vira e atravessa a massa dos curiosos, completamente transtornada.

Anda. Tem a impressão de que está titubeando, mas não, está em linha reta, só que muito cansada. Uma voz.

– Posso te ajudar?

Rouca, surda.

Ela se volta para trás. Deus do céu, que deprimente. Esse bêbado, diante dela, é a cara da miséria do mundo, o sem-teto dos sem-teto.

– Não, tudo bem, obrigada... – é o que sai dela.

Depois ela retoma o caminho.

– Não precisa de cerimônia, hein! Que a gente tá tudo na mesma barca fu...

– Cai fora e para de encher o saco!

Imediatamente, o sujeito bate em retirada, resmungando alguma coisa que ela finge não entender. Talvez esteja errada, Sophie. Talvez seja ele quem tem razão, talvez você tenha chegado neste ponto, apesar do seu ar de superioridade. Sem-teto.

"Na sua mala, tinha o quê? Uns trastes, bobagens, o mais importante é o dinheiro."

Ela vasculha nervosamente os bolsos e solta um suspiro de alívio: os documentos ainda estão ali, com o dinheiro. O essencial foi preservado. Então, mais uma vez, raciocinar. Ela sai da estação debaixo do sol. À sua frente, os cafés enfileirados, os restaurantes, viajantes para todos os lados, táxis, carros, ônibus. E, logo ali, uma mureta de cimento delimitando a fila de espera dos táxis. Umas pessoas sentadas, algumas lendo, um homem ao telefone com uma cara de interessado, com a agenda no colo. Ela segue, também se senta, pega o maço de cigarros e fuma, de olhos fechados. Concentração. De súbito, ela pensa no telefone celular. Vão grampeá-lo. Vão ver que tentou ligar para a casa dos Gervais. Ela abre o aparelho, tira nervosamente o chip e joga-o no bueiro. É melhor jogar o telefone de uma vez.

Veio à Gare de Lyon por puro reflexo. Por quê? Para ir aonde? Curioso... Tenta se lembrar. E, é isso, recorda: Marseille, sim, lá onde ela foi uma vez com Vincent, muito tempo atrás. Desceram aos risos num hotel muito feio, perto do Vieux-Port, porque não tinham achado mais nenhum e porque estavam com uma vontade terrível de pular para debaixo dos lençóis. Quando o sujeito da recepção perguntou o nome, Vincent disse: "Stephan Zweig", que era o autor favorito dos dois naquela época. Foi preciso soletrar. O sujeito tinha perguntado se eles eram poloneses. Vincent tinha respondido: "Austríacos. Descendentes...". Uma noite com o nome falso, incógnitos, é por isso que... E vem a seguinte ideia à cabeça: seu reflexo foi o de ir a um lugar onde já tinha ido, Marseille ou qualquer outro lugar, pouco importa, mas um lugar conhecido, mesmo que vagamente, para se sentir mais segura, e isso é exatamente o que vão esperar dela. Vão procurá-la lá onde é mais provável que ela esteja, e é exatamente isso que ela deve evitar. De agora em diante, tem de se esquecer de todas as suas referências, Sophie, isso é fundamental. Tem de usar a imaginação. Fazer coisas que nunca fez, ir para lugares onde não esperam que vá. De repente, fica em pânico ao imaginar que não poderá mais visitar o pai. Faz mais de seis meses que não foi vê-lo e agora vai ser impossível fazer isso. Devem estar vigiando a casa, escutando seus telefonemas também. Vê a silhueta do velho pai diante dela, eternamente longilínea e firme, como que talhada no carvalho, tão velho, tão forte quanto. Sophie tinha escolhido Vincent de acordo com o mesmo modelo: longo, calmo, sereno. É disso que vai sentir falta. Quando tudo desabou e só sobraram as ruínas da sua vida, após a morte de Vincent, seu pai foi a única coisa que ficou de pé. Não poderá mais vê-lo, nem falar com ele. Completamente sozinha no mundo, como se ele também tivesse morrido. Não consegue imaginar como será esse mundo em que seu pai estará vivo, em algum lugar, sem que ela possa escutá-lo ou falar com ele. Como se ela mesma tivesse morrido.

Com essa perspectiva em mente, volta a sensação de vertigem, como se ela entrasse, sem esperança de volta, num outro mundo, hostil, um mundo onde tudo fosse desconhecido, onde tudo fosse um risco, onde toda espontaneidade devesse ser abandonada: fazer algo novo, o tempo todo. Nunca mais estará segura em lugar algum, nenhum lugar onde poderá dar o seu nome, Sophie não existe mais, só uma fugitiva, alguém que está morrendo de medo, vivendo como um animal, totalmente voltada para a sobrevivência, o extremo oposto da vida.

Ela se sente esgotada: vale realmente a pena, tudo isso? O que vai ser da vida, agora? Mover-se, sem parar... Está fadada a fracassar, ela não é páreo para tudo isso. Não tem alma de fugitiva, é criminosa, simplesmente. Nunca vai conseguir. Vai ser tão fácil para a encontrarem... Ela solta um longo suspiro de autocompaixão: o jeito é se render, se entregar à polícia, dizer a verdade, que não se lembra de nada... que isso ia acabar acontecendo um dia, que existe, dentro dela, um rancor tamanho, um ódio tamanho pelo mundo... É melhor parar por aí. Ela não quer essa vida que espera por ela. Mas, e antes, como era sua vida? Fazia muito tempo que sua vida era um grande nada. Agora pode escolher entre duas existências inúteis... Está cansada... Diz para si mesma: "Isso tem que acabar". E, pela primeira vez, essa solução lhe parece a mais sensata. "Vou me render", e ela nem se surpreende por ter empregado a expressão de uma assassina. Dois anos bastaram para que ficasse louca, menos de uma noite para voltar a ser uma criminosa, menos de duas horas para se tornar uma procurada, com seu cortejo de medos, de suspeitas, de astúcias, de angústias, de tentativas de planejamentos, de antecipações e, agora, até mesmo o seu vocabulário. É a segunda vez em sua vida que ela calcula até que ponto uma vida normal pode se transformar, em um segundo, em loucura, em morte. Acabou. Tudo tem que parar por aí. Ela sente um enorme bem-estar agora. Mesmo o pavor de ser internada, que fez com que corresse tanto, se ameniza. Agora o hospital psiquiátrico não é mais o inferno, mas uma doce solução. Ela apaga o cigarro, acende outro. Depois desse, eu vou. Um último cigarro e, depois, resolvido, vai telefonar, vai discar o número de emergência da polícia. Qual é o número mesmo? Pouco importa, vão compreender, ela vai conseguir explicar. Qualquer outra coisa vale mais a pena do que essas horas que acabaram de passar. Qualquer outra coisa, tudo, menos essa loucura.

Ela sopra a fumaça bem longe, expira com força, e é exatamente nesse momento que ela ouve a voz da mulher.

6

– Desculpe-me...

É a moça de cinza que está lá, tensa, com sua bolsinha na mão. Esboça o que, para ela, deve ser um sorriso. Sophie não está surpresa.

Olha um momento para a moça, depois:

– Não foi nada, não – diz –, deixa pra lá. Tem dia que é assim mesmo.

– Desculpe-me – repete a moça.

– Agora já passou, deixa pra lá.

Mas a moça fica, empacada como uma mula. É a primeira vez em que Sophie olha de verdade para ela. Não é tão feia, é triste. Uns 30 anos, um rosto longo, traços finos, olhos vivos.

– O que eu posso fazer por você?

– Recuperar minha mala! Sim, boa ideia essa, recuperar minha mala!

Sophie se levanta e segura o braço da moça.

– Já estou bem melhor. Não se preocupe. Agora eu tenho que ir.

– Tinha objetos de valor?

Ela se volta.

– Quer dizer... Na mala, tinha objetos de valor?

– O suficiente pra querer de volta.

– O que você vai fazer?

Boa pergunta. Qualquer um responderia: vou voltar para casa. Mas, para Sophie, a fonte secou, nada a dizer, lugar algum aonde ir.

– Posso te pagar um café?

A jovem olha para ela com insistência. Não se trata de uma proposta, parece mais uma súplica. Sem saber por que, Sophie diz simplesmente:

– No ponto que eu cheguei...

Um restaurante em frente à estação.

Para aproveitar o sol, sem dúvida, a moça se dirigiu diretamente para a varanda, mas Sophie prefere os fundos. Diz: "Virar vitrine, não". A moça sorri de volta.

Sem saber o que dizer, elas esperam o café.

– Está de chegada ou de partida?

– Hein? Ah, de chegada. De Lille.

– O trem de Lille chega à Gare de Lyon?

Começou mal. Sophie, no mesmo instante, sente vontade de largar a moça lá, com seus escrúpulos tardios e seu rabo entre as pernas.

– Mudei de estação...

Diz de improviso. E logo emenda:

– E você?

– Não, eu não estou viajando.

A moça hesita um pouco e muda o rumo da conversa:

– Eu moro aqui. Me chamo Véronique.

– Eu também – responde Sophie.

– Você também se chama Véronique?

Sophie se dá conta de que tudo vai ser bem mais difícil que o previsto, não teve tempo para se preparar para esse tipo de pergunta, tudo ainda está por fazer. Agora é se colocar num outro estado de espírito.

Ela faz um pequeno gesto de consentimento, que pode significar praticamente qualquer coisa.

– Que engraçado – diz a moça.

– Pois é...

Sophie acende um cigarro, oferece à moça, que acende o seu com certo charme. Incrível como essa moça, com esse traje de uniforme cinza, é diferente quando vista de perto.

– Você faz o quê? – pergunta Sophie. – Da vida...
– Sou tradutora. Você?

Em poucos minutos, durante a conversa, Sophie foi inventando uma nova vida. Dá um certo medo no início e, depois, no final, é como um jogo, basta não se esquecer das regras. Num piscar de olhos, um número extraordinário de opções. No entanto, faz exatamente como os vencedores da loteria, que poderiam mudar tudo da vida, e acabam comprando a mesma casa que os demais. E é assim que ela se torna Véronique, professora de artes plásticas numa escola de ensino médio em Lille, solteira, de passagem para visitar os pais na região periférica de Paris.

– A Académie de Lille está de férias? – pergunta Véronique.

É este o problema: há sempre o risco de o encadeamento ir longe demais...

– Estou de licença. Meu pai está doente. Quer dizer... (ela sorri), cá entre nós, não está realmente doente, eu que queria passar uns dias por aqui. Que vergonha dizer isso...

– Onde eles moram? Posso te levar de carro.
– Não, tudo bem, de verdade, não, obrigada...
– Não é incômodo nenhum.
– Muito gentil da sua parte, mas não precisa, mesmo.

Falou com uma voz de quem corta o assunto, aí foi o silêncio que voltou a pairar no ar.

– Eles estão te esperando? Talvez você devesse telefonar pra eles.
– Ah, não!

Respondeu rápido demais: calma, sangue-frio, sem se apressar, Sophie, sem falar por falar...

– Na verdade, minha chegada estava marcada pra amanhã de manhã...

– Ah – diz Véronique apagando o cigarro. – Você já comeu?

Com certeza, isso é a última coisa em que poderia pensar.
– Não.
Ela dá uma olhada no relógio de parede: 13h40.
– Então, almoça comigo? Pra me desculpar de alguma forma... pela mala... Moro aqui do lado... Não devo ter grandes coisas, mas a gente acha algo comestível na geladeira.

Agora é só não fazer nada como antes, Sophie, lembre-se disso. Ir aonde ninguém espera que você vá.

– Por que não... – responde ela.

Trocam um sorriso. Véronique paga a conta. No embalo, Sophie compra dois maços de cigarro e acompanha a moça bem de perto.

Um prédio burguês, no bulevar Diderot. Elas caminharam lado a lado, ainda trocando banalidades e formalidades. Mal chegaram diante do prédio de Véronique, e Sophie já está arrependida. Devia ter falado não, devia ter partido. Já devia estar longe de Paris, indo em uma direção improvável. Foi por fraqueza que aceitou o convite, por cansaço. Então ela segue, mecanicamente, entram no hall do prédio, Sophie se deixa levar como uma visitante esporádica. No elevador, Véronique aperta o botão do quarto andar, e o elevador balança, range, sacode, sobe, mesmo assim, e dá uma parada brusca, de solavanco. Véronique sorri:

– Não é muito confortável... – desculpa-se ela, abrindo a bolsa para pegar sua chave.

Não é muito confortável, mas dá pra sentir o cheiro da burguesia cheia da grana, desde a entrada. O apartamento é grande, realmente grande. A sala de estar é de dois ambientes, com duas janelas. À direita, uma sala com tudo de couro, à esquerda, um piano de cauda, uma estante no fundo...

– Entre, fique à vontade...

Sophie entra como se estivesse num museu. Na mesma hora, o ambiente lembra, de certa forma, o apartamento da rua Molière, onde, neste exato momento...

Maquinalmente, ela procura saber as horas, vê num pequeno relógio dourado sobre a lareira de canto: 13h50.

Logo que chegaram, Véronique correu para a cozinha, animada, de repente, quase que afobada. Sophie ouve sua voz e responde distraída enquanto examina o lugar. O olhar se volta de novo para o relógio. Os minutos não passam. Respira fundo. Tem que tomar cuidado com as respostas, murmurar uns: "Sim, claro..." e tentar não perder o juízo. É mais ou menos como se acordasse de uma noite agitada demais e se encontrasse em um lugar desconhecido. Véronique está agitada, fala rápido, abre armários, liga o micro-ondas, bate a porta da geladeira, põe a mesa. Sophie pergunta:

– Posso ajudar...?
– Não, não – diz Véronique.

Uma perfeita dona de casa. Sobre a mesa, em poucos minutos, tem salada, vinho e um pão razoavelmente fresco ("É de ontem", "está ótimo..."), que ela fatia caprichosamente com sua faca.

– Então, você é tradutora...

Sophie tenta encontrar um assunto. Mas nem precisa. Agora que está em casa, Véronique ficou bem faladeira.

– De inglês e de russo. Minha mãe é russa, o que ajuda bastante!
– Você traduz o quê? Romances?
– Bem que eu gostaria, mas meu trabalho está mais para tradução técnica: informes, catálogos de empresas, essas coisas...

A conversa segue uma trilha sinuosa, sobre trabalho, família. Sophie improvisa e cria amizades, colegas, uma família, uma bela vida, completamente nova, tomando cuidado para se afastar o máximo possível da realidade.

– E seus pais, onde eles moram mesmo? – pergunta Véronique.
– Chilly-Mazarin.

Veio no impulso, ela não sabe por quê.

– O que eles fazem?
– Já estão aposentados.

Véronique abre o vinho, serve um fricassê de legumes com bacon.

– Vou logo avisando, é comida congelada...

Surpreendentemente, Sophie descobriu que estava com fome. Come, come. O vinho lhe dá uma sensação agradável de bem-estar.

Por sorte, Véronique é bastante faladeira. Ela se atém a generalidades, mas leva jeito para uma boa conversa, misturando futilidades com histórias curiosas. Enquanto come, Sophie consegue apanhar, aos poucos, algumas informações sobre seus pais, os estudos, o irmão mais novo, a viagem na Escócia... A fonte seca depois de certo tempo...

– Casada? – pergunta Véronique apontando para a mão de Sophie.

Mal-estar...

– Não mais.

– E você continua com ela no dedo?

Tem que se lembrar de tirar. Sophie improvisa.

– Deve ser o hábito. E você?

– Adoraria ter esse hábito.

Ela respondeu com um sorriso de constrangimento, que busca uma cumplicidade feminina. Numa outra circunstância, talvez, diz Sophie, para si mesma, mas, agora, não...

– E...?

– Bom, vai ficar pra próxima, eu acho.

Ela traz um queijo para terminar a refeição. Para alguém que não sabe o que tem na geladeira...

– Então, você mora sozinha?

Um momento de hesitação.

– Sim...

Ela baixa a cabeça, depois a reergue, olha fundo nos olhos de Sophie, como que para provocá-la.

– Desde segunda-feira... É bem recente.

– Ah...

O que Sophie sabe é que não quer saber de nada. Melhor não se envolver nisso. Tem que terminar e ir embora. Não está bem. Quer ir embora.

– Acontece – fala por falar.

– Sim – diz Véronique.

Ainda trocam umas palavras, mas algo foi cortado na conversa. Uma pequena infelicidade íntima paira no ar.

E o telefone toca.

Véronique vira a cabeça para o corredor, como se esperasse que o correspondente entrasse no cômodo. Solta um suspiro. Deixa tocar uma, duas vezes. Pede licença, levanta, vai até o corredor. Tira o telefone do gancho.

Sophie acaba sua taça de vinho, serve um pouco mais, olha pela janela. Véronique encostou a porta, mas sua voz chega à sala, abafada. Situação constrangedora. Caso ela não estivesse no corredor da entrada, Sophie pegaria sua blusa de frio e partiria assim mesmo, agora, sem dizer nada, como uma ladra. Ela distingue algumas palavras, automaticamente, tenta recompor a conversa.

Véronique está com uma voz séria, ríspida.

Sophie se levanta, dá alguns passos para se afastar da porta, mas a distância não ajuda em nada, agora, ouve a voz surda de Véronique como se estivesse ali, no mesmo cômodo que ela. Escuta as palavras terríveis de um rompimento banal. Não tem nenhum interesse na vida dessa moça ("Acabou, já te falei, acabou"). Sophie não dá a mínima para os seus amores fracassados, aproxima-se da janela ("A gente já falou mil vezes sobre isso, não vem com essa de novo...!"). À sua esquerda, uma pequena cômoda papeleira. A ideia acaba de germinar na cabeça. Ela presta atenção para ver a quantas anda a conversa. Estão em: "Me deixa em paz, já falei", o que lhe dá certa margem de tempo. Lentamente, ela baixa o tampo central da cômoda e descobre, no fundo, duas fileiras de gavetas. "Comigo, esse tipo de coisa não adianta nada, pode esquecer...". Na segunda gaveta, ela encontra notas de duzentos euros, algumas, quatro no total. Enfia todas no bolso e continua vasculhando. Sua mão ("Você acha que vai me impressionar assim?") tromba na capa dura do passaporte. Abre-o, mas deixa para examinar mais tarde. Ele vai para o bolso. Sophie pega um talão de cheques já sem algumas das folhas. É o tempo de saltar para o sofá, meter tudo dentro do bolso interno da blusa e chegamos em: "Seu idiota!". Depois vem um "Seu estúpido!" e, finalmente, "Seu imbecil!".

E ela bate o telefone no gancho, com toda a força. Silêncio. Véronique ainda está no corredor. Sophie se esforça para fazer uma cara mais adequada à circunstância, mantendo uma das mãos sobre a blusa.

Finalmente Véronique retorna. Encabulada, pede desculpas, tenta sorrir:

– Sinto muito, você deve estar... Sinto muito...
– Não se preocupe...

Sophie aproveita e:

– Bom, já estou indo.
– Não, não – diz Véronique –, vou fazer um café pra nós.
– Acho melhor eu ir...
– É num minuto, prometo!

Véronique enxuga os olhos nas costas da mão, tenta sorrir.

– É uma bobagem...

Sophie se permite mais quinze minutos ali e, depois, aconteça o que acontecer, vai embora.

Lá da cozinha, Véronique comenta:

– Faz três dias que ele não para de me ligar. Tentei de tudo, até desligar o telefone, mas não dá, por causa do trabalho. E deixar tocar, também, me irrita. Então, de vez em quando, eu saio para tomar um café... Ele vai acabar se cansando, mas é curioso esse cara. Desses que não arrastam o pé, sabe...

Coloca as xícaras na mesa de centro da sala.

Sophie percebe que abusou no vinho. O ambiente se põe lentamente em movimento ao seu redor, o apartamento burguês, Véronique, tudo começa a se misturar, logo vem o rosto de Léo, o relógio sobre a lareira, a garrafa de vinho vazia sobre a mesa, o quarto do menino no momento em que ela entra, a cama com as cobertas formando um monte arredondado, as gavetas se fechando e o silêncio quando chega o medo. Os objetos começam a dançar diante dos seus olhos, a imagem do passaporte que ela enfia no bolso da blusa. Uma onda quebra em cima dela, tudo parece ir se apagando progressivamente, como num *fade out* de cinema. Muito de longe, ouve a voz de Véronique perguntar: "Você está bem?", mas é uma voz que vem do fundo de um poço, uma voz que ecoa,

Sophie sente o corpo amolecendo, esmorecendo, até que, de súbito, tudo se apaga.

Aí está mais uma cena que ela guarda bem nítida na cabeça. Ainda hoje poderia desenhar cada móvel, cada detalhe, até o papel de parede da sala.

Está recostada no sofá, com uma das pernas dobrada, tocando o pé no chão. Esfrega os olhos buscando algum sinal de consciência, abre-os aos poucos, e sente que algo nela está impondo resistência, algo que quer continuar adormecido, distante de tudo. Ela se sente completamente esgotada, desde a manhã, aconteceu tanta coisa... Fica apoiada no cotovelo, finalmente, vira a cabeça para a sala e abre os olhos lentamente.

Ali, no pé da mesa, jaz o corpo de Véronique, banhado numa poça de sangue.

Seu primeiro gesto é o de soltar a faca de cozinha que está segurando, e que faz um barulho sinistro ao cair sobre o piso de madeira.

Como num sonho. Ela se levanta e titubeia. Maquinalmente, tenta enxugar a mão esquerda nas calças, mas o sangue já secou. Seu pé escorrega na poça que se espalha vagarosamente pelo piso e, por um triz, consegue se agarrar à mesa. As pernas bambeiam por um instante. Está bêbada, na verdade. Sem nem se dar conta, pegou a blusa, que está arrastando como se puxasse uma coleira. Como se puxasse o fio de um abajur. Ela chega ao corredor apoiada nas paredes. Ali, sua bolsa. As lágrimas embaçam os olhos novamente, ela está fungando. E cai sentada no chão. Solta a cabeça no meio dos braços, sobre a sua blusa embolada. Sente algo estranho no rosto, ergue a cabeça. Sua blusa tinha passado por cima do sangue e ela acaba de enxugar as lágrimas com ela... Lave o rosto antes de sair, Sophie. Levante-se.

Mas lhe falta força. É demais. Dessa vez, ela se deita no chão, com a cabeça escorada na porta de entrada, pronta para cair no sono de novo, pronta para tudo, menos para encarar a realidade. Fecha os olhos. E, de repente, como se mãos invisíveis a erguessem pelos ombros... Até hoje, ainda é incapaz de dizer o que aconteceu, mas lá está ela, sentada, de novo. Depois de pé, de novo. Titubeando, mas de pé. Sente, invadindo seu corpo, uma resolução a ser tomada, um instinto selvagem, algo animalesco. Toma o rumo da sala. De onde está, só enxerga as pernas de Véronique, em parte, debaixo da mesa. Ela se aproxima. O corpo está deitado de lado, o rosto escondido pelos ombros. Sophie chega mais perto, se inclina: a camisa está toda preta de sangue. Tem uma ferida enorme bem no meio da barriga, lá onde a faca tinha entrado. Barulho algum no apartamento. Ela segue rumo ao quarto. Com esses dez passos, perde toda a força que lhe restava e se senta no canto da cama. Uma das paredes do quarto tem um armário embutido, com várias portas. Apoiada nos joelhos com as duas mãos, Sophie se aproxima com dificuldade da primeira porta e abre. Dá para vestir um orfanato inteiro com o que há ali. As roupas são praticamente do seu tamanho. Sophie abre a segunda porta, a terceira, finalmente encontra uma mala, que joga aberta sobre a cama. Escolhe vestidos, porque não dá tempo de procurar o que combinaria com as saias. Pega três calças jeans surradas. Os movimentos fazem com que volte à vida. Sem nem ponta de reflexão, seleciona aquilo que menos se parece com ela. Atrás da próxima porta, encontra as gavetas de roupa íntima. Joga um punhado dentro da mala. Quanto aos sapatos, dando uma olhada rápida, vê que o leque de opções vai dos mais feiosos aos mais horrorosos. Desentranha dali dois pares de qualquer coisa e um par de tênis. Depois se senta em cima da mala para poder fechar e puxa-a até a entrada, onde a abandona, perto da sua bolsa. Vai ao banheiro e lava o rosto, sem se olhar. Percebe no espelho a manga esquerda da sua blusa, preta de sangue, tira-a imediatamente, como se estivesse em chamas. De volta ao quarto, abre o armário de novo, toma uns poucos segundos para escolher outra blusa, opta por uma azul, sem nenhum estilo. É só o tempo de enfiar nos bolsos da nova blusa tudo o que estava na sua e já se encontra na entrada do apartamento, com o ouvido colado na porta.

Ela revê perfeitamente a cena. Com cuidado, abre a porta, pega a mala com uma das mãos, a bolsa com a outra, desce sem nenhuma precipitação, enjoada, com as lágrimas secas no rosto, quase sem fôlego. Meu Deus, como é pesada essa mala. Com certeza é por causa da sua exaustão. Mais alguns passos e ela puxa o portão do prédio, sai no bulevar Diderot e pega diretamente à esquerda, dando as costas para a estação.

7

Ela colocou o passaporte sobre a pia, aberto na página da foto, e está se olhando no espelho. Seu olhar sobe e desce várias vezes. Pega novamente o passaporte e verifica a data de expedição: 1993. É velho o bastante para funcionar. Véronique Fabre, data de nascimento: 11 de fevereiro de 1970. Nem é tão diferente assim. Local: Chevreaux. Não faz a mínima ideia de onde fica Chevreaux. Em algum lugar no centro da França? Nada a declarar. Melhor procurar se informar.

Tradutora. Véronique disse que traduzia do russo e do inglês. Sophie, em matéria de línguas... Um pouco de inglês, um pouquinho de espanhol, e já faz tanto tempo isso. Se tiver que comprovar sua profissão, pode desistir, mas ela não consegue imaginar como que uma catástrofe dessas poderia acontecer. Melhor encontrar outras línguas pouco prováveis. Lituânio? Estoniano?

Na foto, bastante impessoal, uma mulher normal, de cabelos curtos, traços comuns. Sophie se olha no espelho. Sua testa é mais alta, o nariz maior, até o olhar é tão diferente... Mas tem que fazer alguma coisa. Ela se inclina e abre o saco plástico que lotou com todos os produtos comprados no Monoprix, o supermercado mais próximo: tesouras, um kit de maquiagem, óculos escuros, tinta para os cabelos. Uma última olhada no espelho e mãos à obra.

8

Ela tenta ler o destino. De pé sob o painel de informação, com a mala no chão, do seu lado, percorre com os olhos os destinos, os horários, os números das plataformas. Basta escolher tal destino em vez de outro e tudo pode dar errado. Primeiro, é preciso evitar trens como o TGV, de portas e janelas fechadas por todo o trajeto. Procurar uma cidade populosa na qual se misturar sem dificuldade. Comprar uma passagem para o destino final do trem, mas descer antes, para o caso em que o atendente do guichê venha a se lembrar do destino reservado. Ela passa a mão em um monte de fôlderes e, na mesa redonda de uma lanchonete, monta um percurso intrincado que, depois de seis conexões, pode levá-la de Paris a Grenoble. A viagem vai ser longa, um tempo para repousar.

Nos terminais de autoatendimento, filas literalmente quilométricas. Ela passa em frente ao balcão. Quer escolher o atendente. Mulheres, não, têm a reputação de serem mais observadoras. Homens jovens demais, também não, ela poderia agradá-los de alguma forma e se lembrariam dela mais facilmente. Na ponta do balcão, ela encontra o que buscava e entra na fila. Mas o sistema é de fila única, o cliente se dirige ao primeiro guichê que estiver livre. Vai precisar de umas manobras sutis para ser atendida pelo escolhido.

Ela tira os óculos escuros. Devia ter tirado antes para não chamar atenção. Tem que tomar esse cuidado de agora em diante. A fila é longa, mas chega sua vez cedo demais, ela segue discretamente, fingindo não ter visto o guichê livre, alguém fura a fila na sua frente e ela se encontra exatamente onde queria estar. Existe um deus para os criminosos. Ela tenta falar com uma voz firme, faz de conta que procura algo na bolsa enquanto pede uma passagem para Grenoble, no trem das 18h30.

– Vou ver se ainda tem lugar – responde o atendente apertando as teclas do seu computador.

Não tinha pensado nisso. Não pode mais mudar o destino, nem desistir de comprar passagem, isso poderia ficar na memória do atendente, que olha para a tela à espera de uma resposta do sistema central. Ela não sabe o que fazer, não sabe se vira as costas e vai embora, agora mesmo, para outra estação, para outro destino.

– Sinto muito – finalmente responde o atendente, olhando para ela pela primeira vez –, não tem mais lugar no trem.

Ele aperta mais algumas teclas.

– Ainda tem no das 20h45.

– Não, obrigada...

Ela respondeu rápido demais. Tenta sorrir.

– Vou pensar melhor e...

Sente que não está se saindo bem. Não é convincente o que disse, não é o que um cliente normal diria em um caso desses, mas foi tudo o que lhe veio na hora. Tem que sumir dali. Pega a bolsa e o próximo cliente já está esperando atrás dela, nem um minuto a perder, ela se vira e vai embora.

Agora tem de encontrar outro guichê, outro destino e, também, outra estratégia, pedir de uma forma que lhe possibilite mudar de ideia sem nenhuma hesitação. Apesar de ter feito todo um casting para escolher a dedo o atendente, a possibilidade de ele se lembrar dela a deixa aterrorizada. É nesse momento que vê, no hall da estação, o escritório da locadora de veículos Hertz. A essa hora, seu nome já foi desvendado, anunciado, procurado, mas não o de Véronique Fabre. Pode pagar em dinheiro, com cheque. E um carro significaria, imediatamente, ter autonomia, liberdade de locomoção, uma ideia que bate qualquer outra. Já está empurrando a porta de vidro da agência.

Vinte e cinco minutos mais tarde, um funcionário desconfiado faz com que ela olhe em detalhes um Ford Fiesta azul-marinho para constatar que está em excelente estado. Ela responde com um sorriso voluntarista. Teve tempo de pensar bem e, pela primeira vez desde horas, ela se sente forte. Com certeza estão esperando que ela se afaste rapidamente de Paris. Por ora, sua estratégia repousa em duas decisões: hoje à noite, dormir num quarto de hotel no subúrbio parisiense e, amanhã, comprar uma placa nova para o carro e o material necessário para instalá-la.

Quanto mais se distancia da região intramuros de Paris, vai se sentindo um pouco mais livre.

"Sobrevivi", diz para si mesma.

As lágrimas começam a voltar aos olhos.

9

Qual o paradeiro de Sophie Duguet?

LE MATIN | 13/02/2003 | 14h08

Sim, os especialistas foram categóricos em suas afirmações e, segundo as fontes, os prognósticos discordavam somente em relação ao tempo que levaria: no pior dos casos, Sophie Duguet estaria detida em quinze dias.

Ora, faz agora oito meses que a mulher mais procurada da França desapareceu.

Boletins atrás de boletins e, ao longo de coletivas para a imprensa e declarações, Polícia e Ministério da Justiça ainda estão passando a batata quente um para o outro.

Recordemos os fatos.

No último 28 de maio, pouco antes do meio-dia, a faxineira do senhor e da senhora Gervais descobre o corpo do pequeno Léo, seis anos. O menino havia sido estrangulado na cama com um par de cadarços de sapatos de caminhada. Logo foi dado o sinal de alerta. Rapidamente, as suspeitas recaíram sobre a babá, Sophie Duguet, nascida com o sobrenome Auverney, 28 anos, que cuidava do menino e permanece desaparecida. As primeiras constatações depõem fortemente contra a inocência da jovem: o apartamento não havia sido arrombado, a senhora Gervais, a mãe, havia deixado Sophie Duguet no apartamento pela manhã, por volta das 9 horas, acreditando que o menino ainda estava dormindo... A autópsia viria a revelar que, àquela hora, o menino já se encontrava morto havia muito tempo, indiscutivelmente estrangulado durante a noite, enquanto dormia.

A polícia esperava por uma prisão rápida, nos dias seguintes ao crime, que provocou uma indignação generalizada. O caso foi amplamente divulgado, sem dúvida devido ao fato de a pequena vítima ser o filho de um dos colaboradores mais próximos do ministro das Relações Exteriores. Vale recordar que a extrema direita, personificada em Pascal Mariani, e certas organizações, dentre as quais algumas que já críamos extintas, aproveitaram para demandar o restabelecimento da pena de morte em casos de "crimes particularmente hediondos", em seguida representados com estardalhaço pelo deputado de direita Bernard Strauss.

Segundo o Ministério do Interior, não havia possibilidade de que a fuga se prolongasse. Com certeza, a prontidão das reações da polícia não havia permitido que Sophie Duguet deixasse o território. Aeroportos e estações rodoviárias e ferroviárias estavam em estado de alerta. "Somente a experiência e uma minuciosa preparação resultam em fugas bem-sucedidas, que são raras", garantia o comissário de polícia Bertrand. Ora, a jovem dispunha de meios financeiros bastante limitados e não tinha contatos aptos a ajudá-la com eficiência, exceto o pai, Patrick Auverney, arquiteto aposentado, sob vigilância policial desde o primeiro momento.

Segundo o Ministério da Justiça, a detenção se daria em questão de "alguns dias". No Ministério do Interior, arriscavam prever um prazo máximo de "oito a dez dias". Mais prudente, a polícia falava em "algumas semanas, não mais...". E oito meses se passaram desde então.

O que aconteceu? Ninguém sabe exatamente. Mas o fato é o seguinte: Sophie Duguet literalmente evaporou. Com uma desenvoltura espantosa, a jovem abandonou o apartamento onde jazia o corpo do pequeno Léo. Passou em casa para juntar seus documentos e roupas, em seguida foi ao banco e sacou praticamente todo o montante que estava em sua posse. Foi corroborado o fato de que esteve na Gare de Lyon e, após, perdem-se as pistas. Os investigadores mostraram-se certos de que nada do ocorrido, nem o assassinato do menino nem as condições da fuga, nada foi premeditado, o que desperta certa preocupação quanto à capacidade de improvisação de Sophie Duguet.

Quase tudo neste caso ainda é um mistério. Os motivos reais do crime, por exemplo, restam desconhecidos. As hipóteses dos investigadores simplesmente evocam o quão duras devem ter sido para a jovem as duas provas sucessivas pelas quais havia passado: a perda da mãe, a doutora Catherine Auverney, a quem devia ser muito apegada, falecida em fevereiro de 2000, vítima de um câncer generalizado, e, depois, a perda do marido, Vincent Duguet, engenheiro químico de 31 anos que, um ano após um acidente de carro que o havia deixado paralítico, suicidou-se. O pai da jovem – e, ao que parece, seu único apoio – permanece cético no que concerne a tais hipóteses, mas se recusa a falar com a imprensa.

Rapidamente o caso tornou-se um verdadeiro quebra-cabeça para as autoridades. No dia 30 de maio, dois dias após o assassinato do pequeno Léo, o corpo de Véronique Fabre, uma tradutora de 32 anos, foi encontrado em seu domicílio, em Paris, por seu amigo Jacques Brusset. A jovem havia levado várias facadas na barriga. A autópsia logo revelou que o crime havia sido cometido no exato dia da fuga de Sophie Duguet, no início da tarde. E a análise do DNA recolhido no local do crime atesta, sem sombra de dúvida, a presença de Sophie Duguet no apartamento da vítima. Um carro ainda foi alugado por uma jovem que havia se identificado com os documentos roubados na residência de Véronique Fabre. Evidentemente, todos os olhares estão voltados para a jovem fugitiva.

Balanço provisório: dois dias após sua fuga, a jovem já era suspeita de haver cometido um duplo homicídio. A perseguição acirrou-se ainda mais, mas sem surtir resultado...

Convocação de testemunhas, vigilância de todos os locais em que poderia buscar refúgio, alerta a numerosos "informantes", e, por ora, nada adiantou. Pergunta-se até mesmo se Sophie Duguet não teria conseguido deixar a França... Discretamente, as autoridades judiciárias e policiais passam a responsabilidade umas para as outras, sem nenhum entusiasmo: não parece que o prolongamento da fuga (por enquanto, bem-sucedida) se deva a erros técnicos da parte de umas ou outras, mas principalmente à extrema determinação da jovem, a uma premeditação friamente calculada (contrária à hipótese da polícia) ou a uma capacidade excepcional de improvisação. O comissariado nega ter solicitado o auxílio de um especialista em situações de crise...

As redes foram lançadas, é o que nos asseguram todos. Agora, basta aguardar. Nas delegacias, estão de dedos cruzados, na esperança de que a próxima notícia que chegue sobre Sophie Duguet não seja a de um novo homicídio... E, quanto aos prognósticos, passaram a ser feitos, obviamente, com algumas ressalvas. Variam entre amanhã, depois de amanhã e jamais.

10

Sophie caminha automaticamente, sem nenhum movimento do quadril. Anda em linha reta, como se fosse um brinquedo de dar corda. Depois de bastante tempo andando, seu ritmo vai se desacelerando lentamente. Então ela para, onde quer que esteja, depois continua, sempre com a mesma intermitência.

Nesses últimos tempos, ela emagreceu consideravelmente. Está comendo pouco e qualquer porcaria. Fumando muito e dormindo mal. De manhã, acorda de súbito, se endireita num pulo, não pensa em nada, enxuga as lágrimas no rosto e acende o primeiro cigarro. Faz muito tempo que as coisas andam dessa forma. Foi assim tanto hoje pela manhã, dia 11 de março, quanto nos outros dias. Sophie ocupa um apartamento mobiliado, meio fora do eixo. Não lhe deu nenhum toque pessoal. Ainda tem o mesmo papel de parede desbotado, o mesmo carpete desgastado, o mesmo sofá estragado. Logo que está de pé, liga a televisão, um aparelho antediluviano com todos os canais sempre chuviscando. Que ela esteja assistindo ou não (na verdade, passa uma quantidade considerável de horas em frente ao aparelho), a televisão fica sempre ligada. Chegou a pegar o costume de deixá-la no mudo quando sai, sem desligar. Como volta tarde com bastante frequência, da rua pode ver as luzes azuis que piscam, iluminando sua janela. Seu primeiro gesto ao entrar é aumentar o volume. Deixou o televisor ligado várias noites, por crer que, durante o sono, seu espírito ficaria conectado ao som dos programas, evitando que tivesse pesadelos. Causa perdida. Pelo menos acorda sentindo certa presença, as previsões meteorológicas de manhã bem cedo, quando perde o sono depois de umas duas horas na cama, os canais de televendas, diante dos quais pode ficar grudada horas a fio, o jornal da tarde, durante o qual fica voluntariamente prostrada.

Por volta das 14 horas, Sophie coloca a TV no mudo e sai. Desce as escadas, acende um cigarro antes de empurrar o portão do prédio e, como de costume, bota as mãos nos bolsos para esconder a tremedeira constante.

– Vai sair da frente ou quer que eu empurre?

Horário de pico na lanchonete. Uma algazarra de enxame no *fast-food*, famílias inteiras fazendo fila, nuvens de cheiros saindo da cozinha, tomando todo o ambiente, garçonetes correndo, clientes deixando as bandejas na mesa, no espaço para fumantes, com os cigarros apagados nas embalagens de isopor, copos de refrigerantes virados, debaixo das mesas também. Sophie está atrelada ao pano de chão. Os clientes desviam do rodo com suas bandejas na mão, um grupo de estudantes faz um barulho infernal atrás dela.

– Deixa pra lá – fala Jeanne de passagem –, ele é um imbecil de primeira.

Jeanne, uma moça magra com o rosto meio cubista, é a única pessoa com quem ela conseguiu se dar bem. Quanto ao imbecil de primeira, não é nada de primeira. Deve ter uns 30 anos. Bem moreno, grande, faz musculação à noite, engravatado como um chefe de departamento dessas lojas grandes, particularmente meticuloso em relação a três pontos: os horários, os salários e a bunda das garçonetes. Quando a lanchonete está pegando fogo, ele "comanda o bando" com o rigor de um legionário e, à tarde, passa a mão na bunda das mais pacientes, já que as outras encontram logo a porta da saída. Está tudo ótimo para ele. Todo mundo sabe que ele faz seus trambiques ali, que a higiene é um conceito decorativo para ele e qual sua razão para amar a profissão: que o ano tenha sido bom ou não, embolsa vinte mil euros por debaixo dos panos e transa com uma dúzia e meia de garçonetes, aquelas capazes de qualquer coisa para conquistar ou manter um emprego muito abaixo de todas as normas sociais. Enquanto passa o pano de chão nos azulejos, Sophie vê que ele está olhando. Na verdade, não está realmente olhando para ela, está avaliando, com cara de quem pode possuí-la quando quiser. Seu olhar expressa exatamente o que sente. Suas "meninas" são seus objetos. Sophie segue com o trabalho, sabendo que vai ter que procurar outra coisa.

Faz seis semanas que ela trabalha ali. Ele a recebeu sem nenhuma cerimônia, com uma proposta prática e direta para o seu problema permanente.

– Você quer um contracheque ou quer grana?
– Grana – respondeu Sophie.
Ele disse:
– Qual é o seu nome?
– Juliette.
– Então ficamos assim, Juliette.

Já começou no dia seguinte, sem contrato, sem carteira, recebendo em dinheiro; ela nunca escolhe seus horários, tem que lidar com intervalos absurdos durante os quais não dá nem para passar em casa, cobre os períodos noturnos muito mais que as outras e deixa o serviço tarde da noite. Ela finge que sofre, enquanto, na verdade, isso vem a calhar. Achou um lugar para morar num bairro meio excêntrico, beirando o bulevar que as prostitutas tomam de assalto logo que a noite cai. Não é conhecida no bairro, sai cedo de casa e volta na hora em que os vizinhos estão grudados na frente da televisão ou dormindo. Quando larga o serviço tarde demais, depois do horário do último ônibus, volta de táxi. Nos intervalos, aproveita para se reorientar, buscar outra casa, outro trabalho onde não lhe perguntem nada. Adotou essa técnica desde o início: logo que para em algum lugar, já começa a procurar outra base, outro trabalho, outro quarto para alugar... Não pode parar, tem que se mover. No início, circular sem documento pareceu até fácil, mas muito desgastante. Ela não dormia quase nada, sempre se esforçava para modificar seu trajeto pelo menos duas vezes por semana, onde quer que estivesse. Quando os cabelos cresceram, já pôde mudar o corte. Comprou óculos com lentes transparentes. Fica atenta a tudo e troca tudo regularmente. Já morou em quatro cidades diferentes. E esta não é das piores. O pior é o trabalho.

A segunda-feira é o dia mais complicado: três intervalos irregulares em uma jornada de trabalho de mais de dezesseis horas. Por volta das 11 horas, andando por uma avenida, decidiu parar alguns minutos ("Dez minutos no máximo, Sophie, nunca mais que isso") na varanda de um café. Na entrada, pegou um jornal gratuito cheio de propagandas chamativas e acendeu um cigarro. O céu estava começando a se fechar. Tomando o seu café, pôs-se a pensar nas próximas semanas ("Sempre antecipar o que virá, sempre"). Folheou o jornal distraidamente. Páginas inteiras de propagandas de telefone celular, os incontáveis classificados com carros em promoção... e, de repente, ela parou, pôs a xícara na mesa, apagou o cigarro, acendeu outro, nervosa. Fechou os olhos. "Bom demais pra ser verdade, Sophie, não, pensa bem."

Mas, apesar de pensar bem... É complicado, mas está aí, debaixo dos seus olhos, o que talvez possa ser o meio de se safar, uma solução definitiva, custosa, cara, mas seguramente inigualável.
Um último obstáculo, bastante grande esse, e depois tudo pode mudar.
Sophie passa um bom tempo absorta em reflexões. Seu espírito está borbulhando, tanto que está tentada a tomar umas notas, mas

ela se contém. Vai se dar alguns dias para pensar melhor, depois, se isso ainda lhe parecer uma boa solução, ela parte para a ação.

É a primeira vez que infringe sua regra: passa mais de quinze minutos em um mesmo lugar.

Sophie não consegue dormir. Em casa, com mais segurança, pode se arriscar a tomar umas notas para se esclarecer. Todos os elementos estão ali, reunidos, em cinco linhas. Ela acende um cigarro, relê suas anotações e, logo em seguida, queima o papel no conduto de lixo do prédio. Tudo depende de duas condições: encontrar a pessoa certa e ter dinheiro o suficiente. Sempre que chega a algum lugar, a primeira precaução que ela toma é a de deixar no guarda-volumes da estação de trem uma mala com tudo o que seria necessário em caso de fuga. Além de roupas e todo o indispensável para mudar de aparência (tinta de cabelo, óculos, maquiagem, etc.), mantém na bagagem onze mil euros. Mas essa nova solução, ela não tem a mínima ideia de quanto poderia custar. E se não tiver o bastante?

Como manter de pé esse castelo de cartas? É uma loucura, são condições demais para que dê certo. Em pensamento, tem a impressão de que, para cada empecilho, a resposta seria "Pode ser que funcione", mas todas essas ressalvas, secundárias se consideradas isoladamente, uma vez que se acumulam, fazem com que seu plano não pareça nada realista.

Ela aprendeu a desconfiar dela mesma. Talvez seja o que melhor sabe fazer. Respira fundo, procura um cigarro e se dá conta de que é o último. O despertador está marcando 7h30. O trabalho começa só às 11 horas.

Por volta das 23h, ela larga o serviço. Choveu à tarde, mas a noite está bonita, fresca. A essa hora, ela sabe que, com um pouco de sorte... Desce o bulevar, respira profundamente, pergunta uma última vez para si mesma se pode contar com alguma outra solução, sabendo muito bem ter feito o inventário completo das raras opções disponíveis, e que não achou nada melhor. Agora tudo vai ficar por conta da intuição. Por conta da intuição, sério...?

Os carros vão devagar, param, com os vidros baixados, procuram saber o preço e avaliar a mercadoria. Outros dão meia-volta na extremidade do bulevar e retornam pelo sentido oposto. No início, quando voltava tarde para casa, ela evitava aquele caminho, mas o desvio era longo e, no final, no fundo, acabou se dando conta de que não achava desagradável aquilo: tendo reduzido ao mínimo o seu contato com o mundo exterior e morando por perto, pois só assim para se conhecer a vizinhança, até encontrava certo reconforto em responder ao cumprimento vagamente familiar daquelas mulheres que, como ela, talvez se questionavam se, também, conseguiriam se safar um dia.

A iluminação do bulevar é por setores. No primeiro, é o bulevar da aids. As garotas ainda jovens, como que elétricas, parecem estar sempre esperando pela próxima dose. São suficientemente bonitas para ir à luta debaixo da luz. Mais ao longe, as outras se refugiam na penumbra. E, mais ao longe ainda, quase que na escuridão total, é o canto dos travestis, com os rostos maquiados que, de bochechas azuis, às vezes emergem como máscaras de carnaval.

Sophie mora ainda mais longe, em uma parte ao mesmo tempo mais calma e mais sombria. A mulher em quem tinha pensado está lá. Uma loira oxigenada de uns 50 anos, mais alta que Sophie, com um corpete volumoso que deve atrair certa clientela. Elas se olham e Sophie para diante dela.

– Desculpa... Estou precisando de uma informação.

Sophie escuta a própria voz ressoar alta e clara. Fica até surpresa com sua autoconfiança.

E, antes que a mulher possa responder:

– Eu posso pagar – acrescenta ela, deixando que a outra perceba a nota de cinquenta euros no seu punho semicerrado.

A mulher a encara por um instante, depois olha ao redor, dá um leve sorriso e diz, com uma voz rouca de anos de cigarro:

– Depende da informação...

– Preciso de um documento... – diz Sophie.

– Que documento?

– Uma certidão de nascimento. Não importa o nome, o que me interessa é a data. Quer dizer... o ano. Talvez você saiba com quem eu posso falar...

No roteiro que tinha idealizado, Sophie encontrava certa compaixão, conivência até, mas isso era um mero impulso romântico seu. Claro que ali só se tratava de negócios.

– Preciso disso... em condições razoáveis... Só peço um nome, um endereço...

– Não é assim que as coisas funcionam.

A mulher vira as costas antes que Sophie possa fazer o mínimo gesto. Ela fica lá, paralisada, sem estar certa de nada. Depois a mulher se volta para ela e solta, simplesmente:

– Passa de novo semana que vem, vou procurar saber...

A mulher estende a mão e espera, sem desgrudar os olhos dos de Sophie, que hesita, mexe na bolsa e tira uma segunda nota, que logo desaparece.

Agora que sua estratégia está em suspenso, e também porque não vê melhor opção, Sophie mal espera o resultado da primeira medida tomada e já parte para a segunda. Sem dúvida, sente no fundo um desejo de forçar o destino. Dois dias depois, como dispõe de um intervalo bem no meio da tarde, faz uma volta de reconhecimento. Tomou o cuidado de escolher um alvo distante tanto do restaurante quanto da sua residência, no outro extremo da cidade.

Ela desce do ônibus no bulevar Faidherbe e caminha por muito tempo, com a ajuda de um mapa para não ter que pedir informação a ninguém. Passa diante da agência e segue em frente, sem pressa, só para dar uma olhada lá dentro, mas tudo o que consegue enxergar é um escritório vazio, com fichários e alguns cartazes nas paredes. Então atravessa a rua, dá meia-volta e entra em um café de onde pode ver a vitrine sem se fazer notar. Sua observação é tão decepcionante quanto sua primeira passada ali à frente: é um daqueles lugares típicos onde não há nada para se ver, o tipo de agência que se preocupa em manter uma aparência impessoal, para não desanimar os visitantes. Alguns minutos mais tarde, Sophie paga o café, atravessa a rua decidida e empurra a porta de entrada.

O escritório ainda está vazio, mas a sineta da porta faz com que logo chegue uma mulher, de uns 40 anos, com os cabelos mais ou menos ruivos, cheia de joias, e que lhe estende a mão como se elas fossem amigas de infância.

– Myriam Desclées – ela se apresenta.

Seu nome parece tão falso quanto a cor dos seus cabelos. Sophie responde como "Catherine Guéral", que, por incrível que pareça, soa mais verossímil.

É notório na gerente da agência o gosto por se fazer de psicóloga. Ela colocou os cotovelos sobre a mesa, apoiou o queixo entre as mãos e olha fixamente para Sophie, com um sorriso meio compreensivo, meio sofrido, que, supostamente, deveria deixar transparecer um profundo conhecimento da dor humana. Sem contar com os honorários.

– É tanta solidão, não é? – sussurra ela, lentamente.

– Um pouco... – arrisca Sophie.

– Conta pra mim quem é você...

Mentalmente, Sophie faz uma releitura rápida do pequeno memorial que preparou com tanta paciência, cujos elementos foram todos pensados e sopesados.

– Me chamo Catherine, tenho 30 anos... – começou.

A entrevista poderia durar horas. Sophie sabe bem que a gerente está empregando todos os seus artifícios, sem cara feia para os mais grosseiros, tudo para convencê-la de que é "compreendida", que encontrou a escuta atenta e experiente de que precisa, enfim, tudo para assegurá-la de que está em boas mãos, nas boas mãos de uma deusa mamãe, de alma sensível, que compreende tudo com meia palavra, e o demonstra por mímicas significando ora: "Não precisa falar mais nada, já entendi tudo", ora: "Sei exatamente qual é o problema".

Sophie está contando os poucos minutos que tem. Ela pergunta, da forma mais desajeitada que consegue, "como é que funciona tudo", depois explica que precisa voltar logo para o trabalho.

Essas situações são sempre uma corrida contra o relógio. Uma pessoa quer escapar, a outra quer segurar. É uma intensa luta de influência ao longo da qual se desenrolam, em alta velocidade, todas as etapas de uma verdadeira guerra em miniatura: ataques, esquivas, reorganização, intimidação, falsa retirada, mudança de estratégia...

Depois de tudo isso, Sophie não aguenta mais. Já sabe o que queria saber: o preço, o nível da clientela, a organização dos encontros, a garantia. Ela se atém a um "Vou pensar melhor" balbuciado, embaraçado, porém convicto, e sai. Fez o máximo que podia para não instigar demais a imaginação da gerente. Falou sem hesitação nome falso, endereço falso, número de telefone falso. Voltando em direção ao ponto do ônibus, Sophie sabe que nunca voltará ali, mas agora tem a certeza de que sua esperança não é em vão: se tudo der certo, logo ela poderá adquirir uma identidade nova em folha e totalmente incontestável.

Limpa, lavada, Sophie, assim como dinheiro sujo.

Graças a uma certidão de nascimento lavrada com um nome falso, mas perfeitamente dentro das normas. A única coisa que vai restar a fazer é escolher o candidato certo para ser seu marido, um que lhe dê um novo sobrenome, irrepreensível, acima de qualquer suspeita...

Assim, jamais vão encontrá-la.

Uma Sophie vai desaparecer, a ladra, a matadora, adeus à Sophie-a-Louca.

Resgatada do buraco negro.

Aqui está Sophie-a-Limpa.

11

Sophie não leu muitos romances policiais, mas guarda algumas imagens na cabeça: no fundo de um bar, em um bairro suspeito, uma sala cheia de homens antipáticos, jogando cartas em meio a uma atmosfera enfumaçada. Em vez disso, ela se encontra em um apartamento enorme, todo pintado de branco, com as vidraças que dão para uma grande parte da cidade, diante de um homem de uns 40 anos, não tão sorridente, é verdade, mas visivelmente civilizado.

O lugar é a imagem exata de tudo o que detesta: a mesa com tampo de vidro, as poltronas de alto design, o abstrato dependurado na parede... o trabalho de um decorador que teria um gosto bem comum.

O homem está sentado detrás da sua mesa. Sophie continua de pé. Por meio de um recado na sua caixa de correio, foi convocada a comparecer ali, num horário impossível para ela. Um recado simples, com o endereço e o horário, nada mais.

– Então, você precisa de uma certidão de nascimento... – simplesmente, disse o homem, olhando para ela.

– Não é pra mim... é...

– Não perca o seu tempo, pouco importa...

Sophie olha concentrada para o homem, tentando decorar seus traços. Uns 50 anos, na verdade, e, fora isso, nada mais a dizer. Um sujeito como qualquer outro.

– Nossa reputação no mercado é inabalável. Nossos produtos são de grande qualidade – retoma o homem –, é esse o nosso segredo.

Voz suave e vigorosa, dando a impressão de que se está em mãos firmes.

– Podemos lhe oferecer uma identidade boa e confiável. Claro que não poderá utilizá-la por toda a eternidade, mas digamos que por um prazo razoável, a qualidade dos nossos produtos é indiscutível.

– Quanto? – pergunta ela.

– Quinze mil euros.

– Mas eu não tenho isso tudo!

Sophie protestou. O homem sabe negociar. Para, pensa um instante, depois pronuncia num tom definitivo:

– Não iremos abaixo dos doze mil.

É mais do que ela tem. E, mesmo que consiga o que falta, não vai sobrar nem um tostão. Ela tem a sensação de que está num prédio em chamas, diante de uma janela aberta. Saltar ou não saltar? E não tem segunda chance. Ela tenta avaliar sua posição no olhar do interlocutor, que está totalmente imóvel.

– Como é que funciona? – pergunta ela, por fim.
– É muito simples... – retoma o homem.

O fast-food está a todo vapor quando Sophie chega, com vinte minutos de atraso. Na correria, logo que entra, percebe a cara feia de Jeanne apontando para a extremidade do balcão. Sophie não tem tempo nem de ir ao vestiário.

– Que sacanagem é essa?

O gerente vem bufando para cima dela. Para não chamar atenção da clientela, chega bem perto, como se quisesse bater nela. Ele está com bafo de cerveja. Fala com a mandíbula tensa, quase sem abrir a boca.

– Mais uma dessa, eu meto o pé na sua bunda e rua!

Em seguida, o dia foi o inferno de sempre, panos de chão, bandejas, ketchup escorrendo, cheiro de fritura, idas e vindas sobre os azulejos escorregadios de tanta Coca derramada, lixeiras transbordando e, cerca de sete horas mais tarde, Sophie se dá conta de que, absorta em seus pensamentos, tinha terminado o serviço há mais de vinte minutos. Esse tempo extra não lhe traz nenhum arrependimento, o que ela está fazendo é imaginar como as coisas vão se passar agora. Porque, no meio do tumulto, não conseguia parar de pensar no encontro com aquele homem e nos termos que ele impôs. Agora ou nunca. O plano que elaborou está encaminhado. Agora é só uma questão de dinheiro e pormenores. Quanto aos pormenores, depois da visita à agência, ela sabe que vai dar conta. Quanto ao dinheiro, ainda falta um pouco. Pouca coisa. Um pouco menos de mil.

Ela vai para o vestiário, guarda a blusa na prateleira acima do cabideiro, troca os sapatos e se olha no espelho. Sua pele tem a palidez dos que trabalham no turno da noite. Mechas engorduradas escorrem pelo rosto. Ainda criança, de frente para o espelho, às vezes olhava bem no fundo dos olhos e, depois de certo tempo, se sentia hipnotizada, uma espécie de vertigem que a obrigava a segurar na pia para não perder o equilíbrio. Era como se mergulhasse no que há de desconhecido e adormecido dentro de nós. Por um instante, ela olha fixamente para as pupilas, até não ver nada além disso, mas, antes que se deixe engolir por seu próprio olhar, ouve a voz do gerente nas suas costas.

– Nada mal...

Sophie se volta para trás. Ele está parado na entrada, escorado no umbral da porta. Ela arruma a mecha de cabelo caída e encara o gerente. Não tem tempo para refletir, as palavras saltam da sua boca:

– Preciso de um adiantamento.

Sorriso. Sorriso indescritível, que engloba todas as vitórias dos homens, até as mais sombrias.

– Olha só...!

Sophie se apoia na pia e cruza os braços.

– Mil.

– É mesmo, mil, só isso...

– É praticamente o que tem que me pagar.

– É o que tenho que pagar pra você no fim do mês. Não dá pra esperar?

– Não, não dá.

– Ah...

Ficam se encarando por um bom tempo e é nos olhos desse homem que ela encontra o que estava procurando um pouco mais cedo no espelho, aquela espécie de vertigem, mas sem nenhum traço de intimidade. É vertiginoso, mais nada, e dói no corpo todo, nas entranhas.

– Então? – pergunta ela, para ver se vai embora de uma vez.

– Vamos ver... Vamos ver...

O homem está bloqueando a saída e, subitamente, Sophie se revê saindo do banco, alguns meses atrás. Um gosto desagradável de déjà-vu. Mas algo diferente também...

Ela começa a andar para sair, mas o homem agarra seu punho.

– A gente pode dar um jeito nisso – ele fala, articulando cada sílaba –, passa no meu escritório amanhã à noite, quando terminar seu serviço.

Depois, metendo a mão de Sophie no meio de suas pernas, ele acrescenta:

– A gente vê o que dá pra fazer.

E está aí toda a diferença. Abertamente, dá-se início ao jogo, não se trata de uma tentativa de sedução e, sim, da afirmação de uma posição de poder, de uma negociação concreta entre duas pessoas, cada uma suprindo a demanda da outra. Simples assim. Sophie chega a se surpreender. Faz vinte horas que está de pé, nove dias que não tem descanso, dorme pouco para evitar os pesadelos, está exausta, esgotada, quer acabar logo com isso, toda a energia que resta está sendo depositada neste plano, ela tem que sair dessa, agora, custe o que custar. De qualquer maneira, nada seria mais custoso que a vida que está levando, que está consumindo tudo o que tem, podando sua existência pela raiz.

Por sua própria conta, ela abre a mão e, por sobre o tecido, pega no pênis ereto do homem. Ela olha dentro dos seus olhos, mas ele não a enxerga. Como se fosse a coisa mais natural do mundo, segura o pinto do homem e aperta. Negócio fechado.

Dentro do ônibus, ela diz para si mesma que, se tivesse que chupá- lo, ali, na hora, teria chupado, sem nenhuma hesitação. Não sente emoção alguma ao pensar nisso. Só está fazendo uma observação para si mesma, nada mais.

Sophie passa a noite inteira na janela, fumando. Dali, a distância, do lado do bulevar, vê a luz dos postes e imagina as prostitutas na sombra, ao pé das árvores, ajoelhadas na frente de homens que olham para o céu enquanto seguram suas cabeças no meio das pernas.

Sem saber por que, alguma associação de ideias faz retornar ao espírito a cena do supermercado, os seguranças colocando, sobre a mesa de aço, produtos que ela não tinha comprado, mas que estavam na sua sacola. Ela tenta responder às perguntas. Tudo o que quer é que Vincent não fique sabendo de nada.

Se Vincent ficar sabendo que está louca, vai interná-la.

Em uma conversa entre amigos, muito tempo atrás, ele tinha dito que, se "tivesse uma mulher assim", iria interná-la, rindo, claro, estava brincando, mas Sophie nunca conseguiu tirar aquilo da mente. Foi ali que surgiu o medo. Talvez já estivesse louca demais para discernir as coisas, para entender essa frase na sua real dimensão, que era a da brincadeira. Pensou várias vezes nisso, durante meses: se Vincent perceber que estou louca, vai me internar...

De manhã, por volta das 6 horas, ela se levanta da cadeira, toma uma ducha rápida e se recosta, por uma hora, antes de sair para o trabalho. Chora, calmamente, com os olhos fixos no teto.

É como uma anestesia. Algo a faz agir, ela tem a impressão de estar encolhida bem no fundo do seu envelope corporal, como se estivesse dentro de um cavalo de Troia. O cavalo age por ela, ele sabe o que tem que fazer. Quanto a ela, basta esperar, apertando bem forte as orelhas, com as duas mãos.

12

Jeanne, na manhã de hoje, está com uma cara ruim, mas quando vê Sophie chegando, parece presenciar uma catástrofe.

– Mas o que aconteceu com você? – pergunta ela.

– Nada, por quê?

– Que cara é essa...?

– Pois é – responde Sophie rumo ao vestiário, para pegar sua blusa –, não dormi direito.

Curiosamente, não sente sono nem cansaço. Mais tarde, talvez. Imediatamente, ela começa pelo piso da sala do fundo.

Mecanicamente. Você pega o pano de chão no balde, sem pensar. Torce-o e o estende no piso. Quando o pano esfria, mergulha-o de novo no balde e continua. Você não pensa.

Você esvazia os cinzeiros, passa um pano rápido neles, coloca-os de volta no lugar. Daqui a pouco, Jeanne vai se aproximar e dizer para você: "Realmente, que cara estranha essa sua hoje...!". Mas você não vai responder. Mal vai ter escutado o que ela disse. Vai dar um sinal qualquer com a cabeça. Você não fala. Tende a uma fuga que sente borbulhar dentro de você, a fuga necessária. Imagens vão vir à cabeça, mais imagens, rostos, você vai tentar espantá-los como se fossem moscas, arrumando essa mecha de cabelo que não para de cair quando você se curva. Automaticamente. Depois, vai passar para a cozinha, para o cheiro de fritura. Perto de você, alguém rondando. Você ergue os olhos, é o gerente. Você segue com o serviço. Maquinalmente. Você sabe o que quer: partir. Rápido. Então trabalha. Faz o que for necessário para isso. Fará tudo o que for necessário. Pálpebras caídas. Sonâmbulas. Sacode a cabeça, espera. Você vai partir. É absolutamente necessário partir.

O fim da investida se dá por volta das 23 horas. Nesse momento, todo mundo está esgotado e é uma difícil tarefa a do patrão, de reanimar as tropas para que tudo fique pronto para o dia seguinte. Então ele passa por todos os cantos: na cozinha, na sala de refeições, lançando: "Mais rápido, senão a gente vai passar a noite toda aqui..." ou "Balança essa carcaça, porra!". E é assim que, em torno de 23h30, tudo está terminado. A administração é uma arte, de certa forma.

Em seguida, todos se vão bem rápido. Sempre ficam alguns ainda, fumando um cigarro na porta antes de ir embora, trocando umas palavrinhas banais. Aí o patrão dá uma última volta no local, fecha as portas e aciona o alarme.

Todos foram embora agora. Sophie olha para o relógio e constata que vai ser um pouco apertado: 1h30 tem que estar no seu encontro. Passa no vestiário, guarda sua blusa, fecha o armário, atravessa a cozinha. Chega ao corredor que, ao fundo, dá para a rua detrás do restaurante e, à direita, para a porta do escritório. Ela bate na porta e entra, sem esperar pela resposta.

É um cômodo pequeno, todo de cimento, só com as paredes pintadas de branco, mobiliado com isso e aquilo, com uma escrivaninha de aço carregada de papéis, de contas, um telefone e uma calculadora elétrica. Atrás da escrivaninha, um móvel de aço sobre o qual existe uma janela basculante bastante suja, que dá para o pátio nos fundos do restaurante. O gerente está na sua mesa, ao telefone. Logo que ela empurra a porta, ele sorri e, continuando sua conversa, faz um sinal para ela se sentar. Sophie fica de pé, encostada na porta.

Ele diz simplesmente: "Até mais..." e desliga o telefone. Aí se levanta e vai em direção a Sophie.

– Veio buscar o adiantamento? – pergunta ele em voz baixa. – Quanto era mesmo?

– Mil.

– A gente dá um jeito... – é o que ele diz, já tomando a sua mão direita e levando direto para a braguilha.

E dá-se um jeito, sem dúvida alguma. Como? Sophie não se recorda muito bem agora. Ele disse algo como: "Cá entre nós, tudo certo?". Sophie deve ter sinalizado que sim, que está tudo certo. Na verdade, ela não estava realmente escutando, era como um tipo de vertigem interna, alguma coisa que vem do fundo dela mesma, mas que deixa a cabeça vazia. Poderia muito bem cair, ali mesmo, soltar todo o peso e desaparecer, derreter, desmaiada no chão. Ele deve ter colocado as mãos nos ombros dela e forçado, bastante, até Sophie se sentir ajoelhada na frente dele, mas, isso também, ela não sabe direito. Depois, viu o sexo dele, ereto, sendo enfiado na sua boca. Apertou os lábios, não lembra mais o que fez com as mãos. Não, as mãos não se moviam, não havia nada além da boca, simplesmente, fechada ao redor do pau do sujeito. O que ela fez? Nada, não fez nada, deixou o homem ir e vir dentro da sua boca por um bom tempo. Por um bom tempo? Talvez não. Por quanto tempo, não dá para imaginar... Mas sempre acaba passando. Espera, tem uma coisa de que ela se lembra bem: ele ficou nervoso. Com certeza, por ela estar passiva demais, ele foi de uma vez até o fundo da garganta de Sophie, que recuou a cabeça e trombou com a porta. Ele deve ter segurado a cabeça dela com as mãos, sim, sem dúvida, porque seu quadril começou a fazer movimentos mais curtos, mais febris. Espera, tem outra coisa, ele disse: "Fecha essa boca direito!", com raiva. Sophie fechou a boca, fez o que era necessário. Sim, apertou os lábios com mais força, de olhos fechados, ela não se recorda muito bem. Depois...? Depois, nada, quase nada. O pau do sujeito ficou imóvel por um segundo, ele soltou um grito rouco, ela sentiu o esperma dentro da boca, espesso, amargo, feito água sanitária, deixou vir tudo na boca, desse jeito, enxugando os olhos com as mãos, assim mesmo. Esperou e, no final, quando ele recuou, ela cuspiu no chão, uma vez, duas vezes. Quando ele viu, disse: "Vagabunda!", sim, é isso que disse, e Sophie cuspiu uma vez mais, se apoiando no chão de cimento com uma das mãos. E, depois... lá estava ele de novo, furioso, e ela, ainda na mesma posição, sentia dor nos joelhos. Então ela se levantou, com muita dificuldade. Quando estava de pé, ela se deu conta, pela primeira vez, de que ele era mais baixo do que ela pensava. Ele estava lutando para colocar o pau de volta nas calças, parecia não saber bem o que estava fazendo, estava se contorcendo todo. Depois disso, foi à sua mesa, voltou e meteu o dinheiro na mão dela. Ele estava olhando para tudo o que Sophie tinha cuspido no chão e disse: "Vai, cai fora...". Sophie virou, deve ter puxado a porta e caminhado pelo corredor, deve ter ido ao vestiário, não, foi ao banheiro, tentou lavar a boca, mas não deu tempo, virou-se rapidamente, deu três passos, inclinou-se sobre o sanitário e vomitou. Disso, ela tem certeza. Vomitou tudo. Doía tanto a barriga, a náusea era tão forte que precisou ficar de joelhos e se apoiar com as duas mãos na cerâmica branca, ainda segurando o dinheiro, todo amassado. Enxugou, com as costas da mão, os fios de baba que pendiam dos lábios. Mal tinha forças para se levantar e dar descarga. Sentia um cheiro insuportável de vômito. Encostou a testa na cerâmica fria do vaso, para recobrar o espírito. Ela se viu levantando, mas não se lembra de ter se levantado mesmo, não, primeiro se recostou, no vestiário, no banco de madeira. Colocou a mão na testa, como se quisesse impedir que os pensamentos se afogassem. Segurou a cabeça com uma das mãos e colocou a outra na nuca. Encontrou apoio no armário e se levantou, um movimento simples, que parecia demandar uma energia inacreditável. Sua cabeça rodava, ela teve que fechar os olhos durante um bom tempo para recuperar o equilíbrio, e pronto. Aos poucos, foi recobrando o espírito.

Sophie abre o armário, pega o seu casaco, mas não o veste, coloca-o no ombro para sair. Mexe na bolsa. Não é fácil com uma mão só. Então põe a bolsa no chão, continua mexendo. Um papel amassado, talvez uma nota de supermercado, uma nota velha. Mexe um pouco mais e encontra uma caneta. Rabisca com força o papel, até a caneta funcionar, escreve algumas palavras e passa o papel na fresta da porta de outro armário. Em seguida, o quê? Vira à esquerda, não, à direita. A essa hora, a saída é pela porta dos fundos, como nos bancos. O corredor ainda está iluminado. É ele quem vai fechar. Sophie segue pelo corredor, passa em frente ao escritório, coloca a mão na maçaneta de ferro da porta dos fundos e começa a empurrar. Um sopro de ar fresco, o ar da noite, roça o seu rosto, mas ela não sai. Pelo contrário, volta o olhar para trás, para o corredor. Isso não pode acabar assim. Então ela refaz o caminho de antes, ainda com o casaco dependurado no ombro. Encontra-se em frente à porta do escritório, calma. Troca o casaco de lado e abre a porta, bem devagar.

Na manhã seguinte, no vestiário, havia um papel com um recado dentro do armário de Jeanne: "A gente se vê numa outra vida. Beijo". O recado não estava assinado. Jeanne o colocou no bolso. Todo o pessoal ali presente foi reunido numa sala, mantiveram baixada a porta de ferro. Serviço de identificação criminal em pleno trabalho, lá no fundo do corredor. A polícia pegou a identidade de todos e logo foram conduzidos os interrogatórios.

13

    Está fazendo um calor dos infernos. Vinte e três horas. Sophie está caindo de cansaço, sem conseguir pegar no sono. Não tão longe dali, percebe as músicas de um baile. Som mecânico. Noite mecânica. Não consegue impedir que sua mente busque os títulos de algumas das canções. Coisas dos anos 70. Ela nunca gostou de dançar, sentia-se desengonçada demais. Só um pouco de rock, aqui e ali, e, mesmo assim, sempre os mesmos passos.
    Um estrondo a assusta: os primeiros estouros da queima de fogos. Ela se levanta.
    Pensa no documento que vai comprar. É a solução. É inevitável.
    Sophie escancarou a janela, acendeu um cigarro e observa os buquês que formam os fogos no céu. Fuma calmamente. Não chora.
    Meu Deus, que caminho esse que ela resolveu trilhar...

14

    O lugar lhe parece tão impessoal quanto antes. O fornecedor olha para ela entrando. Os dois ficam de pé. Sophie tira da bolsa um envelope espesso, puxa dali um maço de notas e se prepara para começar a contagem.
    – Não precisa...
    Ela ergue os olhos. E compreende que alguma coisa está errada.
    – Sabe como é, senhorita, nosso trabalho é regido pelas leis do mercado...
    O homem se expressa calmamente, sem se mover.
    – É a lei da oferta e da procura, tão antiga quanto a criação do mundo. Nossos preços não são estipulados a partir do valor real do produto, mas a partir do nível de interesse dos clientes.
    Sophie sente um nó na garganta. Engole em seco.

– E, desde a nossa primeira conversa – retoma o homem –, as coisas mudaram bastante..., Sra. Duguet.

Sophie sente as pernas bambearem, o cômodo começa a rodar, ela se apoia por um instante na beira da mesa.

– A senhora não prefere se sentar...?

Muito mais que se sentar, Sophie desaba na cadeira.

– Você... – começa ela, mas as palavras não saem.

– Fique tranquila, não corre nenhum perigo aqui. Mas precisamos saber com quem estamos lidando. Sempre nos informamos. E não foi fácil no seu caso. Você sabe se organizar, Sra. Duguet, aliás, até a polícia já suspeita disso. Mas nós conhecemos bem nosso trabalho. Agora sabemos quem é você, mas garanto que seu nome permanecerá em sigilo. Não temos nenhum interesse em manchar nossa reputação.

Sophie, aos poucos, foi recobrando o espírito, mas é penetrada pelas palavras bem devagar, como se, primeiro, elas tivessem que perfurar uma espessa cortina de neblina. Ela chega a articular algumas palavras.

– E isso quer dizer que...?

É tudo o que consegue nessa primeira tentativa.

– Isso quer dizer que o preço mudou.

– Quanto?

– Dobrou.

O pânico deve estar refletido no rosto de Sophie.

– Sinto muitíssimo – diz o homem. – Aceita um copo d'água?

Sophie não responde. Tudo está arruinado.

– Eu não posso... – diz ela, como se falasse consigo mesma.

– Claro que pode, depois de ter manifestado tantas vezes uma capacidade espetacular de se reerguer. Senão não estaria aqui agora. Digamos, então, que nos revemos em uma semana. Vencido esse prazo...

– Mas o que me garante que...

– Infelizmente, nada, Sra. Duguet. Somente minha palavra. Mas, acredite, ela vale mais que qualquer seguro.

O senhor Auverney é um homem alto, do tipo que poderia ser chamado de "enxuto", o que significa que está velho, mas envelheceu bem. Faça chuva ou faça sol, está sempre de chapéu e, agora, com um de pano. Como está um pouco quente dentro dos correios, tirou-o da cabeça. Na sua vez, o senhor Auverney vai ao guichê, coloca o chapéu na borda do balcão e estende para o atendente a notificação da chegada de correspondência para ele e sua carteira de identidade. Desde que Sophie começou a ser procurada, ele aprendeu a nunca se voltar para trás, pois sabe que foi vigiado. E ainda pode estar sendo. Na dúvida, deixando os correios, entra em um bar ao lado, pede um café e pergunta onde ficam os sanitários. A mensagem recebida é curta: "souris_verte@msn.fr". O senhor Auverney, que não fuma há mais ou menos vinte anos, tira do bolso o isqueiro, que estava carregando por precaução. Queima a mensagem no vaso do banheiro. Depois, toma calmamente o seu café. Apoiou os cotovelos no balcão, o queixo nas duas mãos cruzadas, na posição de um homem que deixa o tempo passar. Na realidade, está assim porque suas mãos estão tremendo.

Dois dias mais tarde, o senhor Auverney está em Bordeaux. Entra num prédio antigo cujo átrio tem a aparência mais pesada do que a de uma porta de prisão. Sabe bem onde está, dirigiu uma reforma de renovação do local, alguns anos atrás. Foi até ali especialmente para entrar e sair, como se estivesse brincando de gato e rato. Ali, porque, quando se entra pelo n° 28 da rua d'Estienne-d'Orves e se faz um longo percurso pelo subsolo do prédio, há uma saída no n° 76 do beco Maliveau. Quando chega, a viela está vazia. E lá, uma porta pintada de verde dá num pátio, o pátio dá nos sanitários do bar Balto e o Balto dá no bulevar Mariani.

O senhor Auverney sobe tranquilamente o bulevar, até o ponto de táxi, entra em um deles e, daí, segue para a estação.

Sophie apaga o último cigarro do maço. O tempo está fechado desde a manhã. Céu nublado. Venta. O garçom, desocupado, vagueia por perto da porta, ao lado da mesa em que Sophie pediu seu café.

– Isso aí é vento do Oeste... Tem chuva hoje não.

Sophie respondeu só com um meio sorriso. Não pode conversar, mas se fazer notar também não. Após uma última olhada para o céu, que parece lhe confirmar seu diagnóstico, o garçom retorna para o balcão. Sophie observa seu relógio de pulso. Depois de meses em fuga, ficou perita em se autodisciplinar. Levantar-se às 14h25. Antes, não. A pé, o trajeto leva exatamente cinco minutos. Sem ler nada, ela folheia uma revista feminina. Horóscopo de escorpião. Você e a moda. As preferidas de Brit. Como deixá-lo louco por você? Perca cinco quilos num instante!

Até que enfim são 14h55. Sophie deixa as moedas da conta na mesa e se levanta.

Vento do Oeste, talvez, mas extremamente frio. Ela levanta a gola do seu blusão e atravessa o bulevar. Por ora, a estação rodoviária está praticamente deserta. Sophie só teme uma coisa: que seu pai não tenha se provado tão disciplinado quanto ela. Tomara que ele ainda esteja lá. Que tenha querido vê-la. Sentindo certo alívio, ela constata que suas instruções foram seguidas ao pé da letra. Nenhum rosto conhecido entre os clientes do bar. Atravessa a sala do estabelecimento, desce um lance de escadas, pega, aliviada, o envelope marrom que está atrás do reservatório de água da descarga. E pronto. Quando coloca o pé na rua novamente, as primeiras gotas de chuva se estatelam na calçada. Vento do Oeste.

O taxista tem paciência.

– Desde que o taxímetro continue rodando... – disse ele.

Faz quase quinze minutos que o táxi está encostado ali, com o passageiro, distraído, olhando para fora. Ele disse: "Estou esperando alguém". Ele acaba de passar as costas da mão no vidro embaçado, um homem de certa idade, mas ainda inteiro. Uma moça, jovem, que estava esperando o sinal ficar vermelho, atravessa o bulevar com uma passada rápida enquanto levanta a gola do seu blusão, pois a chuva começou a cair. Ela vira rapidamente a cabeça para a direção do táxi, mas segue o seu caminho e desaparece.

– Azar – diz o passageiro, soltando um suspiro –, não dá pra esperar o dia todo... Pro hotel, por favor.

Curiosa a sua voz.

15

Marianne Leblanc. Uma grande proeza chegar a se acostumar com esse nome, que Sophie sempre odiou, sem saber por quê. Deve ser por causa de alguma colega de escola que deixou péssimas lembranças. Mas Sophie não teve escolha, foi isso que lhe deram: Marianne Leblanc, e uma data de nascimento com uma diferença de mais de dezoito meses da sua. Pouco importa, aliás, Sophie não tem realmente uma idade agora. Dariam para ela de 30 a 38 anos. A data que consta na certidão de nascimento é 23 de outubro. "A validade é de três meses. Vai dar tempo pra você mudar as coisas", disse o fornecedor.

Mentalmente, ela o revê naquela noite, colocando a certidão de nascimento diante dela e contando calmamente o dinheiro. Ele sequer tinha a cara satisfeita de um comerciante que acabou de fazer um bom negócio, são só negócios. Ele é calculista, frio. Claro que Sophie não disse uma única palavra. Não se lembra mais. Depois, tudo o que vem à memória é a mala aberta e ela jogando tudo lá dentro, sem nenhum cuidado, arrumando uma mecha de cabelo que cai no olho, sentindo algum tipo de mal-estar e se segurando na porta da cozinha. Toma uma chuveirada correndo, uma ducha de água fria, gelada. Enquanto se veste, morta de cansaço, atordoada, vai dando uma última volta no apartamento, para verificar se não se esqueceu de nada que seja essencial, mas, de qualquer maneira, não enxerga nada mais. Já está nas escadas. É uma noite lenta e clara.

16

Quinze meses vivendo assim, Sophie desenvolveu um faro para encontrar apartamentos ilegais, sublocações suspeitas, trabalhos clandestinos, por assim dizer, todas as falcatruas e malandragens necessárias para se imergir em uma nova cidade. Aqui, ela passou na peneira as ofertas de emprego, sistematicamente à procura dos piores, aqueles que não exigem referência alguma. Dois dias mais tarde, ela se integrou a uma equipe de limpeza de escritórios composta por mulheres africanas e árabes e dirigida pelo pulso firme, sadomaternal, de uma mulher da região da Alsácia. O pagamento é feito a cada quinze dias, em espécie. Estima-se que, na empresa, a Vit'Net', o limite de trabalhadores declarados é atingido quando metade de uma equipe dispõe de contracheques. Sophie faz parte daquela que não os têm. Só para constar, mas rezando aos céus para que perdesse a causa, ela fingiu se importar com isso.

Por volta das 22 horas, Sophie desce para a calçada. A condução da empresa passa para pegá-la, levando uma equipe por vez, em um sistema de rodízio, de uma seguradora a uma companhia de informática. A "jornada" de trabalho termina quando dão 6 horas da manhã. A pausa para o lanche acontece dentro da condução, no caminho entre um local e o outro.

Dia 1º de outubro, o tempo avança a passos largos. Dois meses e meio para realizar seu projeto, e é absolutamente vital que ela consiga passar por essa prova. Desde o começo do mês, ela vem tendo seus primeiros encontros. Inscreveu-se em uma só agência matrimonial. Mais tarde a gente vê se precisa de mais, mas uma só agência já custa bem caro. Ela limpou os mil e quatrocentos euros que encontrou no escritório da gerência, o mínimo indispensável para alimentar suas primeiras buscas.

Garantiram-lhe a identidade de Marianne Leblanc "por um prazo razoável", mas daria na mesma terem dito "por um prazo curto". Portanto, estabeleceu para ela mesma uma única palavra de ordem: agarrar o primeiro. Mas, por mais que estivesse numa situação desesperadora, o tempo todo tremendo da cabeça aos pés, emagrecendo a olhos vistos e dormindo três horas por dia, logo no primeiro encontro compreendeu que "primeiro" é uma palavra destituída de sentido. Tinha elaborado uma lista com as qualidades que esperava encontrar nos candidatos: sem filhos, uma vida transparente e, quanto ao resto, daria seu jeito. Para a agência, fez-se de indecisa em relação ao homem que buscava, disse umas palavras bobas, como "um homem simples", "uma vida tranquila".

17

René Bahorel, 44 anos, um homem simples e tranquilo.

O encontro foi marcado num restaurante. Ela o reconheceu de primeira, um agricultor corpulento exalando um cheiro terrível de transpiração. Ele se parece com sua voz ao telefone, um sujeito animado.

– Sou de Lembach – disse ele, como se ela soubesse bem do que se tratava.

Só depois de vinte minutos é que ela vai entender a referência: quer dizer que ele é um viticultor vivendo no meio do mato nos confins do mundo. Sophie acende um cigarro. Ele toca o maço com o dedo.

– Vou logo dizendo, comigo, vai ter que parar...

Ele dá um sorriso largo, visivelmente orgulhoso por manifestar sua autoridade de uma maneira que, para ele, parece tão delicada. Ele fala muito, como todos os que vivem sozinhos. Sophie não tem muito que fazer, escuta e mantém os olhos fixos nele, com a cabeça em outro lugar. Realmente precisa fugir dali. Ela se imagina fazendo as primeiras concessões físicas a esse homem e logo precisa fumar outro cigarro. Ele fala do seu cultivo, e seu dedo anular parece nunca ter usado aliança, ou usou há muito tempo. Talvez seja o calor do restaurante, esse barulho denso que sobe das mesas dos clientes que começam a pedir seus pratos quentes, mas ela sente, aos poucos, um leve mal-estar, subindo pelo corpo, pela barriga.

– ... Olha, a gente tem subvenções, mas mesmo assim... E você?

A pergunta chegou abruptamente.

– Como assim, eu?

– Sim, o que você acha disso? Isso te interessa?

– Não muito, na verdade...

Sophie respondeu assim porque, para qualquer que seja a pergunta, essa é uma boa resposta. René faz: "Ah". Mas é um joão-bobo esse homem, balança, balança, mas não cai. Impossível não se perguntar como é que um trator não passa por cima dessas pessoas. Seu vocabulário é restrito, sim, mas chega a ser preocupante a frequência com que repete certas palavras. Sophie tenta decifrar o que está escutando.

– Sua mãe mora com você...

René responde "sim", como que acreditando deixá-la mais tranquila. Quarenta e quatro anos, morando com a mamãe, e, ainda, "esperta como um gato". Dá medo. Sophie se vê deitada sob o peso desse homem enquanto a velha está vagando como uma assombração pelo corredor, e imagina o barulho das suas pantufas, o cheiro de comida... Por um instante, vem à mente a imagem da mãe de Vincent, de frente para ela, com as costas para a escada. Sophie coloca as mãos nos seus ombros e a empurra, com tanta força que a velha parece alçar voo, seus pés nem tocam os primeiros degraus, como se tivesse levado um tiro de fuzil, certeiro, no peito...

– Você já teve muitos encontros, René? – pergunta Sophie se inclinando para perto dele.

– Esse é o primeiro – diz como se anunciasse uma vitória.

– Então, pra que ter pressa...?

Ela guardou a certidão de nascimento numa pasta de plástico transparente, está com medo de perdê-la, como tantas outras coisas tão importantes quanto. Toda noite, antes de sair, pega a pasta e diz em voz alta:

– Abrir a porta do armário...

Então fecha os olhos, visualiza o gesto, sua mão, o armário, e ensaia: "Abri a porta do armário..."

– Abrir a gaveta da direita, abri a gaveta da direita...

Assim ensaia cada gesto, várias vezes, tenta, se esforçando para concentrar e ligar as palavras aos gestos. Logo que chega em casa, antes mesmo de trocar de roupa, ela corre até o armário para conferir se a pasta ainda está lá. E, enquanto não a guarda novamente, deixa-a dependurada na porta da geladeira, num prendedor de metal.

Esse marido desconhecido que está tentando encontrar, será que ela seria capaz de matá-lo um dia? Não. Quando estiver fora de perigo, voltará a se tratar com um doutor Brevet qualquer. Terá duas cadernetas, três se for preciso, voltará a anotar tudo e, dessa vez, nada poderá distraí-la. Como na cabeça de uma criança, tudo estará resolvido, é só se safar dessa e nunca mais vai se deixar levar pela loucura.

18

Passados cinco encontros, e Sophie ainda não saiu do lugar. Teoricamente, a agência devia seguir os requisitos que ela colocou na sua lista, mas, assim como esses agentes imobiliários que acabam lhe mostrando casas que não correspondem com nada daquilo que você está buscando, a gerente da Odyssée, na falta de candidatos, propõe a Sophie absolutamente todos os homens que tem à disposição. Bem no início, foi um sargento totalmente idiota, depois, um designer industrial depressivo que, depois de uma conversa de três horas, extremamente entediante, deixou claro que era divorciado, que tinha dois filhos e que a pensão alimentícia que lhes pagava, muito mal negociada, consumia três quartos do seu seguro-desemprego.

Num outro momento, saiu de um salão de chá exausta, depois de ter que escutar calada, por duas longas horas, um ex-padre cujo dedo anular ainda levava a marca de uma aliança que tirou uma hora mais cedo, alguém que estava procurando alegrar sua vida conjugal razoavelmente desanimadora. Também viu um sujeito grandalhão, muito direto e autoconfiante, que lhe propôs um casamento arranjado por seis mil euros.

Então o tempo foi passando cada vez mais rápido. Apesar de repetir para si mesma que não estava procurando um marido (mas recrutando um candidato), não podia se esquecer de que, mesmo assim, vai ter que se casar, dormir junto, conviver. Dentro de algumas semanas, dentro de alguns dias, sequer vai precisar escolher, vai ter que se virar com o que encontrar.

O tempo vai passando, as oportunidades também, e ela não consegue se decidir.

19

Sophie está no ônibus. Precisa ir mais rápido. Está olhando para o nada. O que fazer para ir mais rápido? Ela olha para o relógio: o tempo contado para voltar em casa e dormir umas duas ou três horas. Está completamente esgotada. Põe as mãos nos bolsos de novo. Estranha essa tremedeira, é só de tempos em tempos. Olha pela janela do ônibus. Madagascar. Vira a cabeça e, por um segundo, observa um cartaz que chamou sua atenção. Uma agência de viagem. Não tem certeza. Mas se levanta, aperta o botão para descer e fica de olho na próxima parada. Tem a impressão de percorrer quilômetros até que, finalmente, o ônibus para. Ela volta para trás, no seu caminhar de brinquedo de dar corda. O ônibus não tinha ido tão longe assim. No cartaz, uma mulher negra sorrindo com um certo charme e ingenuidade, com uma espécie de turbante na cabeça, o tipo de coisa que deve ter um nome nas palavras cruzadas. No fundo, uma praia de cartão-postal. Sophie atravessa a rua e se volta para trás, para ver o cartaz à distância. Como que para pensar melhor.

– Afirmativo – disse o sargento. – Eu, pessoalmente, não gosto tanto, sabe? Não sou muito de viajar, mas, bom, é uma possibilidade. Tem um amigo meu, sargento também, que vai partir pra Madagascar. Mas dá pra entender, sua mulher é de lá. E, no fim das contas, é difícil acreditar, mas não tem tanta gente assim querendo sair do país, sabe? Não tem tanta gente assim...!

Não tem tanta gente assim...

Ela pensou nisso durante todo o trajeto. Quase chegando em casa, empurra a porta de uma cabine telefônica e vasculha a bolsa.

– Bom, eu sei – tinha dito o sargentinho, meio tímido –, pode causar uma má impressão, mas, quer dizer, bom, não sei direito... Mas, acho que eu não posso pedir o número do seu telefone, então, toma aqui o meu. É o meu número pessoal. Qualquer coisa...

No final da conversa, o militar já não estava mais com aquela cara de presunçoso da chegada, não fazia mais sua cara de conquistador.

– Eu sinto que não faço muito o seu estilo... Pra você, precisa ser alguém mais do tipo intelectual.

Ele tinha sorrido meio sem jeito.

– Alô...?!
– Boa noite – disse Sophie –, aqui é Marianne Leblanc. Estou incomodando?

Na verdade, ele não é tão sargentinho assim, é uma meia cabeça mais alto que Sophie, mas sua postura está impregnada de uma timidez tamanha que fica parecendo ser menor. Quando Sophie entra no café, ele se levanta um pouco desengonçado. Ela olha para ele com outros olhos, mas, de qualquer maneira, não tem como pensar de outra forma: é um homem feio. Ela tenta ficar tranquila: "Está mais pra um cara qualquer", mas ouve uma voz dizer bem no fundo de si: "Não, é feio mesmo".

– O que quer beber?
– Não sei, um café. E você?

– Também... um café.

E ficam um bom tempo assim, sorrindo meio sem jeito.

– Que bom que você ligou... Você sempre treme assim?

– É o nervosismo.

– Deve ser normal. Eu também, quer dizer, deixa pra lá... A gente não sabe muito bem o que falar, não é não?

– Talvez a gente não tenha o que falar!

Imediatamente, ela se arrepende.

– Desculpa...

– Negativo! Eu...

– Por favor, não começa a falar "afirmativo" e "negativo" pra tudo... Juro, é muito chato isso.

Muito duro da parte dela.

– Parece que é um computador que fala – disse ela, como que para se desculpar.

– Você tem razão. É a força do hábito, um vício da profissão. Você também, no seu trabalho, deve ter alguns, não?

– O que eu faço é faxina, então, acho que os meus são os de todo mundo. Quer dizer, o de todo mundo que faz faxina em casa...

– Engraçado, eu não falei nada na primeira vez, mas ninguém poderia imaginar que você é faxineira, você parece muito mais instruída...

– É que... Tive minha dose de estudos e cansei. A gente fala mais sobre isso numa próxima vez, se você não se incomoda...

– Não, claro, na verdade, pouca coisa me incomoda, sabe? Eu sou um cara de fácil convívio...

E essa simples frase, pronunciada com uma sinceridade de desarmar qualquer um, traz a Sophie a sensação de que, talvez, não exista nada mais chato nesta existência do que os de fácil convívio.

– Muito bem – diz Sophie –, a gente pode começar tudo de novo, do zero?

– Mas a gente está no zero!

No fundo, talvez ele não seja tão idiota assim.

Um minúsculo "por que não?" se insinua na mente de Sophie. Mas, primeiro, uma coisa: sua principal qualidade, por ora, é a de poder ser transferido para fora do país. É o que tem que ser verificado, logo.

Sophie optou pelo fim de tarde. Faz uma hora que estão ali. O sargento pesa cada fonema da sua fala, para não pronunciar nenhuma palavra que faça naufragar a barca furada na qual embarcou.
– Bom, vamos comer alguma coisa? – propõe Sophie.
– Pode ser...
Desde o primeiro minuto, trata-se do seguinte: esse homem é um fraco, está carente, vai querer tudo o que ela quiser. Ela sente vergonha do que está prestes a fazer com ele. Mas sabe também que vai ter que dar algo em troca. Para ela, ele não vai sair perdendo. O que ele busca é uma mulher. Qualquer uma serve. Uma mulher. Até Sophie serve.

Quando saíram do café, foi ela quem escolheu seguir à direita. Ele não perguntou nada e continuou papeando docilmente ao seu lado. Inofensivo. Deixa-se levar aonde Sophie quiser levá-lo. Alguns podem ter uma sensação terrível com isso.
– Quer ir aonde? – pergunta ela.
– Sei lá... No *Relais*?
Sophie tem certeza de que ele já tinha se preparado desde a véspera.
– Que lugar é esse?
– É um restaurante. Meio bar... Só fui uma vez lá, confesso. Mas não é nada mal. Quer dizer... não sei se você vai gostar...
Sophie chega a sorrir.
– Vamos lá ver então...

E, no fim das contas, realmente não era nada mal. Sophie temia que fosse um restaurante para militares, mas não teve coragem de perguntar.
– É muito bom – disse ela.
– Pra falar a verdade, pensei bem antes, até passei aqui na porta hoje de manhã pra fazer um reconhecimento do local... Eu não me lembrava direito de como era, sabe...

— Enfim, você nunca veio aqui, não é?

— Neg... Estou sentindo que não vai ser fácil mentir pra você — disse o sargento sorrindo.

Enquanto o observa escolher no cardápio (vigiando para ver se ele se prende demais aos preços), ela se pergunta se é possível que um sujeito como ele saia ileso de uma história dessas. Mas é cada um por si. E, já que ele quer uma mulher para si, eventualmente, ele vai ter que dar um pouco de si. Em suma, estamos tratando aqui de um verdadeiro casamento.

— Você costuma mentir para as mulheres? — pergunta Sophie para retomar o fio da conversa.

— Não mais que os outros homens, eu acho. Até menos, talvez. Quer dizer, acho que fico na média.

— Então, você mentiu sobre o que no nosso primeiro encontro?

Sophie acendeu um cigarro, mesmo se lembrando de que ele não fuma. Não importa. O importante é que ele não se meta nisso.

— Não sei... A gente não conversou muito tempo.

— Alguns homens não precisam de muito tempo pra mentir.

Ele olha fixamente para ela.

— Eu não tenho a mínima chance de ganhar...

— Hein...?

— Eu não tenho a mínima chance de ganhar uma discussão com você. Eu não sou bom pra discutir, não sou um cara brilhante, você sabe. Sim, você sabe. E talvez seja por isso que me escolheu. Quer dizer, pelo que eu presumo, escolheu.

— Mas o que você quer dizer com isso?

— Pelo que eu presumo.

— Se você pudesse me explicar melhor o que você está presumindo, ia ficar mais fácil de conversar.

O garçom chegou. Mentalmente, Sophie faz uma aposta consigo mesma.

— Gostariam de fazer o pedido? — pergunta ele.

— Sim, bisteca com salada. E você?

— Bom, pra mim... – diz ele, dando uma última passada de olhos no cardápio – bisteca com salada também.

"Ganhei", diz Sophie no seu íntimo.

— O cozimento da carne? – pergunta o garçom.

— Sangrando. Sangrando pra nós dois – responde Sophie apagando o cigarro.

Meu Deus, que estupidez!

— Do que você estava falando?

— Eu? Nada, por quê?

— É por isso que eu te escolhi...? O que você quer dizer com isso?

— Ah, não leva a mal, eu sou o rei da gafe. É mais forte do que eu. Minha mãe falava o tempo inteiro: onde quer que esteja, se tiver alguma merda (desculpe a expressão), é você que vai pisar nela.

— Não está fácil te acompanhar.

— E olha que eu não sou um cara complicado...

— Não, não parece... Quer dizer, o que eu quero dizer é que...

— Não fica procurando se desculpar o tempo todo, senão a gente vai ficar nessa pra sempre.

O garçom traz as bistecas com salada, indiferenciadas. Os dois começam a comer em silêncio. Sophie sente que devia elogiar a bisteca, mas se vê incapaz de encontrar qualquer palavra. O deserto que os separa acaba de se estender entre eles, insidiosamente, como uma poça que vai se espalhando, se espalhando...

— Nada mal, hein...

— Sim, está bom, muito bom.

Nada mais a fazer, realmente, Sophie sente que não tem mais ânimo para retomar a conversa, é esforço demais. Tem que comer sua bisteca e aguentar, aguentar firme. Pela primeira vez, ela o observa com cuidado. Um metro e setenta, oitenta, talvez. Um belo de um corpo, sim, ombros largos, com tanto exercício no exército, mãos grandes e unhas bem cuidadas. E, quanto ao rosto: o cão chupando manga. Cabelos provavelmente lisos, se não fossem cortados tão curtos, um nariz murcho, um olhar pouco expressivo. Sarado, sim, não é mentira. Engraçado que o tenha achado tão baixo, com certeza pelo seu jeito de ser, com um lado meio infantil, uma certa ingenuidade. De uma hora para a outra, Sophie sente inveja dele, da sua simplicidade, e, pela primeira vez, sem nenhum desprezo. Agora compreende que, até então, o via como um objeto e o desprezava sem nem conhecê-lo, por puro reflexo. Um reflexo masculino.

– A gente deu um nó, não é? – pergunta ele por fim.

– Nó...?

– Sim, parece que a gente não tem mais papo...

– É que não sai nada fácil – acrescentou ele. – Quando a gente acha um assunto, tudo bem, vai no embalo, mas quando a gente não acha nada... No início, a gente estava indo bem, o problema foi o garçom ter chegado naquela hora.

Sophie não consegue se conter, e sorri.

Agora, não é mais cansaço, nem desprezo mais. É o quê? Alguma coisa vã. Um vazio. É ele talvez que, no fundo, exala esse vazio.

– Bom, então, você mexe com o que mesmo?

– Transmissões.

– Aí sim...

– O quê?

– Que tipo de transmissões? Explica pra mim.

O sargento se solta. Como um peixe dentro d'água, a fala flui. Sophie não o escuta, olha discretamente para o relógio. Mas será que poderia ser diferente? O que estava esperando? Outro Vincent? Ela se vê de novo com ele, bem no princípio, no dia em que ela havia começado a pintura da casa. Vincent chegou atrás dela e, simplesmente, pôs a mão na sua nuca, e Sophie se sentiu pronta para qualquer coisa...

– Você não dá a mínima pra transmissões, hein...

– De jeito nenhum, muito pelo contrário.

– Muito pelo contrário? É louca por transmissões então?

– Não, não é assim também.

– Eu sei o que está pensando, sabe?

– Você acha mesmo?

– Sim, você está pensando: "Esse cara é até boa pessoa, com suas transmissões e tudo, mas é tão chato que dá vontade de dar um tiro na cabeça", desculpa a expressão. Você está olhando para o relógio, pensando em outras coisas, em ir pra bem longe daqui. É melhor eu dizer logo então: eu também. Não consigo ficar à vontade, sabe? Você tenta ser educada, porque não dá pra não ser e, como a gente está aqui..., a gente conversa, sem ter muito que falar. Eu me pergunto...

– Desculpa, é verdade, acabei me distraindo... É que é tão técnico o seu negócio...

– Não é que é técnico, é que, simplesmente, não faço o seu gosto. Eu me pergunto...

– Sim.

– Eu me pergunto por que você me ligou. Hein? De verdade, o que quer de mim? E você, quem é você, que história você me conta?

– Bom, pode levar um ano, dois, três anos. Tem gente que acaba nunca conseguindo. Meu amigo, nisso aí, ele teve foi sorte.

Em um certo momento, eles riem. No final da refeição, ela não se lembra mais por quê. Estão caminhando à beira do rio. Um frio de trincar os ossos. Depois de terem andado um pouco, ela deslizou o braço debaixo do dele. Uma pequena cumplicidade os aproximou. É que, no fim das contas, ele jogou até bem a partida: deixou de querer brilhar, disse coisas simples: "De qualquer jeito, é melhor ser você mesmo, porque, mais cedo ou mais tarde, acaba aparecendo quem você é. Melhor ficar sabendo logo, não é não?".

– Você quer dizer para os territórios ultramarinos da França...

– Sim, mas não só pra lá! A gente pode ser transferido pra países estrangeiros também, mas é mais raro, é verdade.

Sophie calcula na sua mente. Encontro, casamento, partida, trabalho, separação. Talvez seja uma ilusão pensar que vai correr menos perigo a alguns milhares de quilômetros dali. Mas, intuitivamente, ela pensa que vai estar mais escondida. Enquanto ela raciocina, o sargento está enumerando os amigos que foram transferidos, os que fizeram o pedido, os que ainda estão esperando. Meu Deus, como esse homem é entediante e previsível.

20

Estou com medo. Todos os mortos estão ressurgindo. À noite. Posso contá-los, um por um. À noite, eu os vejo sentados numa mesa, lado a lado. À noite. Na ponta da mesa, Léo, com o cadarço em volta do pescoço, me repreendendo com o olhar. Ele pergunta: "Sophie, você é louca? Por que você me estrangulou? É verdade que você é louca?", e o seu olhar me interroga e me perfura. Conheço o seu rosto de dúvida, a cabeça virada um pouco para a direita, a cara de quem está refletindo sobre algo. "Sim, mas isso não é novidade, ela sempre foi louca", diz a mãe de Vincent, como que para tranquilizar os demais. Mais uma vez essa cara ruim, esse seu olhar de hiena, sua língua afiada. "Antes de começar a matar todo mundo, a destruir tudo ao seu redor, ela já era louca, eu já tinha dito pro Vincent, essa menina é louca..." Para dizer isso, ela veste a sua máscara mais pesada, fecha os olhos por um bom tempo enquanto segue falando, fico me perguntando se vai abri-los de novo ou não, passa a metade do tempo de pálpebras fechadas, olhando para dentro de si mesma. "Você me odeia, Sophie, você sempre me odiou, mas agora que me matou..." Vincent fica calado. Ele balança sua cabeça esquelética como se pedisse clemência. E todos olham fixamente para mim. Não dizem mais nada.

Acordo num susto. Quando é assim, prefiro não voltar a dormir. Vou para a janela e passo horas chorando e fumando.

Até meu bebê, eu matei.

21

Faz pouco mais de duas semanas que eles se veem. Em poucas horas, Sophie achou o manual de instruções que ensina como lidar com o sargento e agora se contenta em administrá-lo em função dos seus interesses, mas se mantendo atenta.

Simulando certo entusiasmo, ele se deixou arrastar ao teatro, para assistir a uma adaptação de *Vinte e quatro horas na vida de uma mulher*.

– No livro, eram só duas gerações de mulheres... – diz Sophie acendendo um cigarro.

– Eu não li, mas deve ser bom também.

– Sim – diz Sophie –, o livro é bem bom...

Ela teve que criar toda uma biografia a partir da certidão de nascimento: pais, estudos, uma história de vida carregada de mistérios, para não ter que contar coisas demais. O sargento mostrou ter discrição. Por cautela, ela o faz falar bastante. À noite, de volta em casa, ela toma nota em uma caderneta que contém tudo o que sabe dele, cuja vida não é nada complicada. Aliás, nada interessante também. Ensino fundamental mediano, ensino médio mediano, diploma profissionalizante de engenharia eletromecânica, alistamento no exército, especialista em transmissões, diploma de técnico em telecomunicação, sargento, com acesso ao grau de subtenente.

– Polvo? É...

– Ou lula, se preferir...

Ele sorri.

– Acho que eu prefiro uma bisteca.

Agora é Sophie quem sorri.

– Você é engraçado...

– Geralmente, quando as mulheres falam isso, não é bom sinal...

A vantagem dos militares é o quanto são transparentes. Ele é espantosamente idêntico à imagem que ela teve dele logo nos primeiros encontros. Ela também descobriu umas sutilezas inesperadas, ele não é idiota, é simples. Quer se casar, ter filhos, é atencioso. E Sophie não tem tempo a perder. E não teve muita dificuldade para seduzi-lo: já o tinha conquistado, mesmo não tendo nada além do que qualquer outra mulher. Se bem que sim, ela tem lá sua beleza. Desde que começou a sair com ele, voltou a usar maquiagem, toma mais cuidado com as roupas que veste, sem exagerar. De vez em quando, fica evidente que o sargento está sonhando com outras coisas. Há anos Sophie não sentia o olhar de desejo de um homem. É uma sensação estranha para ela.

– Você pode me dizer pra onde a gente está indo desse jeito?
– O combinado era o *Alien*, não?
– Não, estou me referindo a nós dois, em que pé estamos?

Sophie sabe exatamente em que pé estão. Restam menos de dois meses para que ela conclua o plano, incluindo nesse prazo o casamento. Não dá para mudar de ideia agora, não dá tempo. Com outro, ela teria que recomeçar do zero, não dá tempo. Ela olha para ele. Já se acostumou com sua cara. Ou simplesmente precisa demais dele, o que dá na mesma.

– Você sabe em que pé você está? – pergunta ela.
– Eu, sim, eu acho. E você sabe disso. Só que fico me perguntando por que você mudou de ideia. Quando me ligou...
– Não mudei de ideia, só tomei um tempo pra pensar melhor.
– Não, você mudou de ideia, sim. Você tinha tomado uma decisão logo no primeiro encontro, e a decisão era "não". Me pergunto se você realmente mudou de ideia. E por quê?

Sophie acende mais um cigarro. Eles estão num restaurante. A noite não foi tão entediante assim. Só de olhar, ela tem certeza de que ele está apaixonado por ela. Será que ela representou seu papel suficientemente bem, o bastante para que ele acreditasse nela?

– É verdade, eu não fiquei muito animada com nosso primeiro encontro... Eu...
– Aí você encontrou outras pessoas, e foi pior ainda. Então resolveu que...

Sophie olha para ele, face a face.

– E com você, não aconteceu isso também?
– Marianne, acho que você nasceu com um dom pra mentir. É, o que eu quero dizer é que... você sabe mentir, mas mente demais.

– Sobre o que estou mentindo?

– Como vou saber? Tudo, talvez.

Às vezes, o rosto dele deixa transparecer uma preocupação tamanha que ela fica com peso na consciência.

– Imagino que você tenha lá suas razões – retoma ele. – Tenho as minhas suspeitas, mas prefiro não cutucar.

– Por quê?

– Um dia, quando você quiser me contar, você me conta.

– E quais são essas suas suspeitas?

– Tem umas coisas do seu passado que você não quer me contar. E, pra mim, tanto faz.

Ele olha para ela, hesita. Paga a conta. E se arrisca.

– Você deve ter... sei lá... passado um tempo presa ou alguma coisa desse tipo.

Ele olha para ela de novo, mas de soslaio. Sophie tenta raciocinar rápido.

– Digamos que seja algo mais ou menos assim. Nada muito grave, mas que eu não tenho vontade de comentar.

Ele aprova com certa cumplicidade no olhar.

– Mas o que você quer exatamente?

– Quero ser uma mulher normal, com um marido e filhos. Nada mais.

– É que isso não parece fazer seu tipo.

Sophie sente um frio subir na espinha. Tenta sorrir. Eles estão na saída do restaurante, uma noite escura, o frio regela o rosto. Ela deslizou o braço debaixo do dele, como acabou se acostumando a fazer. Ela se volta para ele.

– Até que eu iria pra sua casa agora. Mas talvez isso não faça o seu tipo...

Ele engole em seco.

Ele se empenha, sempre toma muito cuidado. Quando Sophie chora, ele diz: "A gente não é obrigado a..." e ela diz: "Me ajuda". Ele enxuga suas lágrimas. Ela diz: "Você sabe que não é por sua causa, não é?" e ele diz: "Eu sei...". Sophie tem a impressão de que esse homem entenderia tudo, ele é calmo, paciente, preciso. Ela não pensava que ele seria isso tudo. Faz tanto tempo que ela não recebe um homem dentro de si. Ela fecha os olhos por um instante, como se estivesse bêbada e quisesse fazer o mundo parar de girar. Ela o guia e acompanha. Sente o seu cheiro, que ela conhecia um pouco à distância. É um cheiro anônimo, o de um homem com desejo. Ela consegue conter as lágrimas. Ele não solta o seu peso, parece esperar por ela, que sorri e diz: "Vem...". Ele parece uma criança indecisa. Ela o abraça com força. Ele não está se iludindo.

Eles estão calmos, ela olha as horas. Ambos sabem o que não precisam dizer. Um dia, talvez... Ambos são vítimas da vida e, pela primeira vez, ela se pergunta do que será que ele foi vítima.

– E você, a sua história, a sua verdadeira história, qual é? – pergunta ela, com os dedos enrolando os cabelos do peito dele.

– Minha história é bem banal...

E Sophie se pergunta se é essa a sua resposta.

Quando se trabalha à noite, tudo fica desencontrado. Na hora em que ele dorme, Sophie se levanta e sai de casa para pegar a condução da empresa.

Eles estão sempre juntos, Véronique e o patrão do fast-food. Ela os matou da mesma maneira. Não se lembra como. Ambos estão deitados, lado a lado, sobre a mesa inox do necrotério, como um casal, cobertos com um lençol branco. Sophie passa perto da mesa e, embora estejam mortos, estão de olhos abertos e, como se esfomeados, seguem-na. Só os olhos se movem. Quando ela passa atrás da mesa, o sangue começa a escorrer lentamente, por detrás dos seus crânios. Eles sorriem.

– Pois é!

Sophie se volta para eles com um movimento brusco.

– É como se você tivesse uma marca própria. Uns poucos golpes bem dados, na parte de trás do crânio.

O gerente da agência está usando uma camisa amarelada e uma gravata verde, uma calça apertada na barriga, com a braguilha aberta.

Ele tem a passada de um professor de patologia, didático, autoconfiante, preciso, cirúrgico. E sorridente. Um pouco sarcástico.

– Talvez um só golpe.

Ele está atrás da mesa, olhando para os crânios dos defuntos. O sangue cai no chão, as gotas se espatifam no piso de cimento pintado e respingam nas pernas da sua calça.

– Esta aqui, vejamos (*ele se inclina e lê a etiqueta*)... Véronique, isso mesmo, Véronique. Cinco facadas na barriga? Na barriga, Sophie, faça o favor! Bom, o próximo. Este (*ele lê a etiqueta*)... David. Bom, Sophie, para ele, bastou estender a mão. Um taco de beisebol, uma mera peça de decoração para David, e, um belo dia, lá está ele com o emblema do time dos Red Stockings afundado no seu crânio. Quanta ironia do destino!

Ele se distancia da mesa e se aproxima de Sophie, com as costas pregadas na parede. Ele vem, sorrindo:

– E aí tem eu, que já tive mais sorte. Sem taco de beisebol nem faca por perto, acabei me safando, não posso reclamar. Se você pudesse, teria batido a minha cabeça contra a parede e eu estaria morto, como os outros, com golpes no crânio. A parte de trás do meu crânio também estaria sangrando.

E Sophie vê sua camisa amarela sendo, aos poucos, banhada pelo sangue que escorre da parte de trás do seu crânio. Ele sorri.

– Exatamente assim, Sophie.

Ele está bem próximo, ela sente sua respiração pesada.

– Você é um perigo, Sophie. Mesmo assim, os homens te amam. Não? Você mata uns vários. Está pensando em matar todos os que você ama, Sophie? Todos os que chegam perto de você?

22

Esses cheiros, esses gestos, esses instantes... A seu ver, tudo prefigura o que está esperando por ela. Terá que saber agir, no momento certo. Mas fica para mais tarde, porque, por ora, tem que saber jogar, jogar com malícia. Nada de paixão, nada de se apegar por uma conivência superficial que promete mais do que pode oferecer. Eles tiveram quatro noites juntos, e aqui está a quinta. Duas noites seguidas agora. Porque é preciso acelerar o jogo. Ela conseguiu trocar de horário por alguns dias, com uma menina de uma outra equipe. Ele veio buscá-la. Ela desliza o braço debaixo do dele e conta como foi o dia. Duas vezes e isso já se torna um hábito. No mais, ele segue extremamente atento a tudo, quase como se estivesse apostando a sua vida em cada gesto. Ela tenta acalmá-lo, se esforça para que essa intimidade recente ganhe algo menos factício, menos artificial. Ela improvisa umas coisinhas no fogão do seu pequeno apartamento. Pouco a pouco, ele vai se descontraindo. Na cama, enquanto ela não toma a iniciativa, ele não faz nada. Ela sempre toma a iniciativa, e sempre tem medo. Faz de conta que... De vez em quando, por alguns instantes, ela sente que poderia ser feliz. E chora, sem que ele a veja chorando. Porque é sempre depois, quando ele já está dormindo e ela olhando para a penumbra noturna do apartamento. Por sorte, ele não ronca.

Sophie passa horas assim, assistindo às imagens da sua vida dentro de si. As lágrimas escorrem por conta própria, sem levá-la em conta, sem que ela se dê conta. Ela acaba caindo no sono, com medo. Às vezes, encontra a mão dele e a agarra.

23

O tempo está frio e seco. Eles ficam acotovelados em um parapeito de ferro, a queima de fogos acaba de começar. A meninada corre na calçada, os pais bocejam olhando para o céu. Barulhos de guerra. Hora ou outra, assobios sinistros precedem as explosões. O céu está alaranjado. Ela se agarra a ele. Pela primeira vez, ela precisa, realmente, precisa se enrolar nele. Poderia ser um outro.

É ele. Poderia ser pior. Ela o beija. O céu está azul e verde. Ele diz alguma coisa, que ela não ouve, por causa de um rojão que estoura na mesma hora. Pelo seu rosto, vê-se que disse algo carinhoso. Ela balança um "sim" com a cabeça.

Os pais juntam a molecada, as mesmas bobagens de sempre vão irrompendo aqui e ali. Voltam para casa. Os casais de braços dados. Quanto a eles, lutam para achar uma passada que convenha para os dois. Os passos dele são muito maiores, ele pisa firme, ela sorri, dá um empurrão nele, ele ri, ela sorri. Eles param. Não é amor, mas tem algo que faz bem, algo que se assemelha a um cansaço imenso. Pela primeira vez ele a beija de uma maneira um pouco autoritária. Em alguns segundos será o início do ano, já estão buzinando, os apressados que querem garantir que serão os primeiros. E, de uma só vez, uma explosão geral, gritos, cornetas, risos, luzes. Uma onda de felicidade social paira sobre o mundo por um instante, uma ocasião feita sob encomenda, mas com alegrias sinceras. Sophie diz: "A gente vai se casar?", é uma pergunta. "Eu bem que gostaria...", diz ele com uma cara de quem se desculpa. Ela aperta o seu braço.

Pronto.

Resolvido.

Em algumas semanas, Sophie estará casada.

Adeus, Sophie-a-Louca.

Uma nova vida.

Pode respirar mais leve por alguns segundos.

Ele sorri e observa o mundo à sua frente.

FRANTZ

3 DE MAIO DE 2000

Acabo de vê-la pela primeira vez. Ela se chama Sophie, estava saindo de casa e só pude ver sua silhueta. Ela é, visivelmente, uma mulher apressada, entrou no carro e foi logo acelerando, ao ponto de eu mal poder segui-la de moto. Por sorte, teve problema para encontrar uma vaga lá no bairro do Marais, o que facilitou as coisas para mim. Fui seguindo de longe. Primeiro, acreditei que ela fosse fazer compras e que eu devesse desistir de segui-la, pois seria muito arriscado. Mas, para a minha felicidade, ela estava ali para encontrar alguém. Entrou num salão de chá e foi imediatamente em direção a uma outra mulher, mais ou menos da sua idade. Caminhava olhando para o relógio, como se tentasse se fazer de ocupada. A outra não sabia que ela havia saído atrasada, eu, sim. Flagrante delito esse seu fingimento.

Esperei uns dez minutos, então também entrei e fui me sentar num outro espaço do salão de chá, de onde eu podia vê-la perfeitamente, discretamente. Ela estava usando um vestido estampado, sapatos de salto baixo e um blusão cinza-claro. Eu a via de perfil, uma mulher agradável, que deve fazer o gosto de muitos homens. Sua amiga, por outro lado, achei que parecia mais uma puta, maquiada demais, arrogante, fêmea demais. Pelo menos Sophie sabe ser mais natural. Elas se empanturraram de bolo de chocolate, com cara de colegiais bem gulosas. Pelos seus gestos e sorrisos, estavam brincando de escapar do regime. As mulheres sempre fazem regimes com os quais adoram ser infiéis. As mulheres são fúteis. Sophie é magra, mais magra que sua amiga.

Logo me arrependi de ter entrado. Eu corria o risco de ser visto e, por algum motivo idiota, ela poderia se lembrar do meu rosto. Para que se arriscar assim, sem precisar? Prometi para mim mesmo que não faria mais isso. Agora, dito isso, ela me agrada, é uma moça cheia de vida.

Estou me sentindo num estado de espírito bastante peculiar, com todos os sentidos aguçados. Graças a isso, soube transformar uma situação inútil numa circunstância frutífera. Saí uns vinte minutos depois delas e, na hora de pegar minha blusa no cabideiro, tinha mais um casaco dependurado ali. Rapidamente, enfiei a mão no bolso interno e fui embora com uma bela carteira. O dono se chama Lionel Chalvin, nascido em 1969, uns cinco anos mais velho que eu, e mora em Créteil. Sua carteira de identidade ainda é do modelo antigo. Como, de qualquer forma, a minha intenção não é usá-la no caso de uma fiscalização, dei uma trabalhada bem simples nela, só trocando sua foto pela minha. Às vezes fico contente com minha habilidade para trabalhos manuais. Se não olhar de muito perto, a identidade até que ficou razoável.

15 DE JUNHO

Precisei esperar uns dez dias para as ideias amadurecerem e eu tomar uma decisão. Acabo de passar por uma decepção terrível, anos de esperança por terra em poucos minutos... Não esperava me recuperar tão rápido, mas, curiosamente, acho que consegui. Isso me espanta um pouco. Segui Sophie Duguet de um lado para o outro, raciocinei, olhei bem para ela... E foi ontem à noite, olhando para as janelas do seu apartamento, que a decisão foi tomada. Ela passou, fechou as cortinas com um gesto largo e firme, como uma espécie de semeadora de estrelas. Aquilo desencadeou algo em mim, senti que eu ia me jogar de cabeça. De uma maneira ou de outra, eu precisava de um plano alternativo, não podia, assim, num piscar de olhos, desistir de tudo que tinha sonhado, de tudo de que precisei por tanto tempo. Enfim, entendi que Sophie seria a solução.

Inaugurei um caderno para tomar notas. Já são muitas as coisas para preparar, creio que isso vai me ajudar a organizar as ideias. Este caso é mais complicado do que eu imaginava.

O marido de Sophie é um sujeito alto, parece inteligente e bastante autoconfiante. Isso me agrada. Bem-vestido, elegante até, embora com um estilo bem despojado. Cheguei cedo hoje de manhã para poder segui-lo desde sua saída de casa. Eles vivem em boas condições, cada um tem seu carro e moram num edifício de alto nível. Até poderiam ser um belo casal e ter um futuro promissor.

20 DE JUNHO

Vincent Duguet trabalha para a Lanzer Gesellschaft, uma companhia petroquímica sobre a qual obtive um grande volume de documentos: não entendo muito do negócio, mas, no geral, trata-se de uma empresa de capital estrangeiro, alemã, que possui filiais espalhadas por uma grande parte do mundo e é uma das líderes no mercado de solventes e elastômeros. A matriz da Lanzer Gesellschaft fica em Munique, mas também dispõe de uma sede francesa, em La Défense (em Paris, é aí que Vincent trabalha), e de três centros de pesquisa no interior: em Talence, Grenoble e Senlis. No organograma da empresa, Vincent é mencionado em um nível bem elevado, como diretor adjunto do departamento de Pesquisa e Desenvolvimento. Possui o título de doutor, pela Universidade de Jussieu. No impresso de divulgação, sua foto parece ser bem recente, muito parecida com ele. Recortei e preguei no meu mural de cortiça.

Quanto a Sophie, ela trabalha na Percy's, uma empresa leiloeira (leilões de livros antigos, obras de arte, etc.). Ainda não sei exatamente o que faz lá.

Comecei pelo mais fácil: as informações sobre Vincent. Já Sophie, parece ser mais complicado. A empresa não disponibiliza muitas informações. Nos ramos desse tipo, só mostram a vitrine. Por falar nisso, a Percy's é bastante conhecida, mas pouco se sabe sobre ela, algumas generalidades, mais nada. Para mim, isso não é o suficiente. E não adianta eu ficar rondando o escritório deles no 8° *arrondissement*, ali nas redondezas da estação de metrô Saint-Philippe-du-Roule, eu correria o risco de ser notado por alguém.

11 DE JULHO

Preciso de informações mais precisas sobre Sophie e percebi que, ultimamente, ela usa o carro com muito mais frequência – estamos em julho, a cidade está mais tranquila. Aí foi só juntar a fome com a vontade de comer. Arrumei outra placa para a moto, troquei e, ontem, segui de longe seu carro. Mentalmente, a cada parada, eu ensaiava a cena. Finalmente, quando o carro de Sophie era o primeiro da fila no sinal vermelho, estava mais do que preparado e tudo se desenrolou maravilhosamente bem. Calmamente, me posicionei ao seu lado, à direita, tomando cuidado para manter certa distância, para poder evitar qualquer obstáculo. Logo que o sinal da perpendicular ficou amarelo, foi só estender a mão, abrir a porta do passageiro, agarrar a bolsa, arrancar e virar na primeira rua à direita. Em poucos segundos, eu já estava a centenas de metros dali, tinha virado três ou quatro vezes e, cinco minutos mais tarde, estava dirigindo tranquilamente no anel rodoviário. Se tudo fosse fácil assim, não teria nem graça mais...

Que maravilha a bolsa de uma mulher! Quanta graciosidade, quanta intimidade, quanta infantilidade! Na de Sophie, coisas tão variadas que seria impossível separar por categorias. Fui pela ordem. Primeiro, tudo que não me informava nada: carteirinha de transporte público – mas guardei a foto –, lixa de unha, lista de compras (pro fim de tarde, com certeza), uma Bic preta, pacotes de lenço de papel, chicletes. O resto foi mais esclarecedor.

Sobre os gostos de Sophie, primeiro: um "creme multiação" da Cebelia, para as mãos, um batom da marca Agnès b. ("Perfect", especiarias *rosé*), uma caderneta de notas diversas, aliás, pouco numerosas e geralmente ilegíveis, mas com uma lista de livros para ler (V. Grossman: *Vida e destino* – Alfred de Musset: *As confissões de um filho do século* – Tolstói: *Ressurreição* – Citati: *Portraits de femmes* – Ikonnikov: *Dernières nouvelles du bourbier...*). Ela gosta dos autores russos. Agora está lendo O *mestre de Petersburgo*, de J. M. Coetzee. Parou na página 63, não sei se vai comprar outro exemplar.

Li e reli suas anotações. Gosto bastante da sua escrita, decidida, enérgica, revela vontade, inteligência.

Sobre sua intimidade: uma caixa aberta de absorventes internos Nett, "mini", assim com uma caixa de analgésicos Nurofen (será que sofre com as cólicas?). Na dúvida, fiz uma marca vermelha no meu calendário de parede.

Sobre os seus hábitos: pela carteirinha da empresa, vejo que não come sempre na cantina da Percy's, gosta de filmes (cartão fidelidade do cinema *Balzac*), não carrega muito dinheiro (menos de trinta euros dentro da sua carteira), está inscrita num ciclo de conferências sobre ciências cognitivas que acontecerá em La Villette.

E, por fim, o mais importante: as chaves do apartamento, do carro, da caixa de correio, telefone celular – copiei imediatamente seus contatos –, uma caderneta de endereços que deve ser bem velha, pois tem várias cores de caneta e tipos de letra diferentes, sua carteira de identidade, recente (ela nasceu no dia 5 de novembro de 1974, em Paris), um cartão de aniversário destinado a Valérie Jourdain, rua Courfeyrac, n° 36, Lyon:

Minha queridona,
Não consigo acreditar que uma menina mais nova do que eu já tenha virado gente grande.
Você prometeu vir aqui pra capital: o seu presente está esperando por você.
Vincent manda um beijo, e eu mais ainda: todo o meu amor.
E um beijo também.
Feliz aniversário, queridona. Muitas loucuras pra você.

Finalmente, uma agenda que me fornece vários elementos preciosos sobre as semanas que passaram e as próximas.

Fotocopiei tudo e preguei no meu mural de cortiça, mandei fazer uma cópia de cada chave (não sei do que são algumas delas) e fui rápido deixar tudo – só fiquei com a carteira – na delegacia do bairro vizinho. Sophie, aliviada, recuperou sua bolsa na manhã seguinte.

Uma bela colheita. E uma bela jogada.

O que me agrada é me sentir em ação. Foi tanto tempo (anos...) só em pensamento, dando voltas no mesmo lugar, deixando as imagens encherem a cabeça, revendo fotos de família, o registro militar do meu pai, as fotos do casamento, e minha mãe tão bonita nelas...

15 DE JULHO

Domingo passado, Sophie e Vincent foram comer com a família. Fui seguindo à distância e, graças à caderneta de endereços de Sophie, rapidamente me dei conta de que iam à casa dos pais de Vincent, em Montgeron. Tomei um caminho diferente para lá e pude verificar que, nesse belo domingo de verão (por que eles não saíram de férias?), o almoço era no jardim. Tendo uma boa parte da tarde pela frente, aproveitei para voltar a Paris e visitar o apartamento do casal.

No início, no apartamento, fiquei meio dividido entre duas sensações. Estava bastante feliz com a oportunidade, uma situação de um potencial imenso – ter acesso ao que há de mais íntimo nas suas vidas –, mas, ao mesmo tempo, estava magoado, sem saber por quê. Precisei de um tempo para entender. É que, na verdade, não gosto desse tal de Vincent. Agora eu sei que ele não me agradou, desde o princípio. Sem entrar em sentimentalismos, tem algo nele que, por instinto, me deu certa antipatia.

Trata-se de um apartamento de dois quartos, um deles transformado em escritório, onde a parafernália eletrônica é bem moderna. Conheço bastante de informática, mas, para garantir, vou baixar da internet as especificações técnicas. Eles possuem uma bela cozinha, suficientemente grande para um café a dois, um banheiro bonito também, com duas pias e um armarinho para cada. Vou me informar melhor, mas um imóvel desses deve custar caro. Verdade que os dois ganham a vida muito bem (seus contracheques se encontram no escritório).

A luminosidade era boa no interior, tirei muitas fotos, de todos os ângulos, o suficiente para reconstituir o apartamento inteiro, fotos das gavetas e armários abertos, de alguns papéis (como o passaporte de Vincent, fotos da família de Sophie, fotos dela e de Vincent que remontam, a meu ver, há alguns anos, etc.). Dei uma olhada nos lençóis, e eles parecem ter uma vida sexual ativa, normal.

Não tirei nada do lugar, não levei nada embora, minha visita vai passar totalmente despercebida. Previ retornar algum tempo depois para colher os dados dos seus e-mails, senhas de banco, MSN, redes profissionais, etc. Serão necessárias umas duas ou três horas – até que enfim meu diploma de informática vai servir para alguma coisa realmente útil –, então preciso tomar as devidas precauções. Depois, só retorno caso apareçam sérias razões para isso.

17 DE JULHO

Eu não precisava ter me precipitado: viajaram de férias agora. Graças ao e-mail de Sophie, sei que estão na Grécia e só voltam para casa lá pelo dia 15 ou 16 de agosto. Dá tempo para fazer uns arranjos, disponho do apartamento só para mim, durante toda a viagem dos dois.

Seria bom ter um contato perto deles, um vizinho ou um colega que pudesse me dar boas informações sobre eles.

1 DE AGOSTO

Vou polindo as minhas armas tranquilamente. Parece que Napoleão queria que lhe apresentassem generais que tivessem sorte. Mesmo com paciência e determinação, mais cedo ou mais tarde, o fator sorte sempre interfere. Por ora, sou um feliz general, apesar de, frequentemente, sentir um aperto no peito se penso em minha mãe. Penso demais nela. Penso demais nesse amor que me faz tanta falta. Ela faz falta demais. Felizmente Sophie está aí.

10 DE AGOSTO

Consultei várias agências imobiliárias, em vão, infelizmente. Olhei vários apartamentos, mesmo os que eu sabia de antemão que não me interessavam, pois não queria chamar a atenção. Convenhamos que a minha demanda não é fácil de formular... Desisti após ter passado por três agências. Em seguida, tive um momento de hesitação, até me vir uma ideia, espontaneamente, enquanto eu caminhava pela rua de Sophie. E eu acredito em sinais. Entrei no prédio em frente ao deles e bati na porta da zeladora, uma mulher gorda com o rosto inchado. Eu não tinha preparado nada, talvez seja por isso que tudo se passou tão bem. Perguntei se havia algum apartamento vazio. Não, nenhum. Quer dizer, nenhum "que valha a pena". Despertou minha atenção no mesmo minuto. Ela me levou para ver um quarto no último andar. O proprietário vive no interior e, todo ano, aluga o apartamento para algum estudante. Digo "apartamento", mas, na verdade, não passa de um quarto com algo como uma cozinha no canto, o banheiro fica de fora, no corredor. Um estudante ia alugar o quarto por um ano, mas tinha acabado de desistir, e o proprietário estava sem tempo para procurar outro inquilino.

Fica no sexto andar, e o elevador chega somente até o quinto. Durante a subida, tentei me localizar e estava supondo, enquanto caminhávamos pelo corredor, que não estávamos muito longe do apartamento de Sophie. De frente, bem de frente! Quando entramos, tomei cuidado para não ir correndo para a janela, o que era o meu desejo. Depois de dar uma olhada (uma passada de olhos bastava, pois não tinha nada para se ver), enquanto a zeladora enumerava em detalhes as regras de convívio que ela impõe aos "seus inquilinos" (uma desanimadora lista de obrigações e proibições de todos os tipos), me aproximei da janela. A de Sophie fica, exatamente, de frente. Isso não é sorte, já é um milagre. Fiz o meu papel de candidato reflexivo, comedido. A mobília é composta por isto e aquilo outro, e a cama deve estar mais destruída que um campo de batalha. Fingindo verificar a torneira e observar o teto, que não deve ter visto uma mão de tinta há décadas, perguntei o preço e procurei saber o que fazer, pois, sim, o apartamento me convinha. Como devíamos proceder?

A zeladora fixou os olhos em mim, como se estivesse se perguntando por que um homem que, visivelmente, não é mais um estudante desejava morar num lugar desses. Sorri. Isso eu sei fazer muito bem, e, visto que parecia não manter uma relação normal com os homens faz muito tempo, senti que ela ficou encantada comigo. Expliquei que morava no interior, que deveria vir a Paris a trabalho, com certa frequência, que um hotel não era o que mais me convinha e que, para passar algumas noites por semana, um lugar assim seria perfeito. Reforcei meu sorriso. Ela disse que podia telefonar para o proprietário e descemos novamente. Seu local de trabalho, como o prédio todo, remonta a mais de século. Reinava ali um odor de cera misturado com sopa de legumes que me embrulhou o estômago. Meu olfato é muito sensível.

O proprietário conversou comigo ao telefone e, também ele, começou com a ladainha das regras "do bom convívio" (sic) a serem respeitadas no prédio. É um velho idiota. Fiz o papel do inquilino mais dócil. Quando a zeladora retomou o telefone, imagino que ele lhe perguntava qual era sua impressão, o que sentia no seu íntimo. Fingi estar procurando algo nos bolsos, olhando as fotografias que a velha mantinha sobre um baú e o clássico (e repugnante) desenho do molequinho de Montmartre mijando. Realmente achava que esse tipo de coisa não existia mais. Tentei me conduzir da maneira apropriada àquele teste de admissão. A zeladora murmurava: "Sim, acho que sim...". Em todo caso, às cinco horas da tarde, Lionel Chalvin era o inquilino do quarto, tinha pagado como garantia, em espécie, uma quantia exorbitante, três meses de aluguel adiantado, e tinha obtido a permissão para visitar o quarto uma última vez, para poder tirar umas medidas. A dona gorda me emprestou uma fita métrica.

Dessa vez, permitiu que eu subisse sozinho. Fui imediatamente à janela. É ainda melhor do que eu esperava. Os andares dos dois prédios não são exatamente no mesmo nível, vejo o apartamento de Sophie um pouco de cima. Não tinha percebido que, na verdade, tenho vista para duas janelas do seu apartamento, da sala e do quarto, ambas com cortinas de musselina. Peguei rápido uma caneta e, no meu caderno de notas, fiz uma lista de coisas a serem compradas.

Na hora de ir embora, deixei uma gorjeta bem ponderada.

13 DE AGOSTO

Estou muito satisfeito com a minha luneta. O vendedor da galeria de astronomia me pareceu bem entendido no assunto.

Essa loja é o melhor lugar para os astrônomos amadores, mas, com certeza, é também o lugar para todos os *voyeurs* bem preparados, dispondo de certos meios financeiros. O que me faz pensar nisso é que ele me propôs a compra de um aparelho de infravermelho que se adapta à luneta, possibilitando ver à noite e, se for o caso, tirar fotos digitais. É absolutamente perfeito. Agora meu quarto está muito bem equipado.

A decepção da zeladora foi eu não lhe ter deixado uma cópia da minha chave, como devem fazer os demais inquilinos. Não tenho particularmente vontade de que ela venha espiar meu quartel general. Mas não vou me iludir, provavelmente já tenha uma cópia da chave. Então, espertamente, instalei um sistema que impede que a porta se abra por completo, e tomei o cuidado de não deixar nada no campo de visão oferecido por essa abertura. Foi muito bem pensado. Não vai ser fácil encontrar um argumento para vir comentar comigo sobre essa dificuldade, certamente inédita para ela.

Fixei na parede um grande quadro branco com marcadores, um mural de cortiça e disponho de uma mesinha. Levei para lá tudo que já possuía antes. Comprei um laptop novo e uma pequena impressora a cores. O único problema é que não posso vir tanto quanto eu gostaria, pelo menos no início, para não levantar suspeitas e acabar queimando o roteiro que improvisei para obter esse quarto. Daqui a algum tempo, inventarei o pretexto de uma mudança no trabalho para justificar vindas mais frequentes.

16 DE AGOSTO

Desde o dia em que encontrei Sophie, minhas crises de angústia desapareceram. Evidentemente, de vez em quando, acontece de eu ir para a cama com o corpo meio rígido. Antes, isso era o sintoma que antecedia a ansiedade noturna, que, quase sempre, acabava me despertando encharcado de suor e me tirava o sono. Isso é bom sinal, acho que Sophie vai me ajudar a curar. O paradoxo é que, quanto mais calmo me sinto, mais forte é a presença da minha mãe. Na noite passada, estendi o seu vestido na cama para ver. Ele está um pouco encardido agora, o tecido não está tão aveludado quanto antigamente e, apesar das lavagens, quando se olha à distância, as marcas escuras podem ser notadas claramente. Foi muito sangue. Essas manchas me contrariaram por muito tempo, eu queria que o vestido pudesse reaver o frescor absoluto que deve ter tido no dia do casamento. Mas, no fim das contas, não me desagrada que ainda estejam ali, mesmo que discretas, porque são elas que me dão coragem. Toda a minha vida está ali, elas representam a minha existência, encarnam a minha vontade.

Dormi em cima do vestido.

17 DE AGOSTO

Sophie e Vincent estão de volta desde ontem à noite. Eu me permiti ser pego desprevenido. Adoraria ter estado lá para recebê-los. Quando acordei hoje de manhã, as suas janelas já estavam escancaradas.

Sem problema, tudo estava mais que pronto para esse retorno.

Amanhã de manhã, Vincent viaja bem cedo e Sophie vai ao aeroporto com ele. Não vou me levantar para vê-los sair. Capturar os dados do e-mail de Sophie já me satisfaz.

23 DE AGOSTO

Está fazendo um calor terrível, às vezes sou obrigado a ficar de short e camiseta. Como não quero abrir a janela quando estou no meu posto de observação, rapidamente o calor fica insuportável. Trouxe um ventilador, mas o barulho me irrita, prefiro ficar transpirando.

Os frutos desse meu papel de sentinela compensam muito. Eles não esperam estar sendo observados. Primeiro porque estão num andar bem alto, segundo porque o prédio da frente, o meu, só possui quatro janelas com vista para dentro do apartamento deles, e duas foram tapadas pelo interior. Minha janela fica sempre fechada, como se ninguém morasse aqui. À minha esquerda, vive um sujeito bastante estranho, um músico ou algo assim, que fica sempre no escuro e sai em horários imprevisíveis, embora respeite as regras impostas a todos. Duas ou três vezes por semana, consigo escutá-lo chegando às escondidas.

Pouco importa a hora em que eles voltam para casa, estou no meu posto de observação.

Vigio particularmente seus hábitos. Só nos hábitos é que se pode confiar, concretos, dificilmente se abalam. É neles que devo repousar minha observação. É com eles que devo trabalhar. Por ora, contento-me com as pequenas coisas. Por exemplo, cronometro alguns fatos e gestos. Assim, entre a ducha e os cuidados do corpo, Sophie passa pelo menos vinte minutos no banheiro. Para mim, isso é demais, mas, bom, para uma mulher... Ainda por cima, ela sai de roupão e volta depois para os cuidados do rosto e, com certa frequência, retorna uma última vez para retocar a maquiagem.

Como eu já tinha cronometrado aquilo e que Vincent não estava lá, aproveitei e, logo que Sophie foi para o banheiro, entrei no apartamento, peguei seu relógio de pulso, que ela deixa na mesinha de cabeceira quando o tira, e fui embora. É um belo relógio. Segundo o que está gravado na parte de trás, foi presenteado pelo seu pai, em 1993, presente de formatura.

25 DE AGOSTO

Acabei de conhecer o pai de Sophie, é inegável a familiaridade que existe entre eles. Ele chegou ontem e, pela sua mala, não deve ficar muito tempo. É um homem alto, magro, uns 60 anos de idade, elegante. Sophie o adora. Vão juntos ao restaurante, como dois namorados. Olhando para eles, não consigo me impedir de pensar na época em que a senhora Auverney, a mãe de Sophie, ainda não tinha morrido. Suponho que conversem sobre ela. Jamais pensarão nela tanto quanto eu. Se ainda fosse viva, não precisaríamos ter chegado a este ponto... Fazer o quê...

27 DE AGOSTO

Patrick Auverney, nascido em 2 de agosto de 1941 – Formado em arquitetura em 1969 (Paris) – Casamento com Catherine Lefebvre em 8 de novembro de 1969 – Fundou a agência R'Ville em 1971 com Samuel Génégaud e Jean-François Bernard (sócios): sede social na rua Rambuteau, n° 17, e depois na rua Tour-Maubourg, n° 63 (Paris) – 1974, nascimento de Sophie, sua única filha – 1975, mudança do casal Auverney para a avenida d'Italie, n° 47 (Paris) – Divórcio em 24 de setembro de 1979 – 1980, compra da residência de Neuville–Sainte-Marie (CEP do departamento: 77) e mudança – Novo casamento, com Françoise Barret-Pruvost em 13 de maio de 1983 – Falecimento de Françoise em 16 de outubro de 1987 (acidente rodoviário) – Vende sua parte da sociedade no mesmo ano – Vive sozinho – Manteve algumas atividades de consultoria em arquitetura e urbanismo, sobretudo juntamente com as coletividades locais da região.

28 DE AGOSTO

O senhor Auverney ficou somente três dias. Sophie foi levá-lo à estação. Não pôde esperar o horário da partida por questões de trabalho. Mas eu fiquei. Observei o senhorzinho. Aproveitei para tirar umas fotos.

29 DE AGOSTO

Não é fácil estacionar na rua. Mesmo em agosto, vejo frequentemente Sophie dando voltas no bairro para encontrar uma vaga, às vezes bem distante.

Via de regra, Sophie e o marido tomam o metrô, ela só usa o carro quando precisa ir a trabalho na região periférica da cidade ou quando tem que transportar algo. Existem duas ruas em que ainda não há estacionamento rotativo. O bairro todo as conhece e as raras vagas que aparecem desaparecem na mesma hora. Às vezes, Sophie recorre ao estacionamento pago mais próximo.

Hoje, ela chegou por volta das 19 horas e, nesse horário da noite, como na maior parte dos dias, não tinha sobrado vaga. Ela estacionou o carro no lugar reservado para deficientes (isso não é legal, Sophie, que falta de cidadania!), só o tempo de subir em casa com três grandes pacotes. Desceu de novo na velocidade da luz. Logo observei que tinha deixado a bolsa lá em cima. Não esperei sequer um segundo. Mal Sophie entrou no carro, eu fui até o seu apartamento e entrei. Estava nervoso, mas tinha ensaiado aqueles gestos várias vezes na minha cabeça. Sophie tinha deixado a bolsa na mesinha de canto ao lado da porta. Achei lá dentro sua carteira nova e troquei sua nova identidade pela antiga, que eu tinha roubado em julho. Dificilmente ela vai se dar conta disso. Quando é que a gente olha para a identidade?

Estou começando a plantar minhas sementes.

1 DE SETEMBRO

Vi as fotos das férias. Vincent as deixou na máquina. Meu Deus, que fotos bobas. Tem Sophie na Acrópole, tem Vincent no barco, passando ao largo das ilhas Cíclades... Que tédio! Mesmo assim, cavei e encontrei a mina. Estão nos seus 30 anos, o sexo ocupa certo espaço da vida. Tiraram fotos de sacanagem. Bom, nada muito espetacular. Começam com Sophie acariciando os seios com cara de concentrada (sob o sol), alguns planos malsucedidos em que ela tenta se fotografar enquanto Vincent a pega de quatro, mas consegui fazer minha alegria (por assim dizer): quatro ou cinco imagens de Sophie fazendo um boquete. Dá para reconhecê-la muito bem ali. Copiei os arquivos e fiz algumas impressões coloridas.

5 DE SETEMBRO

Está aí uma besteira que as mulheres não podem cometer com muita frequência. Hoje Sophie se deu conta de que se atrapalhou com o calendário da pílula. Mesmo que ela não tenha o costume de falhar, não resta dúvida, está faltando na cartela a de hoje à noite. Não é que tenha trocado um dia pelo outro, está faltando uma.

10 DE SETEMBRO

Isso é só uma questão de dedilhado, de leveza. Tem que ter delicadeza, seguir a partitura com *finesse*. Observei em Sophie, de longe e por períodos bem curtos, mas muito frequentes, a maneira de fazer as compras, por exemplo, no Monoprix, o supermercado logo ali na esquina. A gente não se dá conta dos inúmeros hábitos que se criam nessas pequenas coisas da vida. Então, Sophie sempre pega mais ou menos os mesmos produtos, sempre faz praticamente o mesmo circuito e mais ou menos os mesmos gestos. Por exemplo, após ter passado pelo caixa, sempre deixa as sacolas de plástico sobre o balcão próximo aos carrinhos, só o tempo de fazer a fila na padaria do supermercado. Na noite de ontem, substituí o seu pote de manteiga por outro e troquei o seu café também, por outra marca. Toques bem sutis, discretos, progressivos. Parece uma bobagem, mas é essencial progredir aos poucos.

15 DE SETEMBRO

Ontem, Sophie reservou pela internet duas entradas para o teatro Vaugirard, para o dia 22 de outubro. Ela quer assistir à peça *O jardim das cerejeiras* (mais uma vez, o seu gosto pelos russos), encenação que conta com um ator de cinema cujo nome eu sempre me esqueço. Resolveu com bastante antecedência, pois se trata de um espetáculo com "venda antecipada (não haverá bilheteria no dia do evento)". Sem reserva, nada de entrada. No dia seguinte, já enviei uma mensagem, do e-mail de Sophie, adiando a reserva para a semana posterior. Dei sorte, não havia muitos lugares sobrando. O sucesso do golpe é cem por cento garantido, já que, de acordo com sua agenda, para essa mesma noite, ela e Vincent foram convidados a uma confraternização da Lanzer. Como está sublinhado duas vezes, esse encontro da empresa deve ter uma certa importância. Tomei a precaução de deletar das suas mensagens o e-mail sobre a troca da reserva e a resposta de confirmação do teatro.

19 DE SETEMBRO

Não sei se Sophie tinha horário marcado para hoje de manhã, mas com certeza não chegou cedo. Roubaram o seu carro! Ela desceu – logo quando ela consegue uma vaga na rua onde o estacionamento é gratuito! – e nada do carro. Aí, delegacia, registro de ocorrência, tudo isso leva uma eternidade…

20 DE SETEMBRO

Você pode falar o que quiser da polícia, mas tem hora que a gente fica bem feliz por ela existir. Já Sophie poderia ter ficado muito bem sem ela, foi o que escreveu para Valérie, sua amiga e confidente. Os policiais, em menos de um dia, encontraram o carro... na rua ao lado. Ela declarou o veículo como roubado enquanto, simplesmente, tinha se esquecido de onde o tinha estacionado. Foram educados com ela, mas, de qualquer forma, não deixa de ter sido um transtorno, papéis e mais papéis. Tem que aprender a ser menos distraída...

Se pudesse, eu aconselharia Sophie a checar a ignição, não parece estar em bom estado.

21 DE SETEMBRO

Desde o retorno das férias, o casal se ausenta nos fins de semana e, às vezes, até mesmo um dia inteiro durante a semana. Não sei aonde vão. No entanto, a estação já está bem avançada para passeios no campo. Então, decidi segui-los ontem.

Coloquei o despertador para tocar de manhã bem cedo. Foi difícil levantar, não estou conseguindo dormir direito, ando com o sono muito agitado, acordando exausto. Eu tinha enchido o tanque da moto e, logo que vi Sophie fechando as cortinas, fiquei a postos na esquina. Eles deixaram o prédio às 8 horas em ponto. Tive que gastar todo meu estoque de engenhosidade para evitar ser notado. Até que me arrisquei bastante. E tudo isso para nada... Pouco antes de chegar à rodovia, Vincent mudou rapidamente de faixa e se espremeu entre dois carros para tentar passar no sinal amarelo. Por instinto, fui atrás, imprudência minha. Mal consegui frear para evitar a colisão com seu carro, dei uma guinada no guidom, perdi o controle, a moto tombou de lado e deslizei uns dez metros com ela. Eu era incapaz de dizer se estava machucado ou não, se sentia ou não alguma dor... Escutei o trânsito parar, de repente, como se fosse um filme em que o som fosse cortado de uma hora para a outra. Poderia estar grogue, em estado de choque, mas, muito pelo contrário, me sentia extremamente lúcido.

Vi Vincent e Sophie descerem do carro e correrem para o meu lado junto com outros motoristas, vários curiosos, uma multidão já me rodeava antes mesmo de eu poder me levantar. Senti uma energia louca se apropriar de mim. Enquanto os que chegaram primeiro se inclinavam sobre mim, consegui deslizar e liberar meu corpo da moto. Fiquei de pé e dei de cara com Vincent. Eu ainda estava de capacete, com a viseira de acrílico fechada, face a face com ele, exatamente: "Talvez seja melhor não se mexer muito", foi o que ele disse. Ao seu lado, Sophie, com um olhar de preocupação, a boca entreaberta. Jamais a tinha visto de tão perto. Todo mundo começou a falar, a dar conselhos, a polícia já ia chegar, melhor eu tirar o capacete, sentar, a moto derrapou, ele estava correndo, não, foi o carro que deu uma virada brusca, e Vincent colocou a mão no meu ombro. Virei, olhei para a moto. Foi aí que deu um clique na minha cabeça: o motor ainda estava funcionando. Não parecia ter nenhum vazamento, dei um passo em direção a ela e, pela segunda vez, cortaram o som. Abruptamente, todo mundo se calou, se perguntando por que eu estava, simplesmente, afastando um sujeito de camiseta suja com as mãos e me curvando sobre a moto. Então, todos entenderam que eu queria colocá-la de pé. Recomeçaram os comentários, multiplicados por dez. Alguns pareciam até dispostos a me impedir, mas a moto já estava sobre as duas rodas. Eu me sentia frio como um picolé, com a impressão de que o sangue tinha parado de circular. Em poucos segundos, estava pronto para sair dali. Não pude evitar e me voltei uma última vez para Sophie e Vincent, que me olhavam estupefatos. Eu estava tão determinado que devia dar medo. Arranquei sob os gritos dos transeuntes.

Eles conhecem minha moto, meu macacão de motociclista, tenho que trocar tudo. Mais despesas. No seu e-mail para Valérie, Sophie acredita que o motoqueiro fugiu porque a moto era roubada. Espero que eu consiga não chamar mais atenção, só isso. Essa história mexeu com eles. Por um bom tempo, sempre que virem um sujeito de moto, vão olhar para ele com outros olhos.

22 DE SETEMBRO

Acordei encharcado de suor no meio da noite, sentindo um aperto no peito, com o corpo inteiro tremendo. Com o medo que passei ontem, não é de espantar. No meu sonho, Vincent tinha trombado na moto. Eu saía voando por sobre o asfalto, minha roupa mudava de cor, ficava toda branca. Não precisa ser tão versado no assunto para encontrar a simbologia que está por trás desse sonho: amanhã é o aniversário de morte da minha mãe.

23 DE SETEMBRO

Faz uns dias que me sinto triste, pesado. Não deveria ter arriscado fazer essa viagem de moto num tal estado de fraqueza e nervosismo. Desde sua morte, tenho toda sorte de sonho, mas, em grande parte, são cenas reais que o meu cérebro gravou no passado. Sempre me espanta a nitidez quase fotográfica dessas lembranças. Em algum lugar do meu cérebro existe um projecionista louco, que às vezes projeta umas cenas de gênero: mamãe, ao pé da minha cama, me contando histórias. Esses clichês seriam deploráveis, não fosse pela sua voz, com uma vibração muito particular, que atravessa meu corpo e me faz vibrar da cabeça aos pés. Ela nunca saía sem passar um tempinho comigo primeiro. Lembro-me de uma babá, uma neozelandesa... Por que essa me vem em sonho mais que as outras? Teria que perguntar ao projecionista. Mamãe tinha o sotaque perfeito quando falava inglês. Passou horas e horas lendo histórias em inglês para mim... Não nasci com o dom para as línguas, mas ela tinha toda a paciência do mundo comigo. Recentemente, voltaram à memória uns dias de férias. Os dois na casa da Normandia (papai só vinha encontrar com a gente no fim de semana). Gargalhadas no trem. As lembranças retornam durante todo o ano, mas, nesta época em particular, o projecionista vem sempre com os mesmos rolos de filme: mamãe, sempre de branco, sai voando pela janela. Nesse sonho, a sua feição é exatamente a mesma do último dia em que a vi. A tarde estava bonita. Mamãe passou um bom tempo olhando pela janela. Dizia que adorava as árvores. Eu estava sentado no seu quarto, tentava conversar com ela, mas as palavras não saíam com facilidade. Ela parecia tão cansada, como se toda a sua força estivesse concentrada nessa maneira de olhar para as árvores. De tempos em tempos, ela voltava a cabeça para mim e sorria, amorosa. Como imaginar que essa imagem dela, que via naquele instante, viria a ser a última de todas? No entanto, guardo na memória um momento de silêncio, mas de uma imensa felicidade. Éramos um só, eu e ela. Eu sabia. Quando deixei o quarto, ela beijou a minha testa, um beijo de uma intensidade tamanha que eu nunca mais pude encontrar igual. Ela me disse: "Te amo, meu Frantz". Mamãe sempre me dizia isso quando eu ia embora.

No filme, em seguida, deixo o quarto, desço as escadas e, alguns segundos mais tarde, ela se atira de uma vez por todas, como se não existisse razão nenhuma para ter alguma hesitação. Como se eu não existisse.

É por isso que eu os odeio tanto.

25 DE SETEMBRO

Está confirmado, Sophie acaba de informar à sua amiga Valérie que eles estão procurando uma casa ao norte de Paris. Todavia, parece tocar no assunto como se fosse um grande mistério. Acho meio infantil isso.

Hoje é o aniversário de Vincent. Subi ao apartamento no início da tarde e foi fácil encontrar seu presente, um embrulho bonito, aproximadamente do tamanho de um livro, e com a etiqueta da grife Lancel. Faça o favor. Ela simplesmente o tinha colocado na gaveta de roupas íntimas. Peguei e fui embora com ele. Imagino o pânico à noite, na hora em que quiser entregar o presente... Ela vai revirar a casa toda. Daqui a uns dois ou três dias, eu o devolvo. Quanto ao lugar onde colocá-lo, escolhi o armário do banheiro, detrás do seu estoque de lenços de papel e produtos de beleza...

30 DE SETEMBRO

Quem sou eu para proibir que meus vizinhos vivam de janela aberta? Foi assim que, dois dias atrás, quando Sophie e o marido se reencontraram no fim do dia, pude vê-los fazendo amor. Pena que não dava para distinguir tudo, mas, mesmo assim, foi bem excitante. Os dois pombinhos não parecem ter muitos tabus: chupar de um lado, chupar de outro, pegar assim, pegar assado, uma bela de uma juventude, cheia de vitalidade. Tirei fotos, a câmera digital que comprei é perfeita. Retoco as imagens no meu pequeno laptop e imprimo as melhores, para pregar no meu mural de cortiça. Aliás, já não cabem mais imagens no mural, uma grande parte das paredes do meu quarto está coberta de fotos dos meus pombinhos. Isso me ajuda a concentrar.

Ontem à noite, depois que eles apagaram as luzes e foram dormir, eu, deitado na cama, fiquei olhando umas fotos com algumas imperfeições. Um certo desejo veio me visitar. Preferi cair rápido no sono. Sophie é charmosa e, pelo visto, até que transa muito bem, mas não vamos confundir as coisas. Acho melhor que essa história não envolva nenhum afeto entre mim e ela, já não está nada fácil lidar com a antipatia que sinto pelo seu marido.

1 DE OUTUBRO

Abri novas contas de e-mail em servidores gratuitos e fiz várias simulações. Agora, como se diz, meu plano está maduro, a operação "interferência em e-mails" pode começar. Vai levar um tempinho para que Sophie se dê conta disso, mas, agora, suas mensagens estão com as datas anteriores ou posteriores aos dias em que ela pensa tê-las enviado. Às vezes, o cérebro prega peças na gente...

6 DE OUTUBRO

Foi o tempo de vender a moto, comprar outra, arrumar um novo macacão de proteção. Não levou um mês, evidentemente, mas minha autoconfiança estava em crise, meu estado de espírito era como o do cavaleiro que quebra a cara e fica com receio de voltar a montar. Precisei vencer o medo. Graças a isso, mesmo que eu não esteja tão despreocupado quanto antes, não deu nada errado dessa vez. Eles tomaram a rodovia do norte, em direção a Lille. Como sempre voltam à noite quando saem, esperava que não fossem muito longe, e eu tinha razão. Na verdade, o negócio é bem simples: Sophie e o marido procuram uma casa de campo. Tinham horário marcado com um agente imobiliário de Senlis. Mal entraram na agência e já estavam de saída com um sujeito com a fantasia completa do ramo: o terno, os sapatos, o corte de cabelo, a pasta debaixo do braço e aquela cara bem familiar, "expert e camarada", que é um traço distintivo da profissão. Segui o carro, mas foi ficando cada vez mais complicado, pois tomaram estradas menores, menos movimentadas. Depois da segunda casa visitada, preferi voltar. Em geral, chegam numa casa, olham, fazem algumas reflexões, gestos de arquiteto, dão uma boa volta no interior, saem de novo, fazem um *tour* com o proprietário, com ares de dúvida, perguntam algumas coisas e partem para outra propriedade.

Estão em busca de uma casa grande, dispõem dos meios necessários. As que viram ficam mais no campo ou na saída de vilarejos meio tristes, mas sempre com uma grande área verde.

Não acho que possa fazer grande coisa em relação ao desejo deles de ir ao campo nos fins de semana, que, por ora, não cabe muito bem no plano que estou começando a elaborar.

12 DE OUTUBRO

Pelos arquivos de teste que anda enviando para si mesma, Sophie deve estar bastante desconfiada da sua memória. Até tomei a liberdade de interferir no seu segundo teste, mudando o horário de envio. Mas me contento com a manipulação das datas em intervalos de tempo variados, é mais insidioso, já que sem nenhuma lógica aparente. Sophie ainda não sabe, mas, pouco a pouco, eu é que serei a sua lógica.

22 DE OUTUBRO

Hoje à noite, fiquei na janela esperando meus dois pombinhos retornarem do teatro. Não demoraram para estar de volta em casa... Sophie parecia tão preocupada quanto furiosa, com ela mesma. Quanto a Vincent, tinha uma enorme cara de tacho, como se não acreditasse ter tomado por esposa uma pessoa tão imbecil. Não é à toa, pois, na entrada do teatro, ele deve ter feito um belo de um papel de bobo. Basta que umas duas ou três coisas assim aconteçam e pronto, a gente começa a desconfiar de tudo.

Eu me pergunto se Sophie já se deparou com sua identidade antiga e como deve ter ficado ao encontrar o presente de Vincent no banheiro...

30 DE OUTUBRO

Sophie não anda muito bem. O tom do e-mail enviado a Valérie diz muito do seu astral. São coisinhas de nada, claro, mas está aí o problema, se fosse algo mais grave, dava para tentar delimitar, analisar, mas o que está acontecendo é tão fluido, tão insignificante... O que preocupa é a acumulação. Esquecer... não, não é isso... Perder uma pílula? Tomar duas sem perceber? Fazer compras inexplicáveis, se esquecer de onde estacionou o carro, não saber mais onde escondeu o presente de aniversário do seu marido... Tudo isso poderia ser até engraçado. Mas achar o presente no banheiro, tão estranho, e sem se lembrar de tê-lo posto ali. Um e-mail que a gente pensa que enviou na segunda foi enviado na terça, ter sob os olhos a prova de que pediu o adiamento da reserva do teatro, e não ter nenhuma lembrança disso...

Sophie explica para Valérie que tudo foi acontecendo aos poucos, progredindo lentamente. Ainda não tocou no assunto com Vincent, mas, se continuar assim, vai ter de conversar com ele.

Ela está dormindo mal. Encontrei no seu banheiro um medicamento "à base de plantas", coisa de mulher. Preferiu comprá-lo líquido, uma colher de café à noite, antes de dormir. Não pensei que tudo fosse acontecer tão rápido.

8 DE NOVEMBRO

Fui antes de ontem à sede da Percy's. Sophie não estava trabalhando, tinha saído de carro com Vincent, de manhã bem cedo.

Com o pretexto de estar interessado no próximo leilão, me aproximei da recepcionista.

É simples minha estratégia: em números, há mais mulheres que homens. Em teoria, a presa ideal é uma mulher solteira entre 35 e 40 anos, sem filhos.

Essa daqui é bem gorda, inchada, exageradamente perfumada, não tem aliança no dedo e se deixou sensibilizar pelo meu sorriso (também por algumas piadinhas idiotas sobre as obras contemporâneas presentes no catálogo do próximo leilão). Vou ter que jogar duro, eu sei, mas pode ser que essa moça seja a candidata certa, desde que conheça Sophie suficientemente bem. Senão, talvez, involuntariamente, possa indicar outra candidata, mais à altura.

12 DE NOVEMBRO

A internet é um imenso supermercado dirigido por assassinos. A gente acha tudo ali, armas, drogas, mulheres, crianças, absolutamente tudo. É só ter paciência e poder aquisitivo, e eu tenho ambos. Então acabei achando. Custou caro, mas tudo bem, o pior foram os dois meses do prazo de entrega, isso é que estava me deixando doido. Pouco importa, finalmente recebi o pacote dos Estados Unidos, uma centena de pequenas cápsulas rosa. Experimentei o produto, é completamente insípido, perfeito. Um medicamento contra a obesidade que, quando surgiu, foi considerado revolucionário. No início dos anos 2000, o laboratório vendeu aos milhares, principalmente para mulheres. Mais atraente que ele, impossível: para emagrecer, nunca se tinha visto nada parecido. Mas o produto se revelou também um estimulante da monoamina oxidase. Ele ativa uma enzima que destrói os neurotransmissores, além de ser uma espécie de "pró-depressivo". Foram se dar conta disso pela quantidade de suicídios ocorridos. Na maior democracia do mundo, o laboratório não encontrou dificuldade para abafar o caso, os processos foram evitados com a ajuda do mais potente inibidor do sentimento de justiça: o talão de cheques. A receita é simples: diante de uma resistência inabalável, acrescenta-se um zero. Impossível resistir. O produto foi retirado do mercado, mas claro que não foram capazes de recolher as milhares de cápsulas vendidas, que logo passaram a ser traficadas, graças à internet, por todo o planeta. O negócio é uma verdadeira mina antipessoal, e, no entanto, as pessoas se matam por ele, incrível. São tantas as mulheres que, entre a morte e a obesidade, preferem morrer.

Já com a mão na massa, comprei também flunitrazepam, apelidada a droga do estupro. O fármaco provoca estados de passividade e, em seguida, confusão mental com efeitos amnésicos. Acredito que não vou precisar usá-lo tão cedo, mas é melhor se prevenir. Para completar minha *nécessaire*, achei um sonífero superpotente: um hipnótico com efeito anestésico. Segundo a bula, ele age em poucos segundos.

13 DE NOVEMBRO

Finalmente me decidi. Faz uns quinze dias que estou refletindo, pensando nas vantagens e nos riscos, estudando todas as opções técnicas. Felizmente, a tecnologia evoluiu bastante nos últimos anos e é isso que pesou na minha decisão. Contentei-me com três microfones, dois na sala e um no quarto, claro. São bem discretos, três milímetros de circunferência, ativados pela voz, gravam em pequenas fitas de grande capacidade. O único problema é para recuperar tudo depois. Quanto ao gravador, optei pela caixa do medidor de água. Vou ter que ficar de olho na passagem do funcionário que faz as medições. Geralmente, o síndico do prédio deixa um aviso perto das caixas de correio alguns dias antes.

16 DE NOVEMBRO

O resultado é excelente: as gravações são perfeitas, é como se eu estivesse lá dentro com eles. Aliás, estou... Sinto um prazer enorme ao ouvir a voz dos dois.

Como se o destino quisesse me recompensar pela iniciativa, tive o direito de ouvir às emissões radiofônicas dos jogos amorosos do casal, já no primeiro dia. Foi bem engraçado. Sei realmente de coisas muito íntimas sobre ela...

20 DE NOVEMBRO

Sophie não entende o que está acontecendo com seus e-mails. Acabou de criar uma nova caixa de mensagens. Como sempre, para evitar perder a senha, ela a salvou no computador. Basta abrir a página e o acesso é automático. Graças à sua confiança, posso acessar a tudo. Diga-se de passagem que, caso ela mude de ideia, não deve levar tanto tempo assim para eu capturar a sua senha. Nas mensagens à sua amiga Valérie, ela evoca o "cansaço". Diz que não quer chatear Vincent com essas coisas, mas acha que anda com a memória muito ruim e que ela chega a fazer "uns troços meio irracionais". Valérie diz que ela devia procurar ajuda profissional. Também acho.

Até porque anda com algum tipo de distúrbio do sono. Trocou o remédio, agora são cápsulas azuis. Para mim, ficou bem mais prático, porque elas se abrem e fecham com muita facilidade e o conteúdo nunca entra em contato direto com a língua, o que vem a calhar, pois o meu sonífero é levemente salgado. Aprendi a dosar em função das suas horas de sono e de vigília (o sonífero faz com que ela ronque um pouco, descobri pelos microfones). Com ela, estou me tornando uma espécie de expert medicamentoso, um artista molecular. Posso dizer que agora estou dirigindo o caso com perfeição. Sophie fala dos seus problemas com Valérie, ela se queixa de sonos catalépticos e diz que, depois, durante o dia, fica se arrastando por aí. O farmacêutico sugeriu que fosse consultar um médico, mas Sophie teima em não ir, quer dar uma chance para suas cápsulas azuis. Não tenho nada contra.

23 DE NOVEMBRO

Quase caí na armadilha de Sophie! Ela começou a investigar. Eu sabia que, faz algum tempo, ela estava tentando verificar se estava sendo vigiada por alguém. Está longe de saber que está sob escuta também. Mas isso não impede que eu me preocupe com o fato de ela ter tomado alguma atitude. Acredito que, se ficou desconfiada, é porque fiz algo errado. E não sei onde, nem quando.

Saindo do apartamento de Sophie hoje de manhã, por muita sorte, percebi um pedaço minúsculo de papel sobre o capacho, papel marrom, da cor da porta. Ela deve tê-lo colocado ali quando saiu, entre a porta e o umbral, e, quando abri para entrar, caiu. Impossível saber onde estava exatamente. E eu não podia ficar parado lá fora. Voltei para dentro e raciocinei, mas realmente não via o que podia ser feito. Sumir com o papel seria a confirmação que ela está esperando. Colocá-lo no lugar errado também confirmaria sua suspeita. Será que caí em outras armadilhas ou ela só tinha preparado aquela? Eu não tinha a mínima ideia do que fazer. Optei por uma solução radical: despistar a armadilha com outra armadilha. Fui comprar um pé de cabra, não muito grande, e voltei. Enfiei o pé de cabra em pontos diferentes, até abri a porta para parecer que forçaram bastante com a alavanca. Tive que agir bem rápido porque dava para ouvir o barulho, apesar de eu tentar abafá-lo, e porque o prédio nunca fica completamente vazio durante o dia. No fim, parei por um instante e observei o resultado: até que simula bem uma tentativa abortada de arrombamento, e a ventilação nos pontos de impacto do pé de cabra justifica a queda do pedaço de papel.

Ainda assim, isso me preocupa. O cuidado tem que ser redobrado a partir de agora.

25 DE NOVEMBRO

Compro os mesmos produtos que ela no Monoprix, exatamente os mesmos. Mas, bem na hora de passar no caixa, acrescento uma garrafa de uísque das mais caras. Presto atenção para escolher a mesma marca que se encontra no bar do apartamento, a marca preferida de Vincent... Enquanto Sophie está na fila da padaria, troco as sacolas e, na saída, sorrateiramente, deixo com o segurança um bilhete sobre a moça de casaco cinza.

Do outro lado da rua, vou sacar um dinheiro no caixa eletrônico, o posto de observação ideal ali por perto. Então vejo Sophie, surpresa por estar sendo abordada pelo segurança. Ela ri. Por pouco tempo. É obrigada a segui-lo para verificar...

Sophie ficou pelo menos mais uma hora dentro do supermercado. Dois policiais chegaram. Não sei o que aconteceu. Ela saiu arrasada do Monoprix. Desta vez vai ter que marcar uma consulta, não pode continuar assim.

5 DE DEZEMBRO

Desde setembro, ocorreram leilões regularmente na Percy's, e não compreendo o que faz com que Sophie esteja lá ou não. É totalmente imprevisível, pois não disponho das informações que estão no comando dessas escolhas. Tinha um leilão ontem à noite, às 21 horas. Esperei até 21h15 e, como Sophie parecia decidida a não sair da frente da televisão, lá fui eu.

Estava bem cheio o lugar. Na entrada da sala, a recepcionista sorria para os clientes e lhes entregava um belo catálogo em papel couché. Ela me reconheceu imediatamente e sorriu de uma forma toda especial para mim, insinuante. Retribui com um sorriso não tão acentuado. O leilão ia ser longo. Esperei uma boa horinha até sair um momento no *hall*. A moça contava os catálogos que sobravam e os dava aos raros retardatários que ainda chegavam.

Nós conversamos. Conduzi o meu caso com muita destreza. Ela se chama Andrée, um nome que odeio. De pé, é ainda mais gorda do que atrás do balcão. Seu perfume continua assustador, embora, mais de perto, me pareça mais detestável ainda. Contei umas histórias engraçadas que sempre dão certo. Ela riu. Fingi ter que retornar para o leilão, mas, no último instante, quando já tinha dado alguns passos rumo à sala, apostei todas as fichas. Virei para trás e lhe perguntei se aceitaria me acompanhar num drinque quando tudo estivesse terminado. Ela fez uns trejeitos com uma cara de imbecil e senti o prazer que aquilo lhe proporcionava. Só para constar, ela veio com a desculpa de que deveria arrumar várias coisas depois que o leilão acabasse, mas tomando cuidado para não me desanimar. Enfim, sequer tive que esperar quinze minutos. Chamei um táxi e a levei para um drinque nos grandes bulevares, ali entre a praça da République e a Madeleine. Lembrei-me de um bar, em frente ao teatro Olympia, onde se fica à meia-luz e servem coquetéis, cerveja inglesa e comida, pouco importa o horário. Foi uma noite maçante, mas tenho certeza de que muito fecunda no que concerne ao futuro.

Essa moça é realmente de dar dó.

Ontem à noite, vi o meu casalzinho ralando e rolando. É visível a falta de empolgação de Sophie. Outras coisas estão passando pela sua cabeça, sem dúvida nenhuma. Dormi feito uma pedra.

8 DE DEZEMBRO

Sophie está se perguntando se o problema não é o seu PC, se ele não está sendo acessado à distância por alguém, mas ela não sabe o que fazer para descobrir. Criou um novo e-mail e, dessa vez, não salvou a senha no computador. Precisei de mais de seis horas para entrar. A caixa de mensagens estava vazia. Mudei a senha. Agora é ela que não pode mais acessá-la.

Vincent expressou a sua preocupação. No fundo, é um sujeito sensível. De uma maneira bem discreta, perguntou a Sophie como ia a vida, mas isso era um eufemismo. No telefone com sua mãe, ele evocou a ideia de que Sophie "esteja meio depressiva". Parece que a mãe se mostrou sensibilizada, o que demonstra o quanto é hipócrita, pois essas duas se detestam.

9 DE DEZEMBRO

Através de um amigo da sua falecida mãe, com quem ela manteve algum contato, Sophie logo conseguiu marcar um horário com um especialista. Não sei o que ela tem na cabeça, mas, escolher um "terapeuta comportamental", eu acho uma grande burrice. Por que não um bom psiquiatra? Alguém que possa a enlouquecer com muito mais certeza que qualquer outra pessoa... É como se não tivesse aprendido nada com sua mãe. Em vez disso, ela vai ao doutor Brevet, um charlatão que, segundo o que escreve para Valérie, fica lhe dando conselhos que visam a verificar "a pertinência dos seus temores, objetivamente". Então, ela deve fazer listas das coisas, listas das datas, anotar tudo. Vai ser tão exaustivo.

Dito isso, ela continua escondendo tudo do marido, o que é um bom sinal. Para mim. E o que é bom para mim é bom para Sophie.

10 DE DEZEMBRO

Fiquei preocupado com o que ouvi deles ontem à noite: Vincent voltou a falar em terem um filho. Pelo que escutei, não é a primeira conversa sobre o assunto. Sophie demonstra certa resistência, mas sinto na sua voz que gostaria de se deixar convencer por ele. Não creio que esteja realmente com vontade, e, sim, que ela adoraria ver algo normal acontecer na sua vida, finalmente. Na verdade, é difícil julgar a honestidade do próprio Vincent nessa história. Pergunto-me se ele não está pensando que o comportamento depressivo de Sophie é devido a um desejo reprimido de ser mãe. Uma noção muito elementar de psicologia, evidentemente. Sobre a sua mulher, eu é que poderia lhe ensinar bastante...

11 DE DEZEMBRO

Faz alguns dias, fiquei sabendo que, hoje de manhã, Sophie iria visitar um cliente em Neuilly-sur-Seine, para uma operação de divulgação pela qual é a responsável. E lá está a minha Sophie procurando uma vaga, virando à esquerda, pegando à direita e, finalmente, encontrando onde estacionar. Uma hora mais tarde, nada do carro. Ela não correu para a delegacia, virou à esquerda, pegou à direita, a pé dessa vez, e encontrou o carro, bonitinho, paradinho, a algumas ruas dali. Não é como no seu bairro, não tem nenhum ponto de referência ali. Eis uma bela anotação para inaugurar sua caderneta!

12 DE DEZEMBRO

Sinto asco ao escrever aqui no meu diário sobre o que eu tenho que aturar com essa leitoa que é a Andrée. Agora que está começando a ser útil para alguma coisa, mas estar com ela é quase insuportável.

De qualquer forma, cá está o que fiquei sabendo por ela.

Enquanto assessora de imprensa, Sophie é também responsável por algumas operações de divulgação, quando se trata de vendas de prestígio, por exemplo. No mais, trabalha em prol da imagem da empresa, cuida para que a comunicação "flua".

Faz dois anos que Sophie trabalha ali. São dois nesse trabalho, ela e um homem, um tal de Penchenat, que "se faz de" responsável, assim falou Andrée. Ele é alcoólatra. Andrée faz umas caretas bem engraçadas quando o descreve. Ela evoca seu cheiro de bebida. Vindo de alguém que usa perfumes intragáveis, parece piada, mas tudo bem...

Sophie é graduada em economia. Entrou na empresa graças a um contato que, desde então, não trabalha mais lá.

Seu casamento foi em 1999, no registro civil do 14° *arrondissement* de Paris, no dia 13 de maio, para ser mais exato. Andrée foi ao coquetel de comemoração. Fui brindado com uma descrição minuciosa do *buffet*, da qual poderia ter sido poupado. Não me oferecendo informação nenhuma sobre os outros convidados, a única coisa que guardei é que "a família do marido dela tem dinheiro". Ah, isso aí...! E que Sophie detesta a sogra, "uma víbora".

Sophie é bem-vista na Percy's, seus superiores confiam nela, apesar de que, nos últimos tempos, alguns rumores deixam dúvidas sobre sua seriedade: ela anda se esquecendo de alguns compromissos, perdeu um talão de cheques da sociedade, danificou dois carros da empresa nas duas últimas semanas, perdeu sua agenda de trabalho e destruiu, equivocadamente, um arquivo de clientes que, ao que parece, era extremamente importante. Compreendo muito bem.

Andrée a descreveu como uma moça simpática, aberta, bem sorridente e com uma personalidade forte. Uma ótima profissional, parece. Ultimamente, não anda muito bem (é mesmo?...). Está dormindo mal e, pelo que diz, tendo uns ataques de melancolia. Diz estar fazendo um tratamento. No fundo, ela parece se sentir bem perdida, e muito sozinha.

Andrée e ela não são propriamente íntimas, mas existem poucas mulheres na empresa e elas almoçam juntas de vez em quando. Creio que esse posto de observação pode se revelar bastante instrutivo.

13 DE DEZEMBRO

Preparações para o Natal, gente correndo por todos os lados, inclusive Sophie. Hoje à noite, compras na FNAC. Quanta gente! Empurrão no caixa, sacola no chão para pagar, bate-boca com o cliente de trás, atrapalhada daqui e dali... E aí, de volta em casa, em vez de encontrar o *Real Gone* do Tom Waits, lá está outro álbum dele, *Blood Money*, o que é de uma grande estupidez. Como se não bastasse, ela se dá conta de que comprou *Os filhos da meia-noite*, de S. Rushdie, e se pergunta para quem, e como foi perder a nota fiscal, vai saber... Acaba se contentando em anotar isso na sua caderneta.

Sophie e Andrée só conversam sobre generalidades, não são propriamente amigas. Será que as informações que consegui sobre o casal valia a dureza que é estar com essa pamonha? Pois não descobri tanta coisa assim. Vincent parece estar envolvido "numa grande cartada" no trabalho, perspectiva que mobiliza toda a energia do casal. Sophie está chateada com seu emprego na Percy's. Seu pai, que mora no departamento de Seine-et-Marne, faz muita falta para ela desde a morte da mãe. Ela gostaria de ter filhos, mas não agora. Vincent não gosta da sua amiga Valérie. Ah, isso aí... Acho que tenho que pôr um ponto final nessa relação com a leitoa. Não está adiantando muito. Melhor procurar outra fonte de informação.

14 DE DEZEMBRO

Sophie está anotando tudo, ou quase tudo. Às vezes até se pergunta se não está se esquecendo de anotar e, aí, acaba vendo que anotou duas vezes a mesma coisa. Ficou muito abalada com o fato de ter sido detida por roubo no supermercado, no mês passado. Os seguranças a colocaram numa sala fechada e foram se revezando para fazer com que ela assinasse uma declaração assumindo o roubo. Pelo que escreveu a Valérie, eles são uns verdadeiros idiotas, mas têm experiência. Técnicas de intimidação. Ela mal entendia o que estavam querendo. Em seguida, chegou a polícia, com pressa, sem muitos rodeios. Ela podia escolher entre ser levada à delegacia e ser convocada a comparecer diante de um juiz ou assumir o roubo, assinar uma declaração: preferiu assinar. Impossível explicar isso para Vincent, impossível... O pior é que acabou de acontecer a mesma coisa, de novo. Dessa vez, vai ser bem mais difícil esconder dele. Encontraram nas suas coisas um perfume e uma bolsinha com produtos de manicure. Foi levada à delegacia – se debatendo no meio da rua –, mas foi liberada duas horas depois. Deve ter inventado algo para o marido, que estava preocupado com sua demora.

No dia seguinte, ela perdeu o carro novamente, e mais um punhado de coisas.

Para ela, talvez seja uma boa solução anotar tudo, mas "estou ficando tão cheia de escrúpulos, paranoica... Estou me vigiando como vigiaria um inimigo", escreve Sophie.

15 DE DEZEMBRO

Minha relação com Andrée entrou em uma fase crítica, o momento em que eu deveria chamá-la para a cama. Como isso está fora de cogitação, estou meio encabulado. A gente teve cinco encontros, fez coisas chatas de todos os tipos, mas segui firme com o plano: não falar em Sophie, abordar o mínimo possível o único assunto que me interessa, seu trabalho. Por sorte, Andrée fala pelos cotovelos e não tem papas na língua. Contou inúmeras histórias engraçadinhas sobre a Percy's, pelas quais fingi me interessar. Ri com ela. Não consegui evitar que ela ficasse de mãos dadas comigo. E se esfrega em mim de uma maneira irritante.

Ontem fomos ao cinema e, em seguida, a um bar que ela frequenta, perto do bairro de Montmartre. Ela cumprimentou diversos conhecidos e senti um pouco de vergonha por estar saindo com uma mulher dessas. Batia muito papo e ficava com uma carinha tão alegre quando me apresentava às pessoas. Entendi que a escolha de me levar ali não era à toa, estava desfilando comigo, toda orgulhosa de exibir uma conquista que, evidentemente, a valorizava, visto o seu físico. Entreguei-me ao jogo com discrição, é o melhor que podia fazer. Andrée estava caminhando nas nuvens. Sentamos só os dois numa mesa e ela nunca se tinha mostrado tão afobada em relação a mim, passou o resto da noite segurando minha mão. Decorrido um bom tempo, inventei que estava cansado. Ela disse que tinha "adorado" a nossa saída. Pegamos um táxi e foi aí que senti que aquilo não ia terminar bem. Logo que entramos no carro, ela grudou em mim de uma maneira meio indecente. Estava mais que evidente que ela havia bebido demais, o suficiente para me colocar numa posição constrangedora. Chegando à porta da sua casa, fui obrigado a aceitar o convite para entrar e "tomar a saideira". Eu estava pisando em ovos. Ela sorria para mim como se estivesse lidando com um sujeito que era tímido de nascença e, claro, passada a porta, me deu um beijo na boca. Nojo era pouco perto do que senti. Tentei ao máximo pensar em Sophie, isso me ajudou um pouco. Diante da sua insistência (deveria ter me preparado para isso, mas eu nunca chegava a parar e me imaginar, realmente, nessa situação), balbuciei que não me sentia "preparado". Foram as palavras que empreguei, as primeiras que me vieram à cabeça, naquele único momento com ela em que me dei a liberdade de ser sincero. Ela ficou com um olhar estranho e eu sorri meio sem graça. Acrescentei: "É difícil pra mim... A gente devia conversar sobre isso...". Ela se viu entrar numa sorte de confissão sexual e a senti mais tranquila. Ela deve ser do tipo que adora fazer papel de enfermeira com os homens. Apertou com força minha mão, como quem dissesse: "Não tem problema". Aproveitei o constrangimento da situação para zarpar, reforçando voluntariamente a sensação de fuga.

Acalmei minha raiva enquanto caminhava para casa.

21 DE DEZEMBRO

Antes de ontem, Sophie trouxe para casa um trabalho importante para o comitê de direção da empresa. Teve que trabalhar até tarde, por duas noites, para conseguir terminar. Do meu posto, até uma hora avançada da noite, eu seguia no seu arquivo a evolução do trabalho. Eu a via retomar, corrigir, escrever, consultar, escrever e corrigir novamente. Por duas noites. Suponho eu, umas nove horas de trabalho. Sophie é esforçada, não posso negar. E, hoje de manhã, cadê?... impossível encontrar o CD que ela tinha a certeza de ter colocado na bolsa antes de se deitar. Correu até o PC. O tempo de iniciar o computador – já estava atrasada –, e verificar que o arquivo de origem também tinha sumido! Passou mais de uma hora ali, tentou de tudo, vasculhou, procurou, era de chorar. Acabou partindo para a reunião do comitê sem o trabalho que lhe tinham confiado. Acho que posso deduzir que as coisas não se passaram bem.

Bom, evidentemente, não era um bom dia para aquilo acontecer: era o aniversário da mãe de Vincent. Do jeito que Vincent estava furioso – esse rapaz adora a mãe –, acredito que Sophie se recusava a ir à festa. Vincent andava de um lado para o outro, aos berros dentro do apartamento. Estou louco para ouvir a gravação. Apesar de tudo, ela acabou se decidindo. Bem na hora de sair, claro que ela foi incapaz de encontrar o presente (que está comigo desde a véspera, vou devolver daqui a alguns dias): Vincent ficou furioso mais uma vez. Deixaram o apartamento, atrasadíssimos. Péssimo o clima entre eles. Logo em seguida, subi para apurar a dose do pró-depressivo de Sophie.

23 DE DEZEMBRO

Estou extremamente preocupado com Sophie. Dessa vez, extrapolou todos os limites. E como!

Quinta-feira à noite, quando retornaram da festa de aniversário, percebi que algo muito ruim tinha acontecido. (Sophie detesta a sogra desde sempre, e não há razão alguma para que isso se ajeite, especialmente nas atuais conjunturas...) Brigaram feio. Acho até que Sophie exigiu que fossem embora antes de a festa acabar. Que noite! Quando se perde o presente de aniversário, não se faz um escândalo desses!

Não sei exatamente o que foi dito: o essencial da conversa entre Sophie e Vincent se deu no carro, no caminho de volta. Chegando ao apartamento, já estavam na fase dos insultos. Não pude muito bem encaixar as peças, mas tenho certeza de que a velha se mostrou agressiva e zombeteira. Compartilho a opinião de Sophie: uma peste, só fala por meio de insinuações, é manipuladora e hipócrita. Pelo menos era isso que Sophie berrava para Vincent, até que o último, esgotado, começasse a bater as portas do apartamento, uma por uma, e, no ápice da sua raiva, fosse se deitar no sofá... Para mim, achei meio "novela mexicana", mas cada um com o seu estilo. Sophie não se acalmava de jeito nenhum. Foi aí que ela se acalmou... Os soníferos a jogaram num sono próximo do coma, mas, curiosamente, pela manhã, estava de pé. Titubeando, mas de pé. Ela e Vincent não trocaram sequer uma palavra. Almoçaram separados. Antes de ceder ao sono mais uma vez, Sophie tomou uma xícara de chá enquanto checava seus e-mails. Vincent bateu a porta ao sair. Ela encontrou Valérie no MSN e lhe contou o sonho que tinha tido: ela empurrava a sogra do alto das escadas da própria casa, a velha se contorcia enquanto voava pelos degraus, trombava na parede, no corrimão, e aterrissava lá embaixo, com as vértebras quebradas. Morte imediata. Sophie se despertou tamanho era o realismo da imagem. "Hiper-realista, você não imagina o quanto...". Sophie ficou enrolando para ir trabalhar, não estava com ânimo para nada. Valérie, camarada, lhe fez companhia durante uma boa horinha, aí Sophie se decidiu e desceu para buscar umas coisas no supermercado. Seria o cúmulo Vincent chegar em casa, depois de tudo o que aconteceu, e não achar nada para comer... É o que explicou a Valérie antes de se despedir: umas compras lá embaixo, um chá bem forte, uma ducha e nunca é tarde demais para aparecer no trabalho e mostrar que ainda existe. Fiz minha intervenção no segundo item da sua lista. Subi ao seu apartamento e me encarreguei do chá.

Sophie não foi ao trabalho, ficou cochilando o dia todo e não tem a mínima lembrança do que fez. Mas, no fim do dia, Vincent recebeu uma ligação do pai: a senhora Duguet, sua mãe, tinha caído da escada e rolado um andar inteiro. Visivelmente, Sophie ficou totalmente desestruturada depois desses acontecimentos.

26 DE DEZEMBRO

O funeral se deu hoje de manhã: vi meu querido casal partir ontem à noite com as malas, visivelmente devastados. Devem ter ido fazer companhia para o viúvo. Sophie está completamente transformada. Está exausta, abatida, com um caminhar mecânico, parece que pode desabar a qualquer momento.

Em sua defesa, celebração de Natal com o corpo da velha no primeiro andar deve ser uma enorme prova de resistência. Fui ao apartamento devolver, reposicionar entre as coisas de Sophie, o presente da falecida senhora sua sogra. Acho que, quando retornar do enterro, vai ser comovente o reencontro com o embrulho.

6 DE JANEIRO DE 2001

Sophie está extremamente deprimida. Desde a morte da sogra, sente uma angústia terrível em relação ao futuro. Quando soube que estavam conduzindo uma investigação, fiquei bastante preocupado. Felizmente, era mais por questões de formalidade, o caso foi rapidamente arquivado, classificado como morte acidental. Mas Sophie sabe tanto quanto eu o que deve permanecer calado. Agora preciso reforçar minha proteção em torno dela, para não deixar escapar nada, senão é a própria Sophie que eu corro o risco de deixar escapar. Minha vigilância está afiada como uma lâmina. Dá medo às vezes.

Após os acontecimentos dos últimos dias, Sophie não pode mais falar dos seus problemas com Vincent. Está condenada à solidão.

15 DE JANEIRO

Hoje de manhã, partiram para o campo de novo. Fazia tempo que não retornavam à região de Oise. Deixei Paris meia hora depois deles, mas ainda os ultrapassei na rodovia do Norte e os esperei tranquilamente na saída de Senlis. Dessa vez, foi fácil segui-los. Primeiro passaram numa agência imobiliária, mas saíram de lá sem o vendedor. Lembrei-me de uma casa que tinham visto nas redondezas de Crépy-en-valois, parecia que iam naquela direção. Mas não. Por um instante, acreditei que os tinha perdido, mas reencontrei o carro alguns quilômetros adiante, estacionado em frente a uma grade.

É uma casa grande, bastante impressionante. Nada a ver com o que geralmente se encontra por ali: uma construção de pedra com varandas de madeira, uma arquitetura que deve ser bem complicada, cheia de cantos e recantos. Tem um celeiro antigo que, com certeza, vai servir de garagem, e um alpendre, onde o marido modelo vai se dar à bricolagem, com certeza... A casa está situada no meio de uma grande área verde cercada por muros, exceto ao norte, onde as pedras desabaram. É por aí que entrei, após ter deixado a moto na borda de um bosque extenso atrás da propriedade. Lancei mão de técnicas indígenas para não perdê-los de vista. E tinha meus binóculos para observá-los. Vinte minutos mais tarde, eles caminhavam na área verde segurando a cintura um do outro. Diziam algumas palavras, bem baixo. Idiotice, como se alguém pudesse escutá-los, no meio desse mato deserto, diante desse casarão vazio, nos confins desse lugarejo que parece estar adormecido desde o início dos tempos... Enfim, deve ser o amor. Apesar da cara confusa de Vincent, passavam a impressão de estar bem um com o outro, felizes até. Sobretudo Sophie, que às vezes apertava o braço de Vincent contra o corpo, como que se certificando da sua presença, do seu apoio. Sozinhos, no inverno, nesse grande jardim, andando com as mãos na cintura um do outro, davam uma sensação de tristeza, querendo ou não.

Quando entraram novamente na casa, eu não sabia bem o que fazer. Não contava com nenhum abrigo ali, temia a passagem de alguém. A gente nunca pode ficar realmente tranquilo num lugar desses, que parece estar completamente morto, mas é só querer ficar sozinho para dar de cara com um camponês idiota passando com seu trator, com um caçador mal-encarado, com uma criança de bicicleta que vem construir uma cabana de madeira no bosque... Depois de um momento, não os vendo sair, deixei a moto atrás do muro e resolvi me aproximar. Então tive uma espécie de pressentimento. Corri até a parte de trás da casa. Como estava completamente sem fôlego quando cheguei, esperei por um ou dois minutos, o tempo para que os batimentos cardíacos desacelerassem e me permitissem escutar os barulhos à minha volta. Barulho algum. Fui caminhando ao lado da casa, olhando bem onde pisava, e parei perto de uma janela com a persiana quebrada, faltando lâminas na parte de baixo. Subi numa faixa de pedra que ladeava a parede e me ergui à altura da janela. Era a cozinha, com um estilo bem antigo e que precisaria de uma boa reforma. Mas não era nisso que estavam pensando os dois pombinhos! Sophie estava de pé, contra a pedra da pia, com a saia puxada na altura dos quadris, e Vincent, com as calças no tornozelo, metendo com vontade. Vê-se que o luto pela mãe não tirou todas as forças do rapaz. Dele, do meu posto de observação, eu só via as costas e as nádegas contraídas quando a penetrava. Era ridículo, realmente. Não, por outro lado, havia uma beleza ali, o rosto de Sophie. Ela, com o braço enroscado no pescoço do marido, como se carregasse uma cesta, estava na ponta dos pés, de olhos fechados, sentindo um prazer tão intenso que chegava a transfigurar suas feições. Um belo rosto de mulher, bem pálido e firme, voltado para o interior, como se estivesse adormecida... Havia certo desespero na sua maneira de se entregar. Pude tirar umas boas fotos. O pitoresco vai e vem daquele imbecil se acelerou, sua bunda branca se contraía cada vez mais rápido e mais forte. Foi pelo rosto de Sophie que percebi que ela ia gozar. Abriu a boca, esbugalhou os olhos e, de repente, soltou um grito. Magnífico, exatamente o que quero que aconteça no dia em que eu irei matá-la. Sua cabeça tombou para trás com um espasmo e, num segundo, soltou seu peso nos ombros de Vincent. Tremendo, mordia a roupa dele.

Goza, meu anjo, aproveita, vai, goza...

Foi nesse momento que me dei conta de que não via mais sua pílula no banheiro. Sem sombra de dúvida, decidiram ter um bebê. Isso não me aflige. Pelo contrário, me dá ideias...

Deixei que eles voltassem tranquilos para Paris e esperei a agência fechar para o intervalo do almoço. Na vitrine, sobre a foto da casa: "Vendido". Muito bem. Passaremos uns finais de semana no campo. Por que não?

17 DE JANEIRO

Curioso como algumas ideias nos vêm quando o espírito está, de certa forma, disposto a recebê-las. Assim, antes de ontem, lá estou eu no apartamento dos dois, perambulando sem nenhum objetivo específico e, vai saber por que, me interessei pelos livros que Sophie empilha no chão, ao lado da escrivaninha. Entre eles, bem embaixo, duas obras do Centro de Documentação da Imprensa: uma monografia sobre Albert Londres e um *Léxico franco-inglês de termos da imprensa e da comunicação*, ambos emprestados no mesmo dia. Fui devolvê-los. Para os leitores apressados, existe um balcão onde podemos deixar os livros que estamos entregando, para evitar a espera na fila. Achei bem prático isso.

18 DE JANEIRO

Algo a mais para anotar na caderneta: Sophie não viu os dois avisos de inadimplência da companhia telefônica. Moral da história, cortaram o telefone. Vincent não está nada contente. Sophie chora. As coisas não andam bem, estão brigando muito, embora Sophie esteja tomando cuidado com tudo, com ela, com ele, talvez até esteja tentando não sonhar. Em todo caso, telefonou para saber se o terapeuta poderia recebê-la antes da data prevista... Seu sono está desregulado demais: dorme, não dorme mais, dorme de novo, cai num sono quase comatoso, depois, passa noites inteiras sem conseguir fechar o olho. Fica fumando por horas e horas na janela... Temo que ela apanhe um resfriado.

19 DE JANEIRO

Que filha da mãe! Não sei o que está tramando, nem sei se foi por querer, mas que raiva dela, que raiva de mim! Fico me perguntando se Sophie se deu conta de alguma coisa, se isso é uma armadilha que preparou para mim... Antecipando a sua consulta, subi ao apartamento e, na gaveta da escrivaninha, peguei a caderneta onde ela anota tudo o que faz ou deve fazer em casa, um Moleskine preto. Eu o conheço bem, já o consultei várias vezes. E não verifiquei na hora. O caderno está em branco! É exatamente o mesmo, mas com todas as páginas em branco! Isso quer dizer que ela tem dois do mesmo e não sei se o que roubei dela era só uma isca, que eu acabei mordendo. Ela deve ter notado hoje à noite que a caderneta tinha desaparecido...

Pensando bem, acho que ela não chegou a me descobrir. Se fosse o caso, outros sinais teriam me mostrado isso, mas, no geral, tudo está funcionando normalmente. Eu queria era ter certeza.

Não sei o que pensar. De fato, a história da caderneta me deixou realmente preocupado.

20 DE JANEIRO

Existe um deus para as boas causas! Acho que me safei dessa. Para ser sincero, reconheço que fiquei com medo: achei que voltar à casa de Sophie seria muito ousado, estava com uma vaga sensação de que era perigoso, que estava sendo vigiado de alguma forma, que finalmente ia ser pego, e eu tinha razão.

Quando resolvi e voltei, coloquei a caderneta em branco no mesmo lugar e vasculhei o apartamento inteiro em busca da outra. Eu tinha certeza de que Sophie não a tinha carregado: seu eterno medo de perder as coisas foi o que me salvou. Ia levar tempo, e, quando vou ali, não gosto de demorar, sei que não é seguro, que devo tentar ao máximo reduzir os riscos. Mais de uma hora para achar a caderneta! Já estava transpirando por dentro das luvas de borracha, parando a todo o momento para espiar cada barulho do prédio, ficando nervoso, sem saber como lutar contra isso, quase entrando em pânico. E, de súbito, achei: atrás do reservatório de água da descarga. Isso não é nada bom, quer dizer que ela está desconfiada de alguma coisa. Mas, não necessariamente de mim... O que me veio à mente é que talvez esteja desconfiando do próprio Vincent, o que seria um ótimo sinal. E, logo que eu estava com a caderneta nas mãos, pensando sobre isso, escutei a chave girando na fechadura. Eu estava no banheiro, com a porta entreaberta, e o meu reflexo foi o de não tocá-la: ela fica no fundo do corredor, na mesma linha que a porta de entrada! Se fosse Sophie, seria o fim, a primeira coisa que as mulheres fazem ao chegar em casa é correr para o banheiro. Era Vincent, percebi pelos passos que era um homem. Meu coração estava tão disparado que eu não ouvia mais nada, mal conseguia pensar. Estava em pânico. Vincent passou pela porta do banheiro e puxou a maçaneta para fechá-la, o barulho quase me matou de susto. Quase desmaiei, segurei na parede. Deu vontade de vomitar. Vincent passou pelo escritório, ligou o aparelho de som e, por mais estranho que pareça, foi o meu pânico que me salvou. Abri a porta no mesmo minuto e comecei a correr na ponta dos pés, percorri o corredor numa espécie de transe, abri a porta da frente e, deixando-a aberta mesmo, me precipitei para as escadas e desci a todo vapor. Ali, naquele instante, acreditei que tudo estivesse comprometido, que eu teria que desistir. Senti um desespero terrível.

A imagem de mamãe me invadiu e desandei a chorar. Como se ela acabasse de morrer pela segunda vez. Instintivamente, dentro do bolso, eu apertava a caderneta de notas de Sophie. Eu andava e as lágrimas iam escorrendo pelo rosto.

21 DE JANEIRO

Revivi a cena toda ao escutar a gravação. Em retrospectiva, assustador! Ouvi o aparelho de som sendo ligado (alguma coisa de Bach, creio eu), acho que percebi um ruído que devia vir da minha corrida pelo corredor, mas meio irreconhecível. Em seguida, mais distintamente, a passada firme de Vincent rumo à porta de entrada, um silêncio bastante longo e a porta sendo fechada. Ele deve ter se perguntado se alguém tinha entrado, talvez deu alguns passos em direção à escada, subiu ou desceu alguns degraus, olhou por sobre o corrimão ou algo assim. Fechou a porta bem fechada. Em sua opinião, sem dúvida alguma, não tinha fechado a porta direito quando chegou, só isso. À noite, sequer mencionou o incidente com Sophie, o que teria sido uma catástrofe. Que medo!

23 DE JANEIRO

E-mail desesperado para Valérie. Na manhã da sessão de terapia, impossível achar seu caderno de notas... Estava escondido no banheiro, tinha certeza, e, hoje de manhã, nada do caderno. Ela chora. Está com os nervos à flor da pele e muito cansada. Deprimida.

24 DE JANEIRO

Sessão com o terapeuta. Quando ela falou da caderneta perdida, ele tentou tranquilizá-la. Essas coisas acontecem, diz ele, exatamente quando a gente toma cuidado demais. Enfim, isso lhe parece bem razoável, nada desesperador. Ela disparou a soluçar quando falou do sonho com a sogra. Não aguentou segurar e contou o acidente que ocorreu, exatamente nas mesmas circunstâncias que em sonho. E o fato de que ela não se lembra de absolutamente nada do que fez naquele dia. Ele a escutou tranquilamente, também não acredita em sonhos premonitórios. Explicou-lhe uma teoria que ela não entendeu muito bem, que ela não ouviu muito bem, porque sua mente não conseguia acompanhá-lo. Para ele, trata-se de "pequenos infortúnios". Mesmo assim, no fim do encontro, ele perguntou se ela não cogitaria em tirar um tempo "de repouso". É disso que ela ficou com mais medo, por tê-lo interpretado, imagino eu, como uma proposta de internação. Sei o quanto isso a apavora.

Valérie responde com muita rapidez aos seus e-mails, quer se mostrar próxima. Valérie sente – e eu sei – que Sophie não está lhe contando tudo. Talvez seja por superstição. Se não falar sobre a coisa, ela não existe, ou pelo menos não contamina o resto...

30 DE JANEIRO

Eu estava começando a deixar para lá essa história do relógio, faz mais de cinco meses que ela o perdeu, aquele relógio bonito que o pai lhe tinha dado. No entanto, só Deus sabe o quanto ela virou e revirou a casa em busca dele na época. Nada adiantou. Ela deve ter considerado aquilo uma causa perdida. Fez o luto.

Aí, lá está ele! De repente, Sophie o encontra. Adivinha onde! No porta-joias que era da sua mãe! Bem no fundo. Obviamente, é um pouco raro que o abra, não usa o que guarda ali. Mas, mesmo assim, já o abriu umas cinco ou seis vezes desde agosto. Ela até se esforçou para se lembrar de quantas vezes exatamente o abriu desde as férias, fez uma lista para Valérie, como se estivesse tentando provar algo, o que é uma grande idiotice. O relógio não estava por cima do resto, claro, mas tampouco se trata de um porta-joias fundo e, aliás, não tem tanta coisa lá dentro... E, além de tudo, por que ela o teria colocado logo ali? Não faz sentido.

Sophie não parece estar contente por ter reencontrado esse relógio. É o cúmulo.

8 DE FEVEREIRO

Acontece de a gente perder dinheiro, mas, ter dinheiro além da conta, aí já é bem mais raro e, sobretudo, inexplicável.

Meus queridos Vincent e Sophie têm os seus projetos. Sophie toca bem discretamente no assunto quando escreve para Valérie, dizendo que "ainda não está certo" e que vai mantê-la informada, que ela "será, aliás, a primeira a saber". De qualquer maneira, Sophie decidiu abrir mão de uma tela que comprou há uns cinco ou seis anos. Espalhou a notícia nos círculos que frequenta e a vendeu antes de ontem. Ela estava pedindo três mil euros, um preço razoável, ao que parece. Um homem foi ver a obra. Depois, uma mulher. Por fim, Sophie a cedeu por dois mil e setecentos, sob condição de o pagamento ser feito em espécie. Demonstrou estar contente. Colocou o dinheiro num envelope e guardou-o na sua pequena cômoda papeleira, mas não gosta de manter muito dinheiro em casa. Então foi Vincent quem, pela manhã, foi ao banco fazer o depósito. E é aqui que entra o inexplicável. Vincent parece ter ficado bem abalado. Desde o ocorrido, tenho a impressão de que os dois não param de discutir. No envelope, três mil euros. Sophie tem certeza: dois mil e setecentos. Vincent também: três mil. Estou lidando com um casal que tem certezas. Engraçado isso.

Querendo ou não, Vincent está olhando de uma forma bizarra para Sophie, até chegou a dizer que ela "está meio estranha ultimamente". Sophie não imaginava que ele tivesse percebido coisa alguma. Ela chorou. Eles conversaram. Vincent disse que era melhor ela buscar ajuda. E que agora era a hora.

15 DE FEVEREIRO

Antes de ontem, Sophie virou a casa de cabeça para baixo. Sua carteirinha não pode estar mentindo, tinha pegado dois livros emprestados e ela se lembra muito bem disso, os tinha folheado. Fez o empréstimo por curiosidade, após ter lido um artigo umas semanas antes. Tem a imagem clara deles na cabeça. Impossível achá-los: Albert Londres e um léxico profissional. Agora, Sophie se enlouquece com tudo. Não custa nada para sair faísca. Telefonou para o centro de documentação para tentar renovar o empréstimo. Disseram que, pelo sistema, os livros já tinham sido devolvidos. A bibliotecária até especificou a data: 8 de janeiro. Ela olhou na agenda, tinha ido ver um cliente na região periférica da cidade. Poderia ter passado por lá no caminho... Mas não guarda a mínima lembrança de ter levado os livros naquele dia. Perguntou a Vincent, mas sem insistir: por ora, é melhor não mexer com ele, escreve ela a Valérie. As obras ainda estão disponíveis no centro de documentação, não foram emprestadas novamente. Ela não conseguiu resistir, foi lá tirar a dúvida, perguntou quando ela os tinha devolvido. Data confirmada.

Eu a vi sair. Está realmente muito preocupada.

18 DE FEVEREIRO

Oito dias atrás, Sophie organizou uma entrevista coletiva em torno de uma importante venda de livros antigos. Em seguida, durante o coquetel, tirou fotos dos jornalistas, dos membros da direção do evento, do *buffet*, tanto para o jornal da empresa quanto para a própria imprensa, poupando-lhes o deslocamento de fotógrafos para o local. Em casa, no seu computador, Sophie passou um dia inteiro e parte do fim de semana retrabalhando as fotos, corrigindo as que deve entregar à direção e a todos os jornalistas, aos que compareceram e aos que não puderam comparecer. Salvou tudo numa pasta, "Imprensa_11_02", e a anexou a um e-mail. Muito deve estar em jogo, pois hesitou, checou, ainda retocou umas imagens, verificou novamente. Eu sentia que ela não estava à vontade. Sua competência profissional estava em jogo, com certeza. E, finalmente, decidiu-se. Antes de enviar o e-mail, fez uma cópia de segurança. Nunca abuso do meu controle sobre seu computador, não por internet. Mas, dessa vez, não pude resistir. Enquanto ela fazia a cópia, acrescentei na pasta duas fotos, do mesmo formato, com os mesmos tipos de retoque, trabalho artesanal de primeira. Mas não eram do *buffet*, nem dos jornalistas, nem dos clientes de prestígio. Somente da assessora de imprensa, chupando seu marido, um belo boquete sob o sol da Grécia. A gente reconhece muito mais a assessora de imprensa que o marido, isso é verdade.

19 DE FEVEREIRO

As coisas não andam bem no trabalho, obviamente. Essa história do dossiê de imprensa se alastrou feito um vírus. Pega de surpresa, Sophie desabou. Já na segunda, de manhã, bem cedo, recebeu o telefonema de um dos membros da diretoria. Sophie ficou atônita. Não conversou com ninguém sobre o assunto, com Vincent, então, nem pensar. Deve estar sentindo tanta vergonha. É o que deduzo pelo e-mail que um jornalista "amigo" seu lhe enviou: aterrorizada com a notícia, deve ter pedido que ele lhe repassasse as fotos, não conseguia acreditar! Vale mencionar que fiz uma boa seleção: ela, de boca cheia, erguendo os olhos na direção do rosto de Vincent, um olhar voluntariamente libidinoso. Essas burguesinhas, quando dão uma de puta entre quatro paredes, o resultado é mais real que a própria realidade. A segunda foto é mais comprometedora, se é que seja possível. É no final, mostra que ela entende da coisa e que, por sua parte, o rapaz funciona perfeitamente bem...

Em poucas palavras, uma catástrofe. Não foi trabalhar e ficou prostrada o dia todo, para a loucura de Vincent, para quem ela se recusou a dizer uma única palavra. Até mesmo para Valérie, só contou que tinha acabado de lhe acontecer "uma coisa horrível". A vergonha é terrível, paralisa a gente.

20 DE FEVEREIRO

Sophie chorou o tempo todo. Passou uma parte do dia perto da janela, fumando um cigarro atrás do outro, tirei muitas fotos. Ainda não pôs os pés no trabalho e suponho que o rumor deva estar correndo solto por lá. Aposto que o caso está vazando por todos os lados, que, na pausa para o café, estão circulando algumas fotos de Sophie. É o que ela também deve estar imaginando. Não creio que possa voltar à empresa. E é por isso, sem dúvida, que ela pareceu tão indiferente à notícia do seu afastamento. Por uma semana. Ao que parece, estão conseguindo limitar os danos, mas, bom, acho que o mal está feito... Quanto à carreira, isso é o tipo de coisa que se arrasta pelo resto da vida. Sophie, de qualquer maneira, já é quase um fantasma.

23 DE FEVEREIRO

A noite já começou parecendo uma emboscada: eu tinha que passar para pegá-la para irmos jantar. Eu tinha reservado uma mesa para dois no restaurante Julien, mas minha infatigável namoradinha tinha outros planos. Quando cheguei em sua casa, encontrei a mesa posta para duas pessoas. A idiota que, como o perfume indica, tem sempre uma queda pelo mau gosto, tinha até mesmo colocado um castiçal na mesa, um troço horroroso que tenta se passar por arte moderna. Resmunguei para mim mesmo, mas, agora que tinha entrado e sentia o cheiro de algo no forno, era difícil, impossível até, recusar o convite. Protestei, só para constar, e, no meu íntimo, prometi jamais rever essa mulher. A decisão era definitiva. Esse pensamento me trouxe reconforto e, como a mesa redonda impedia Andrée de me tocar, como o faz sempre que a oportunidade se apresenta, me senti um pouco menos em perigo.

Ela mora num apartamento minúsculo no quarto andar, num prédio antigo nada atraente. Na sala, de estar e de jantar, só tem uma janela, bem alta, mas por onde não entra muita luz, pois dá para o pátio interno do prédio. É o tipo de lugar em que as luzes devem ficar constantemente acesas ou é depressão na certa.

A noite, em geral, foi tão enfadonha quanto a conversa. Para Andrée, meu nome é Lionel Chalvin, trabalho com imóveis. Meus pais estão mortos, então, graças ao meu olhar de sofrimento quando o assunto é abordado, estou dispensado de comentários sobre minha infância. Vivo sozinho e, na cabeça da imbecil dessa gorda, sou impotente. Ou, pelo menos, sofro de impotência. Consegui desviar do assunto, ou melhor, só tratar dos seus efeitos tangíveis. Vou me esquivando como posso.

A conversa girou em torno das férias. Andrée viajou no mês passado, foi passar uns dias na casa dos pais, em Pau, o que me rendeu umas histórias cômicas sobre a personalidade do pai, os temores da mãe, as besteiras do cachorro. Sorri. Realmente não dava para fazer mais que isso.

Era o que se chama de "jantar fino", quer dizer, deve ser o que ela chama de "jantar fino". Só o vinho merecia tal apelação, mas deve ter sido escolha do vendedor. Ela não entende nada de vinho. E tinha preparado um "coquetel caseiro" que era terrivelmente semelhante ao seu perfume.

Após a refeição, como eu já temia, Andrée serviu o café na mesinha de centro diante do sofá. Quando se colocou ao meu lado, a leitoa disse, com uma voz langorosa de freira, que, quanto ao meu "problema", ela "entendia". Eu poderia apostar que ela se felicitava pela sua sorte. Com certeza, sente uma vontade tremenda de transar, já que isso não deve ser muito frequente na sua vida, e trombar com alguém levemente impotente deve fazer com que se sinta finalmente útil para alguma coisa. Fiz-me de encabulado. Veio o silêncio. Nesses casos, para quebrar o gelo, ela fala do trabalho, como todo o mundo que não tem assunto. Historinhas cômicas, sempre as mesmas. Mas, em algum momento, evocou o departamento de Comunicação. E isso, sim, me pôs desperto e atento. Pouco tempo mais tarde, consegui fazer com que a conversa chegasse em Sophie, com um certo distanciamento no primeiro momento, quando eu dizia que um leilão de importância devia dar um trabalho imenso, para todos. Depois de ter falado da metade da empresa, finalmente Andrée tocou no nome de Sophie. Estava louca para me contar o caso das imagens. Era grotesca a forma como se excitou falando nisso. Que ótima amiga...

– Vou sentir a partida dela... – disse –, mas, de qualquer maneira, ela já estava de partida...

Fui todo ouvidos. Foi aí que fiquei sabendo de tudo. Sophie não está deixando somente a Percy's, está deixando Paris. Fazia um mês que o que procuravam não era uma casa *de* campo, mas uma casa *no* campo. Seu marido tinha acabado de ser nomeado diretor de uma nova unidade de pesquisa em Senlis, é lá que vão morar.

– E ela, o que vai fazer por lá? – perguntei a Andrée.

– Como assim?

Parecia surpresa por eu estar interessado num assunto desses.

– Você fala que ela é uma pessoa muito ativa, então eu fico me perguntando... o que tem pra ela fazer no campo...

Andrée ficou com uma cara de sapeca, como quem trama uma amável conspiração, e disse que Sophie "está esperando um bebê". Não era novidade nenhuma, mas, mesmo assim, aquilo mexeu comigo. No estado em que está, acho muito imprudente.

– E eles encontraram um lugar pra morar? – perguntei.

Segundo ela, encontraram "uma bela casa na região de Oise", não tão longe da rodovia.

Um bebê. E Sophie deixando o seu cargo e Paris de uma vez só... Com o caso do dossiê de imprensa, até esperava que Sophie parasse de trabalhar por um tempo, mas ficar grávida e, ainda, ir embora de Paris... Eu precisava pensar melhor nessa nova situação. Logo me levantei. Balbuciei umas palavras. Eu tinha que ir, estava tarde.

– Mas você nem tomou o café – lastimou a idiota.

Sinceramente, o seu café... Fui pegar meu casaco e me dirigi para a saída.

Como é que aconteceu, não sei mais muito bem. Andrée me seguiu até a porta, tinha imaginado uma noite comigo bem diferente daquela. Ela dizia que era uma pena, que não era tão tarde assim, ainda mais para uma sexta. Gaguejei que tinha que trabalhar no dia seguinte. Andrée não terá mais utilidade nenhuma para mim, mas, para não me queimar completamente, lhe disse algumas palavras de consolo. Foi aí que ela se jogou. Agarrou-me, beijou o meu pescoço. Deve ter sentido que eu estava resistindo. Não sei mais o que sussurrou, estava se propondo a "cuidar de mim", seria paciente, eu não teria nada a temer, enfim, coisas assim... Não teria sido nada de mais se, querendo me animar, ela não tivesse colocado a mão na minha cintura, bem embaixo. Eu não tinha mais como ter controle sobre mim. Depois de uma noite dessas, com as novidades que tinha acabado de ouvir, aquilo era demais. Ela estava quase me espremendo contra a porta, aí a empurrei com bastante força. A minha reação a surpreendeu, e ela ainda tentou tirar algum proveito daquilo tudo. Sorriu, e o sorriso daquela gorda era tão horrendo, tão concupiscente... o desejo sexual é tão libidinoso nas mulheres feias... não consegui me segurar. Dei um tapa na sua cara. Com força. Imediatamente, ela levou a mão ao rosto, com um olhar que expressava o mais completo espanto. Foi quando me dei conta da enormidade da situação, da sua inutilidade e de tudo o que eu tinha sido obrigado a fazer com ela. Então lhe dei outro tapa, na outra face, e mais um, até ela começar a gritar. Eu não sentia mais medo. Eu olhava à minha volta e via a sala, a mesa posta e os restos da refeição, o sofá, as xícaras de café intocadas. Tudo me dava nojo, um nojo profundo. Aí peguei nos seus ombros e a puxei para perto de mim, como que para consolá-la. Ela se deixou levar, certamente com a esperança de que aquilo tivesse sido simplesmente um parêntese de dor, prestes a se fechar. Fui até a janela e a abri por inteiro, como se precisasse de ar, e esperei. Sabia que ela viria atrás. Não levou mais que uns minutos. Ela fungava nas minhas costas, ridícula. Depois, a ouvi se aproximando, fui envolvido pelo seu perfume pela última vez. Tomei fôlego, virei, agarrei seus ombros e, quando ela estava bem apertada contra mim, chorando feito um bichinho, fui girando lentamente o corpo, como se quisesse beijá-la, e, de um só golpe, com as duas mãos nos seus ombros, eu a empurrei. A única coisa que vi foi sua cara de terror no momento em que sumia pela janela. Sequer gritou. Dois ou três segundos mais tarde, ouvi um barulho horripilante. Comecei a chorar. Eu estava tremendo dos pés à cabeça, tentando impedir que a imagem de mamãe voltasse à minha mente. Mas devo ter continuado lúcido o suficiente, pois, alguns segundos mais tarde, eu já tinha apanhado meu casaco e avançado até os degraus da escada.

24 DE FEVEREIRO

Claro que tomei a queda de Andrée como uma prova, com toda a certeza, nem tanto pela morte dessa pamonha, mas pela forma da sua morte. Retrospectivamente, me espanta eu não ter sentido nada com a morte da mãe de Vincent. Certamente uma escada não é a mesma coisa que uma janela. Ontem à noite, não era Andrée que alçava voo, não, era a minha mãe. No entanto, não foi tão doloroso quanto em tantos sonhos dos últimos anos. Como se algo em mim se apaziguasse. Acho que devo isso a Sophie. Deve ter acontecido algum tipo de transferência, ou algo parecido.

26 DE FEVEREIRO

Hoje de manhã, Sophie foi ao enterro da sua cara colega. Estava vestida de preto. Saindo assim de casa, toda de preto, a achei bem bonita, para uma futura morta. Dois enterros em tão pouco tempo, isso deve tê-la abalado. Não dá para negar que até eu fiquei bastante abalado. Andrée, ainda mais morrendo desse jeito...! É quase uma blasfêmia, um insulto à minha mãe. Recordei-me de imagens sofridas da infância, combati uma a uma. Talvez seja esse o destino de todas as mulheres que me amam, passar pela janela.

Fiz um balanço geral da situação. Evidentemente, nada que faça brilhar os olhos, mas nenhuma catástrofe também. Devo ser ainda mais prudente. Se eu não cometer nenhuma tolice, acho que tudo vai ficar bem. Na Percy's, ninguém me viu. Não pisei mais por lá depois que comecei a me encontrar com a leitoa.

Claro que deixei um monte de impressões digitais na sua casa, mas não sou fichado na polícia e, que eu saiba, é mínima a chance de me colocarem sob algum tipo de investigação. Mas, querendo ou não, preciso ser o mais prudente possível e nunca mais posso cometer uma gafe dessas, senão colocarei meus planos em risco.

28 DE FEVEREIRO

No que diz respeito a Sophie, não é nenhuma tragédia o fato de deixar Paris. Vou ter que me virar, pronto. É uma pena ver toda a minha armação técnica se tornar inútil. Bom, é assim mesmo. Obviamente, não darei a sorte de achar um posto de observação tão propício quanto este, mas vou achar alguma coisa.

O bebê deve nascer no verão. Estou começando a integrá-lo à minha estratégia dos próximos meses.

5 DE MARÇO

O maior tumulto: hoje de manhã, veio o caminhão de mudança. Ainda não eram nem 7 horas, mas as luzes do apartamento estavam acesas desde as 5 da madrugada, eu podia ver bem as silhuetas atarefadas de Sophie e do marido. Em torno das 8h30, Vincent saiu para o trabalho, deixando tudo nas mãos da coitada da esposa. Esse sujeito é realmente detestável.

Não vejo razão para eu passar nem um minuto mais neste quarto: vai sempre me lembrar dos maravilhosos momentos vividos perto de Sophie, podendo, na hora em que quisesse, olhar para as suas janelas e vê-la, fotografá-la... Tenho mais de cem fotos dela. Sophie na rua, no metrô, ao volante, Sophie passando toda nua em frente à janela, Sophie de joelhos diante do marido, Sophie lixando as unhas dos pés na janela da sala...

Um dia, a falta que vou sentir de Sophie será definitiva, com certeza. Mas ainda não chegamos lá.

7 DE MARÇO

Pequena falha técnica: só consegui recuperar dois dos três microfones. O terceiro deve ter sumido com a mudança, é uma coisinha tão minúscula.

18 DE MARÇO

Faz um frio de matar aqui no campo. E como é triste, meu Deus! O que Sophie veio fazer aqui... Veio para acompanhar o maridão. Que mulherzinha boa essa. Não dou três meses para que ela morra de tédio. Vai ficar em companhia da sua barriga, mas vai ter tantas complicações... Tudo bem que seu querido Vincent recebeu uma boa promoção, mas acho que é muito egoísmo da sua parte.

A mudança de Sophie para a região de Oise vai me obrigar a rodar quilômetros e quilômetros, em pleno inverno... Então encontrei um hotelzinho mais próximo, em Compiègne. Estou me passando por escritor por lá. Levei bastante tempo para achar um posto de observação. Mas consegui. Passo pela parte desmoronada do muro que cerca o terreno da casa, nos fundos. Encontrei um lugar para deixar a moto, um abrigo em ruínas, mas ainda com um resto do telhado. Fica bem distante da casa e, da estrada, não dá para enxergar a moto, mas, de qualquer maneira, é raro que passe alguém por ali.

Tirando o frio, comigo, tudo bem. Já com Sophie, eu não diria o mesmo. Mal se mudou e veio uma enxurrada de problemas. Primeiro, mesmo se mantendo ocupada, são longos os dias na imensidão dessa casa. A movimentação dos pedreiros servia um pouco de distração nos primeiros dias, mas ocorreu uma queda inesperada na temperatura e eles pararam de trabalhar, não se sabe quando vão voltar. Moral da história: a entrada da casa, devastada pelos caminhões, agora está completamente congelada, Sophie vive torcendo o tornozelo quando tem que sair. Sem contar que deixa tudo com um ar ainda mais triste. A lenha parecia estar tão próxima antes, mas agora que a lareira se faz necessária... E, ainda por cima, ela fica sozinha. De tempos em tempos, sai na varanda com uma xícara de chá. Por mais entusiasmo que se possa ter, quando a pessoa fica trabalhando sozinha o dia todo e o querido marido sempre volta tarde da noite...

Prova disso é que, hoje de manhã, a porta se abriu e saiu um gato dali. É uma boa ideia um gato. Ficou um momento parado no limiar, olhando para a área de vegetação da casa. É um gato preto e branco, um gato bonito. Alguns instantes mais tarde, foi fazer suas necessidades sem se distanciar demais da casa. Devia ser uma das primeiras vezes que saía, Sophie o espiava pela janela da cozinha. Dei uma volta enorme para ir atrás, nos fundos da casa. Encontrei-me quase que cara a cara com o gato. Parei na mesma hora. Esse gato não é selvagem, um gato bonzinho. Agachei e chamei por ele. Esperou um momento e se aproximou, permitiu que eu lhe fizesse um carinho, ergueu as costas e o rabo, como todos eles fazem. Bastou colocá-lo nos braços para começar a ronronar. Eu estava tenso por dentro, nervoso... O gato deixou que o carregasse, continuou ronronando. Fui com ele até o alpendre onde Vincent guarda as ferramentas.

25 DE MARÇO

Fazia uns dias que eu não vinha aqui, para ser mais exato, desde a noite em que Sophie descobriu seu lindo gato pregado na porta do alpendre. Colocando-me no seu lugar, foi um golpe duro aquele! Cheguei às 9 horas, Sophie estava de saída. Mal a vi, estava colocando uma bolsa de viagem no porta-malas do seu carro. Por precaução, esperei uma meia hora, aí forcei uma janela na parte de baixo da casa, nos fundos, e entrei para conhecer. Sophie não tinha feito corpo mole, já tinha pintado quase todo o térreo, a cozinha, a sala e outro cômodo que não sei para que será usado. Um amarelo-claro bonito, com frisos num amarelo mais acentuado, as pilastras da sala num verde meio pistache (a meu ver), de qualquer jeito, bem bonita a pintura, feita com uma disciplina monástica, jornadas e mais jornadas de trabalho. Os pedreiros deixaram o banheiro ainda na massa bruta, mas funcionando, com água quente. A cozinha também está em plena reforma. Os pedreiros largaram os móveis no chão, suponho que devam acabar o encanamento antes de poder fixá-los nas paredes. Fiz um chá e tirei um tempo para pensar. Passeei pela casa, peguei para mim umas duas ou três bugigangas, daquelas que a gente nunca percebe que sumiram, mas que surpreendem quando a gente as reencontra por acidente. Em seguida, decidido, fui buscar as latas de tinta e os rolos, e levei bem menos tempo que Sophie para repintar a casa de cima a baixo, se bem que num estilo mais "espontâneo". Os móveis da cozinha foram reduzidos a lenha para a lareira, limpei as sobras de tinta com a roupa de mesa, aproveitei para dar uns toques de cor na mobília, talhei a tubulação tanto do banheiro quanto da cozinha e fui embora, deixando as torneiras abertas.

Não preciso voltar tão cedo.

26 DE MARÇO

Logo na chegada, Sophie conheceu Laure Dufresne, a professorinha do vilarejo. Elas têm mais ou menos a mesma idade, ficaram amigas. Aproveitei para fazer uma visita à sua casa nos horários de aula. Não quero ser pego desprevenido. Nada de mais. Uma vidinha pacata. Uma moça jovem e pacata. Elas se veem bastante. No fim da tarde, Laure passa às vezes para tomar um café. Sophie foi lhe dar ajuda para instalar os novos móveis da sala de aula. Pelos binóculos, vi que estavam se divertindo. Acho que essa amizade pode fazer bem para Sophie. Comecei a elaborar uns planos meio mirabolantes. O problema é saber como colocá-los em prática. Mas acho que já sei agora.

27 DE MARÇO

Por mais que Laure tente deixá-la mais tranquila, Sophie está muito desanimada. Primeiro, a morte do gato e, depois, a casa vandalizada durante sua ausência, um golpe duro também. Segundo ela, trata-se de alguma hostilidade da parte dos vizinhos. Laure garante que isso é impossível: ela, por exemplo, foi muito bem recebida. As pessoas dali são muito simpáticas, assegura ela. Sophie tem suas dúvidas. E os fatos testemunham a seu favor. E, também, fazer perícia, prestar queixa, achar mais pedreiros, encomendar móveis novos, tudo isso leva dias, semanas (meses até, vai saber). E pintar tudo mais uma vez, é de desesperar qualquer um. Ainda por cima, tem Vincent, com seu novo cargo, que trabalha até tarde todos os dias, e diz que é normal, que é sempre assim no início (de qualquer forma, esse aí...). Ela sente que não começaram com o pé direito nessa casa. Não gostaria de ter esses maus pressentimentos (você está certa, Sophie, seja mais racional)... Vincent mandou instalar um alarme para tranquilizá-la, mas, mesmo assim, ela não está se sentindo à vontade. A lua de mel com a região de Oise parece não ter durado muito. A gravidez? Está evoluindo. Três meses e meio. Mas, realmente, Sophie não está com uma cara boa.

2 DE ABRIL

Era só isso que faltava: ratos na casa! Não havia nenhum, e, de repente, a casa está infestada. E parece que, quando se vê um, é porque já são dez. Tudo começa com um casal, aí a reprodução é num segundo! Estão brotando por todos os lados, aparecem em disparada e desaparecem pelos cantos, dá medo, de verdade. À noite, dá para escutá-los arranhando a casa. E são armadilhas para cá, produtos nocivos para lá, que os atraem e matam. Mas, realmente, a gente fica imaginando quantos já são. E o pior de tudo: eu, indo e voltando com casais de ratos no baú guarda-volumes da moto, enlouquecidos.

4 DE ABRIL

É com Laure que Sophie mais se reconforta. Retornei à casa da professorinha para checar algumas coisas. Até cheguei a me perguntar se essa moça não era meio lésbica. Embora eu ache que não, é isso que dizem dela as cartas anônimas que começam a circular no vilarejo e nas redondezas. Primeiro chegaram à prefeitura, depois aos serviços sociais e à inspetoria escolar, e essas cartas só dizem horrores sobre Laure: descrevem-na como desonesta (lê-se numa que ela burla as contas da cooperativa da escola), perversa (em outra, comentam-se os maus-tratos para com certas crianças), amoral (afirma-se que ela mantém uma relação deplorável com... Sophie Duguet), o tempo anda fechado no vilarejo. E é óbvio que, nesses lugarejos onde nunca acontece nada, esses tipos de rumores fazem mais efeito. Nos seus e-mails, Sophie descreve Laure como "uma moça muito corajosa". Sophie encontrou uma oportunidade para ajudar alguém, está se sentindo útil.

15 DE ABRIL

Então, até que enfim, a famosa Valérie! Para mim, as duas se assemelham. Elas se conheceram ainda no ensino médio. Valérie trabalha numa companhia de transporte internacional, em Lyon. Na internet, nada sobre "Valérie Jourdain", mas, na busca por "Jourdain", encontram-se páginas sobre toda a família, desde o avô, origem da fortuna familiar, até o neto, Henri, o irmão mais velho de Valérie. No fim do século XIX, a família já contava com uma fortuna considerável, graças à tecelagem, até que, em um desses raros golpes de gênio, o avô, Alphonse Jourdain, patenteou um fio de algodão sintético que garantiu o sustento de duas gerações da família. Não precisou de mais que isso para que o filho de Alphonse, o pai de Valérie, mediante uma série de especulações bastante seguras (comprando imóveis, sobretudo), estendesse o prazo de vida serena para a família, de duas para oito gerações. De acordo com o que pude reconstituir da sua fortuna pessoal, a simples venda do seu apartamento já seria o suficiente para mantê-lo, sem a mínima preocupação, até os 130 anos de idade.

Vi as duas passeando pela vegetação da casa. Sophie, toda desolada, lhe mostrou as plantas que estão morrendo. Até mesmo algumas árvores. Não sabem por quê. E preferem não saber.

Valérie se mostra cheia de boa vontade (pinta um pouco, mas, passado um tempo, acende um cigarro, senta na escada e fica papeando, até se dar conta de que Sophie está trabalhando sozinha há mais de hora). O problema é que tem medo de rato, e o alarme de segurança já chegou a disparar sozinho quatro vezes, na mesma noite, aí fica com mais medo ainda (isso tudo representa um trabalho enorme da minha parte, mas muito gratificante também). Na opinião de Valérie, a casa fica longe de tudo. Acho que está mais que certa.

Sophie apresentou Laure a Valérie. Parece que se dão bem. Evidentemente, tendo por companhia Sophie, que sofre de uma depressão crônica há meses e meses, e Laure, angustiada com essa onda de cartas anônimas que vêm inundando o vilarejo, isso que Valérie está vivendo, eu não chamaria de férias...

30 DE ABRIL

Se nada mudar, até Valérie vai acabar se indispondo com Sophie. Quanto a Vincent, esse aí é uma esfinge, para saber o que está pensando... Mas Valérie é outra coisa. Valérie é a espontaneidade em pessoa, zero de reflexão.

Já há alguns dias, Sophie vinha lhe dizendo para ficar um pouco mais, só mais uns dias. Por mais que Valérie explicasse não poder, Sophie insistia e a chamava de "queridona". Mas Valérie, que talvez até pudesse prolongar sua estadia, não estava sentindo muito prazer em estar ali. Acho que nada neste mundo poderia fazer com que ficasse mais tempo. A não ser que não encontrasse sua passagem na hora da partida. Foi o que aconteceu. Claro que passou pela sua cabeça que Sophie poderia fazer de tudo para adiar seu retorno. Sophie jura por Deus, Valérie finge não dar nenhuma importância para o caso, Vincent faz de conta que acredita ser tudo um incidente sem grandes prejuízos. Valérie comprou uma nova passagem pela internet. Ficou mais silenciosa que de costume. Elas se beijaram na estação de trem. Valérie dava tapinhas nas costas de Sophie, que chorava enquanto balançava a cabeça. Acho que Valérie estava bastante contente por fugir dali.

10 DE MAIO

Quando vi que o carro de Laure estragou, logo previ o que ia acontecer e me adiantei. Funcionou. Já no dia seguinte, Laure pediu o carro de Sophie emprestado, para fazer as compras da semana. Sophie sempre se anima quando pode fazer um favor. Tudo estava preparado. Eu já tinha feito meu serviço, bem feito, e, não posso negar, contei um pouco com a sorte também. Laure poderia muito bem não ter percebido nada. Mas viu. Quando abriu o porta-malas para guardar as compras, notou uns sacos de plástico cheios de revistas. Num período em que sua vida é cadenciada pela chegada de cartas anônimas, impossível que não ficasse intrigada com aquilo. Quando descobriu revistas com folhas das quais tinham sido recortadas várias letras, imediatamente ligou uma coisa com a outra. Eu estava esperando que ela explodisse. Mas não. Laure é uma moça equilibrada, calma, e é exatamente isso que Sophie adora nela. Laure passou em casa, pegou as cópias que tinha conseguido de algumas das cartas anônimas e, ainda com as revistas, seguiu para a delegacia da cidade mais próxima, onde prestou queixa. Sophie estava ficando preocupada com sua demora para voltar das compras. Finalmente ficou tranquila. Laure não disse praticamente nada. Pelos binóculos, vi uma em face da outra, Sophie de olhos esbugalhados. Pouco após a chegada de Laure, o furgão da polícia veio averiguar os fatos. Evidentemente, não demoraram para encontrar as outras revistas que eu tinha espalhado pelos cantos da casa. Nada como um processo por difamação para agitar a região durante algumas semanas. Sophie está desesperada. Como se já não bastasse... Vai ter que conversar com Vincent. Acho que, às vezes, Sophie preferiria morrer de uma vez. E está grávida.

13 DE MAIO

A mais completa falta de ânimo. Ela se arrastou, literalmente, por vários dias. Trabalhou na casa, um pouco, e muito distraída. Dá a impressão de estar se recusando a sair.

Não sei o que aconteceu com os pedreiros, mas não apareceram mais. Deve ser a seguradora criando problemas. Talvez porque deveriam ter instalado um alarme mais cedo, não sei, é tudo tão burocrático com essas pessoas. Em suma, tudo parado. Sophie aparenta estar preocupada e desanimada. Passa horas fumando lá fora. No entanto, no seu estado, isso não é muito aconselhável...

23 DE MAIO

Grandes nuvens negras cobriam o céu durante todo o fim da tarde. A chuva começou a cair às 19 horas. Quando Vincent Duguet passou na minha frente, às 21h15, era o momento em que a tempestade estava desabando.

Vincent é um homem prudente, cuidadoso. Dirige rápido, mas sem exagerar, sempre liga o pisca para a esquerda, para a direita. Chegando à rodovia nacional, acelerou. São vários quilômetros de estrada em linha reta, até que se chegue numa curva bizarra para a esquerda, ou melhor, abrupta. Apesar da sinalização, muitos motoristas devem ter sido surpreendidos por ela, até porque, naquele ponto, a beira da estrada é coberta de árvores bastante grandes, que dificultam a visão: é piscar o olho e você já está em cima da curva. Vincent, é óbvio que não se surpreenderia, faz esse trajeto há algumas semanas e é uma raridade que pise no acelerador com mais empolgação. Mesmo assim, quando a gente conhece bem, sempre se sente fora de perigo, nem pensa nisso. Vincent entrou na curva com a confiança de quem conhece o local. A chuva estava ainda mais forte. Eu vinha logo atrás dele. Ultrapassei seu carro bem na curva e retomei a pista numa guinada abrupta, tão abrupta que a traseira da moto chegou a tocar no seu para-choque dianteiro. Pouco antes do fim da ultrapassagem, simulei estar derrapando, aí freei com vontade para reendireitar a moto. A curva surpresa, a chuva, a moto que surge, ela retoma a pista tão rápido que encosta na carroceria do seu carro e começa a derrapar assim, de repente, bem na sua frente... Vincent Duguet perdeu literalmente o controle. Uma freada brusca demais. Tentou endireitar o carro, quase empinei a moto e me encontrei de novo na sua frente. Ele viu que ia trombar, deu um golpe descontrolado no volante e... Já se podia rezar a missa. O carro girou, os pneus caíram na canaleta, era o início do fim. Parecia virar para a direita, depois para a esquerda, o motor roncou e o barulho de ferragem foi terrível quando ele se chocou contra a árvore: o carro estava profundamente encaixado na árvore, empinado sobre as rodas traseiras, com as dianteiras a uns cinquenta centímetros do chão.

 Desci da moto e corri até o carro. Embora chovesse com abundância, eu temia um incêndio, queria ser rápido, e me aproximei da porta do motorista. O peito de Vincent estava esmagado contra o painel, dando a impressão de que o *air bag* tinha estourado, e eu não sabia que isso fosse possível. Não sei por que fiz uma coisa dessas, acho que porque eu queria ter certeza de que ele estava morto. Levantei a viseira do meu capacete, agarrei seus cabelos e virei sua cabeça na minha direção. O sangue escorria pelo rosto, e ninguém poderia imaginar o que vi: seus olhos estavam totalmente abertos e ele olhava fixamente para mim! Aquele olhar me deixou paralisado... A chuvarada escorrendo na cabine do carro, o sangue escorrendo no rosto de Vincent e os seus olhos me fixando tão intensamente que eu estava literalmente aterrorizado. Encarei seus olhos por mais um bom tempo. Soltei sua cabeça, que tombou para o lado, pesada, e juro: seus olhos ainda estavam abertos. E ainda fixos, de uma outra maneira, como se ele tivesse finalmente morrido. Fui correndo para a moto e arranquei a toda. Alguns segundos mais tarde, eu cruzava com um carro cujos faróis de freio se acenderam, vi pelo retrovisor...

Com o olhar de Vincent literalmente pregado no meu, não consegui dormir. Será que morreu mesmo? Se não, será que vai se lembrar de mim? Será que vai fazer a ligação com o motoqueiro daquele outro acidente?

25 DE MAIO

Mantenho-me informado pelos e-mails que Sophie escreve para o pai. Ele propõe e insiste que ela vá vê-lo, mas ela não quer ir, diz que precisa ficar sozinha. Com a vida que anda tendo, ela não precisa de mais nada... Vincent foi rapidamente transferido para a comuna de Garches. Estou ansioso por novidades. Não tenho a mínima ideia de como as coisas vão se passar agora. Mas, mesmo assim, estou mais tranquilo: Vincent não está bem. Ou melhor: está muito mal.

30 DE MAIO

Eu precisava tomar alguma providência, senão correria o risco de perdê-la. Agora, sempre sei onde se encontra Sophie. É mais seguro.

Olhando para ela, é difícil que alguém repare que está grávida. Tem mulher que é assim, praticamente só se nota no fim da gestação.

5 DE JUNHO

Isso ia acontecer em algum momento, sem dúvida, por causa do acúmulo dos acontecimentos: todos esses meses de tensão e provações, e as complicações das últimas semanas, a queixa de difamação de Laure, o acidente de Vincent... Ontem, Sophie saiu no meio da noite, o que não é comum. Foi a Senlis. Eu estava me perguntando o que isso teria a ver com Vincent. Nada. Sophie acaba de sofrer um aborto espontâneo. Emoções demais, sem dúvida.

7 DE JUNHO

Senti-me muito mal na noite passada. Uma angústia inexplicável me fez despertar. Logo reconheci os sintomas. Quando se trata de maternidade, acontece isso comigo. Não é sempre, mas com frequência. Quando sonho com meu próprio nascimento e imagino o rosto de satisfação da minha mãe, sua ausência me dói tanto.

8 DE JUNHO

Vincent acaba de ser transferido para a clínica Sainte-Hilaire, para o processo de reabilitação. As novidades são mais alarmantes do que eu pensava. Dentro de um mês, mais ou menos, já devem lhe dar alta.

22 DE JULHO

Faz tempo que não vejo Sophie. Deu uma escapada para ver o pai. Só passou quatro dias com ele e, de lá mesmo, foi direto para Garches, para ficar com Vincent.
Sinceramente, as novidades não são boas... Estou ansioso para ver isso.

13 DE SETEMBRO

Meu Deus...! Ainda estou me recuperando.

Até que esperava por algo assim, mas não a esse ponto... Soube por um e-mail destinado ao pai que Vincent sairia hoje cedo. No início da manhã, fui para o jardim da clínica, fiquei na extremidade da ala norte, de onde eu podia vigiar todo o prédio. Fazia uns vinte minutos que eu tinha chegado quando vi os dois aparecerem na saída da ala central. Sophie, no alto da rampa para deficientes, empurrava a cadeira de rodas do marido. Não conseguia reconhecê-los muito bem. Levantei, tomei um caminho paralelo para me aproximar. Que visão aquela...! Ela empurra naquela cadeira somente a sombra do homem que ele era. Suas vértebras devem ter sofrido terrivelmente. E não é só isso, mais fácil fazer a conta daquilo que ainda está funcionando. Deve estar pesando uns quarenta e cinco quilos. É um fardo amontoado sobre si mesmo; sua cabeça, que deve rolar de um lado para o outro, fica mais ou menos reta com a ajuda de um colar cervical e, pelo pouco que pude ver, está com os olhos vidrados e a tez amarelada. Quando lembro que esse sujeito não tem nem 30 anos, é assustador.

Sophie empurra a cadeira com uma abnegação admirável, com calma e o olhar firme. Caminha um pouco mecanicamente, mas é compreensível, essa moça tem muitos problemas. O que admiro nela é que, mesmo nessas circunstâncias, não cai na vulgaridade de tentar se fazer de freira ou enfermeira ou mártir. Ela empurra a cadeira e ponto final. No entanto, deve estar refletindo e se perguntando o que vai fazer com esse vegetal que está sentado ali. Aliás, eu também.

18 DE OUTUBRO

Triste, muito triste. Esta região do interior, por si só, nunca foi muito alegre – é o mínimo que se possa dizer –, mas, agora, atingimos o pico. Essa casa imensa e essa jovem isolada do mundo, que, quando vem um raio de sol, puxa para a varanda a cadeira do deficiente que toma todo seu tempo, suga toda sua energia... é patético. Ela o cobre com xales, senta perto da cadeira de rodas e conversa com ele, enquanto fuma inúmeros cigarros. Difícil saber se ele entende o que ela diz, sua cabeça fica o tempo todo oscilando, esteja ela falando ou não. Pelos binóculos, vejo que ele baba constantemente, é deprimente. Ele tenta se expressar, mas não consegue mais falar, quer dizer, não é mais dotado de uma linguagem articulada. Solta algo como uns gritos, uns resmungos, o casal tenta se comunicar. Sophie é tão paciente... Eu não aguentaria.

No mais, ando bem discreto. Nunca é bom exagerar. Passo à noite, entre 1 e 4 da madrugada, bato com força em uma janelinha, e, meia hora mais tarde, estouro uma lâmpada externa. Espero até que a luz do quarto de Sophie se acenda, a luz da janela que dá para as escadas em seguida, e volto tranquilo para casa. O importante é não sairmos do clima.

26 DE OUTUBRO

Acaba de chegar o inverno, um pouco adiantado.

Fiquei sabendo que Laure retirou a queixa contra Sophie. E até foi visitá-la. Impossível voltarem a ser como antes, mas essa tal de Laure é uma pessoa boa, nada rancorosa. Sophie se tornou quase transparente.

Passo para vê-la duas vezes por semana, em média (faço a dosagem dos medicamentos, entrego suas correspondências dos dias precedentes, depois de lidas por mim mesmo), no resto do tempo, são seus e-mails que me mantêm informado. Não estou gostando da forma como as coisas estão se encaminhando, com esse torpor depressivo que pode acabar durando meses, anos. Isso precisa ser mudado. Sophie tenta se organizar melhor, está procurando uma pessoa para ajudá-la em casa, mas é difícil encontrar alguém na região, sem contar que essa ideia não me agrada. Optei por tomar uma providência bem discreta: interceptei algumas das correspondências que diziam respeito a isso. Estou contando com o fato de que, na sua idade, mesmo que ame muito o marido, Sophie vai acabar se cansando, se perguntando o que está fazendo ali, por quanto tempo consegue aguentar essa vida. Mas está buscando soluções: procurou outra casa, está pensando em voltar para Paris. Para mim, tanto faz. Só acho que faz tempo demais que esse vegetal está me atrapalhando.

16 DE NOVEMBRO

Sophie não tem um minuto de descanso. No início, Vincent ficava tranquilo em sua cadeira de rodas, ela podia fazer outras coisas, voltar para dar uma olhada nele... Foi ficando cada vez mais difícil, difícil demais ultimamente. Se ela o deixa na varanda, poucos minutos mais tarde, a cadeira está próxima à borda, correndo o risco de cair. Mandou instalar uma rampa de acesso na casa, barras de segurança em todos os lugares onde ele possa vir a se aventurar. Não sabe como ele consegue chegar até a cozinha às vezes. Em outros momentos, aparece com objetos na mão, o que pode ser muito perigoso, ou fica aos berros, de repente. Ela corre para ver o que está acontecendo, mas se vê incapaz de compreender por que ele age dessa maneira. Vincent me conhece bem agora. Cada vez que me vê chegar, fica de olhos esbugalhados, faz uns barulhos ininteligíveis. Óbvio que é o medo, deve se sentir tão vulnerável.

Sophie conta suas desventuras para Valérie (que sempre promete voltar para vê-la, mas nunca cumpre, e não é à toa). Não consegue dominar a angústia que está sentindo, está se entupindo de remédios, não sabe mais qual atitude tomar, pede conselho para seu pai, para Valérie, passa horas procurando casas e apartamentos na internet, ela não sabe direito onde está pisando... Valérie, seu pai, o conselho de todo mundo é o de internar Vincent numa instituição especializada, mas, para ela, nem pensar.

19 DE DEZEMBRO

A segunda pessoa que veio ajudá-la se recusou a ficar. Também se recusou a explicar o motivo. Sophie está se perguntando o que fazer, a associação que lhe enviou essa ajudante escreveu que será difícil encontrar outras.

Eu não sabia se o seu marido ainda tinha certas pulsões, se ainda funcionava normalmente e, se fosse o caso, como ela lidava com isso. Na verdade, é uma coisa boba. Bom, claro que Vincent não tem mais aquele vigor do conquistador que era no ano passado, aquele das (tão) famosas férias na Grécia. Sophie lhe dá uma ajudinha. É aplicada, mas, mesmo assim, dá para sentir que não está bem ali enquanto presta o seu serviço. Em todo caso, não chora durante. Só depois.

23 DE DEZEMBRO

Meio triste para um Natal, ainda mais sendo o aniversário de morte da mãe de Vincent.

25 DE DEZEMBRO

É Natal! Início de incêndio na sala. No entanto, Vincent estava tranquilo, cochilando. Em poucos segundos, a árvore e os enfeites pegaram fogo, soltando chamas impressionantes. Foi o tempo contado para Sophie puxar a cadeira de Vincent (que berrava feito um condenado) e jogar água enquanto ligava para os bombeiros. Mais medo do que prejuízo. Mas muito medo, mesmo. Naquele ambiente úmido que restou da sala, tomando um café que ela lhes ofereceu, até eles, os bombeiros, com delicadeza lhe aconselharam a internar Vincent.

9 DE JANEIRO DE 2002

Bastava tomar a decisão. Deixo passar toda a correspondência administrativa. Sophie achou uma instituição na região periférica de Paris. Vincent vai contar com cuidados mais apropriados, tem um bom seguro de saúde. Ela o acompanhou até lá, ajoelhou-se perto da sua cadeira de rodas, segurou suas mãos, conversou bem baixinho, explicou todas as vantagens de estar ali. Ele resmungou umas coisas incompreensíveis. Logo que ficou sozinha, ela chorou.

2 DE FEVEREIRO

Aliviei a pressão sobre Sophie, só enquanto ela se ajeita. Contento-me em fazer com que perca objetos, bagunçar um pouco seu calendário, mas, para ela, isso é tão normal que nem se preocupa mais. Não se importa tanto. E, consequentemente, está dando a volta por cima, mais ou menos. Claro que, no início, ia visitar Vincent todos os dias, mas esse é o tipo de resolução que não se mantém por muito tempo. Consequentemente, ela passa por momentos terríveis de crise, em que fica se sentindo culpada. É pela sua relação com o pai que me dou conta: sequer tem coragem de tocar nesse assunto com ele.

Agora que Vincent está na região periférica de Paris, ela pôs a casa à venda. E está fazendo uma liquidação. Interessantes as pessoas que estão passando por lá: colecionadores, antiquários, agentes da associação beneficente Emaús, os veículos sucedem uns aos outros, e Sophie fica na varanda, mantém firme a postura quando estão chegando, mas nunca a vejo quando estão partindo. Enquanto isso, são caixas e mais caixas, uma velharia incrível. Engraçado, numa noite dessas, quando vi todos esses móveis e objetos na sua casa, pareciam bonitos, e, agora que os vejo sendo transportados, carregados, levados, de repente tudo ficou tão feio, condenado. *C'est la vie*, fazer o quê...

9 DE FEVEREIRO

Antes de ontem, às 21 horas, Sophie saltou apressada dentro de um táxi.

O quarto de Vincent fica no segundo andar. Ele conseguiu empurrar a barra da porta que conduz à escadaria principal da instituição e se atirou nos degraus com sua cadeira de rodas. Os enfermeiros não sabem como, mas esse sujeito ainda estava bastante forte. Tinha aproveitado a hora pacata do fim da refeição, momento em que grupos se formam para jogos coletivos e outros se amontoam diante dos televisores. Morte imediata. Aliás, curiosamente, é a mesma morte que teve sua mãe. Nem me fale em destino...

12 DE FEVEREIRO

Sophie optou por incinerar o corpo de Vincent. Eram poucos os que presenciavam a cerimônia: o seu pai, o de Vincent, antigos colegas, alguns membros das famílias, que ela via muito raramente. É numa circunstância dessas que se pode medir até onde chegou seu isolamento. Valérie estava presente.

17 DE FEVEREIRO

Eu esperava que ela se sentisse um pouco aliviada com a morte de Vincent. Devia estar imaginando o roteiro já há algumas semanas: ter que visitá-lo, assim, durante anos e anos... Mas não foi essa a sua reação: Sophie sente um enorme peso na consciência. Se não o tivesse "internado", se tivesse tido coragem o suficiente para cuidar dele até o fim, ainda estaria vivo. Por mais que Valérie lhe tivesse escrito que aquilo não era vida, Sophie está sofrendo terrivelmente. Mesmo assim, creio que a razão vai triunfar. Mais cedo ou mais tarde.

19 DE FEVEREIRO

Sophie foi passar uns dias na casa do pai. Não achei necessário acompanhá-la. De qualquer forma, não deixou seus medicamentos para trás.

25 DE FEVEREIRO

Sinceramente, até que é um bom bairro. Não é o que eu teria escolhido, mas é bom. Sophie se mudou para um apartamento que fica no terceiro andar. Preciso encontrar uma maneira de visitar sua nova casa um dia desses. Com certeza, é inútil sonhar com um posto de observação como aquele de outrora, dos tempos em que Sophie era uma jovem que se sentia realizada na vida... Mas estou me esforçando.

Ela não trouxe quase nada. Mas ainda devia ter sobrado alguma coisa da grande liquidação lá da região de Oise. As dimensões do veículo de transporte que alugou não tinham nada a ver com o da primeira mudança. Eu, que nem tenho tanto apreço por simbolismos, não posso evitar ver algo aí, uma imagem bem animadora, aliás. Uns meses atrás, Sophie deixou Paris com um marido, uma tonelada de móveis, quadros, livros e um bebê na barriga. Acaba de voltar sozinha, com uma caminhonete e só. Não é mais a jovem de antes, que irradiava amor e energia. Longe disso. Às vezes dou uma olhada nas fotos daquela época, fotos das férias.

7 DE MARÇO

Sophie decidiu procurar emprego. Não na sua área, ela não tem mais nenhum contato na imprensa e, de qualquer maneira, não tem mais o entusiasmo necessário para esse tipo de coisa. E nem precisa se lembrar de como foi que deixou seu último cargo... Vou seguindo tudo à distância. Para mim, tanto faz. Ela entra em escritórios, marca entrevistas. É mais do que evidente que está procurando qualquer coisa, talvez só para ter uma ocupação mesmo. Mal fala nisso nos seus e-mails. É algo simplesmente funcional.

13 DE MARÇO

Por esta eu não esperava: cuidar de criança! Enfim, foi o que li no anúncio: "babá". A diretora da agência de trabalhos temporários gostou de Sophie. Aí não demorou muito: à noite, no mesmo dia, foi empregada por "Senhor e senhora Gervais". Vou buscar me informar sobre eles. Vi Sophie com um garotinho de cinco ou seis anos. É a primeira vez que a vejo sorrir faz alguns meses. Não entendo muito bem quais são seus horários.

24 DE MARÇO

A faxineira chega por volta de meio-dia. Normalmente é Sophie quem abre a porta para ela. Mas, já que entra no apartamento mesmo nos dias em que Sophie não está, deduzi que ela tem uma cópia da chave. É uma mulher grande, impossível adivinhar a sua idade, e sempre carrega uma sacola de feira marrom. Ela não vai aos Gervais nos fins de semana. Eu a observei por vários dias, descobri seu itinerário, seus hábitos, tudo. Antes de começar o serviço, dá uma parada no *Triangle*, o café ali da esquina, para fumar um último cigarro. Não devem permitir que fume dentro do apartamento. E ela tem uma queda por apostas. Sentei-me à mesa ao lado da sua e, depois, enquanto ela estava na fila para fazer seus jogos, enfiei a mão em sua sacola. Foi fácil encontrar o chaveiro. Sábado de manhã, fui até Villeparisis (é uma loucura o tamanho do trajeto que essa mulher faz para chegar ao trabalho) e, durante suas compras, joguei seu chaveiro de volta na sacola. Perdeu, mas achou, não precisa ter medo mais...

Agora tenho passe livre no apartamento dos Gervais.

2 DE ABRIL

Nada mudou na verdade. Duas semanas bastaram para que Sophie perdesse seus documentos, para que o despertador começasse a falhar (já chegou atrasada na primeira semana)... Voltei a pressionar e estou esperando por uma oportunidade. Até aqui, fui bastante paciente, mas agora adoraria passar para o plano B.

3 DE MAIO

Embora goste do seu novo trabalho, faz dois meses que Sophie está se deparando com problemas psicológicos como os de um ano atrás, exatamente os mesmos. Mas tem algo diferente também, acessos de raiva. Às vezes eu mesmo não consigo compreender muito bem. Seu inconsciente deve estar se rebelando, furioso.

Não era assim antes, Sophie tinha se resignado com a loucura. Imagino que alguma coisa está transbordando agora, não sei. Ela fica enfurecida, tem dificuldade para se controlar; não trata as pessoas direito, como se estivesse emburrada com todos, o tempo todo, como se detestasse o mundo inteiro. No entanto, não é culpa dos outros se ela está assim! A meu ver, está agressiva demais. Não demorou nada para criar uma má reputação no bairro... Não tem a mínima paciência. Para uma babá, isso é o cúmulo. E os seus problemas pessoais (que não são poucos, admito...) vazam no seu entorno. Eu diria que ela seria até capaz de matar alguém. Se eu fosse o pai, não confiaria o meu filho de seis anos a uma moça como Sophie.

28 DE MAIO

Na mosca... Vi Sophie e o menino na Praça Dantremont, tudo bem tranquilo. Sophie parecia estar divagando sentada num banco. Não sei o que pode ter acontecido: alguns minutos mais tarde, ela estava andando a passos largos no passeio, com uma cara furiosa. Bem longe, atrás dela, o menino estava emburrado. Quando Sophie se voltou para ele e foi avançando em sua direção, percebi que aquilo não ia acabar bem. Um tapa! Um tapa de ódio, daqueles para corrigir, castigar. O menino ficou perplexo. Ela também, como se acordasse de um pesadelo. Ficaram se olhando por um instante, calados. O sinal passou para o verde, arranquei tranquilamente. Sophie estava olhando à sua volta, provavelmente com medo de ter sido vista e de que alguém viesse tirar satisfação com ela. Acho que ela odeia esse menino.

Na noite passada, uma raridade: ela dormiu nos Gervais. Geralmente prefere voltar para casa, pouco importa o horário. Conheço o apartamento da família. Quando Sophie passa a noite, são duas as opções, dois quartos de visita. Espiei as luzes das janelas. Sophie contou uma história para o garoto, em seguida, a vi fumando um último cigarro na janela, acendendo a luz do banheiro e, depois, as luzes do apartamento se apagaram. Quanto aos quartos, para ir ao do menino, é preciso passar por aquele onde dorme Sophie. Tenho certeza de que, para não acordá-la, os pais preferem não checar o filho quando ela está ali.

Mais ou menos 1h20 da madrugada, chegaram os pais. Foi só o tempo de se prepararem para dormir e, por volta das 2 horas, as luzes estavam apagadas. Subi mais ou menos às 4. Passei pelo outro corredor para procurar os sapatos de caminhada de Sophie, peguei os cadarços e voltei para trás. Escutei por um bom tempo a respiração de Sophie dormindo, aí atravessei seu quarto, em silêncio, vagarosamente. O pequeno estava num sono profundo, soltava um leve assobio quando respirava. Acho que o sofrimento não durou muito para ele. Passei o cadarço ao redor da sua garganta e, com o ombro, apertei o travesseiro sobre sua cabeça. Depois foi tudo muito rápido. Mas horripilante. Ele começou a se debater furiosamente. Senti vontade de vomitar e as lágrimas subiram aos olhos. Tive uma certeza súbita de que aqueles segundos me transformavam numa outra pessoa. É a maior prova pela qual tive que passar até aqui. Consegui, mas não sei se algum dia vou me recuperar dela. Algo em mim morreu com esse menino. Algo do menino que eu fui, e que não sabia que ainda vivia em mim.

De manhã, fiquei preocupado ao ver que Sophie não saía de lá. Não é normal isso. Impossível saber o que estava acontecendo no apartamento. Telefonei, duas vezes. E, alguns minutos mais tarde, alguns intermináveis minutos mais tarde, finalmente a vi surgir no portão do prédio, enlouquecida. Tomou o metrô. Entrou correndo em casa para pegar suas roupas, parou no banco pouco antes de fecharem para o almoço.

Sophie está fugindo.

Na manhã seguinte, no jornal *Le Matin*: "Criança de seis anos é estrangulada enquanto dormia. Polícia está à procura da babá do menino".

JANEIRO DE 2004

No ano passado, em fevereiro, mais um título no *Le Matin*: "Qual o paradeiro de Sophie Duguet?".

Na época, tinham acabado de descobrir que, depois do pequeno Léo Gervais, Sophie também tinha trucidado uma tal Véronique Fabre, cuja identidade tinha possibilitado sua fuga. E ainda estavam longe de saber que, no mês de junho, seria a vez do patrão de um fast-food que a empregava clandestinamente.

Ninguém podia imaginar que ela fosse capaz de tanto, nem eu, e olha que não tem ninguém que a conheça melhor do que eu. Não é à toa que se fala em "instinto de preservação". Claro que, para Sophie se safar, ajudei um pouco, à distância, mas consigo imaginar que talvez pudesse ter se saído bem por conta própria. Em todo caso, eis o fato: Sophie ainda está livre. Mudou-se várias vezes de cidade, corte de cabelo, *look*, hábitos, trabalho, circunvizinhança.

Apesar das dificuldades que representavam sua fuga e a obrigação de viver sem uma identidade, de nunca ficar parada no mesmo lugar, consegui manter uma pressão constante sobre ela, graças à eficiência dos meus métodos. No decorrer desses meses, fomos como dois atores cegos atuando numa mesma tragédia: somos feitos para o reencontro, eu e ela, e o momento se aproxima.

Parece que são as mudanças de estratégia que garantiram o sucesso das guerras napoleônicas. É pela mesma razão que Sophie foi bem-sucedida. Mudou de caminho mil vezes. E ainda acaba de mudar de plano. Está se preparando para, mais uma vez, mudar de nome... Isso é bem recente. Por intermédio de uma prostituta que conheceu, conseguiu comprar documentos falsos de verdade, documentos realmente falsos, mas com um nome de verdade, que daria quase para ser verificado. Em todo caso, é um nome nada suspeito, ao qual não se liga nada que mereça ser notado. Logo em seguida, mudou de cidade de novo. Confesso que, na hora, não entendi muito bem o motivo para ter comprado, por um preço exorbitante, uma certidão de nascimento cujo prazo de vida útil não excederia uns três meses. Só fui entender quando a vi entrar numa agência matrimonial.

É uma solução bastante astuciosa. Por mais que Sophie continue a ter pesadelos inomináveis, a tremer, noite e dia, feito vara verde, a vigiar, obsessivamente, cada passo e cada gesto seu, devo reconhecer que ela tem uma capacidade de reação fora do comum, o que me obrigou a me adaptar muito rápido.

Eu estaria mentindo se dissesse que foi difícil para mim. Eu a conheço tão bem... Sabia exatamente como ela reagiria, o que a interessaria. Porque sabia exatamente o tipo de homem que ela estava procurando e sabia, talvez, que eu era o único capaz de encarná-lo tão perfeitamente. Era preciso, para ser totalmente crível, não ser o candidato perfeito, mas encontrar a dose certa. Primeiro Sophie me dispensou. Depois o tempo fez seu trabalho. Ela hesitou, e voltou. Então consegui me mostrar desajeitado o suficiente para ser crível, esperto o suficiente para não ser desanimador. Sargento encarregado de transmissões, me faço passar por um tolo aceitável. Como ela só podia contar com seus poucos três meses, umas semanas atrás, Sophie resolveu acelerar o movimento. Passamos algumas noites juntos. Creio que, aí também, segui a partitura com a destreza necessária.

E, assim, antes de ontem, Sophie me pediu em casamento.

Aceitei.

FRANTZ E SOPHIE

O apartamento não é grande, mas muito prático. Para um casal, está ótimo. É o que disse Frantz quando se mudaram e Sophie concordou. Três cômodos, dentre os quais dois possuem janelões que dão para a área verde do condomínio. Eles estão bem no alto do prédio. O lugar é tranquilo. Pouco depois da mudança, Frantz a levou para ver a base militar, a doze quilômetros dali, mas não entraram. Ele se contentou em cumprimentar à distância o guarda de plantão, que respondeu meio distraído. Como seus horários são curtos e flexíveis, ele deixa a casa bem tarde e volta cedo.

O casamento se deu na prefeitura de Château-Luc. Frantz ficou encarregado de encontrar as duas testemunhas. Sophie esperava que ele lhe apresentasse a dois colegas da base, mas ele disse que não, que preferia que isso ficasse entre eles (deve ter suas manhas, pois, ainda assim, conseguiu os oito dias de folga a que teria direito...). Dois homens nos seus 50 anos de idade, que pareciam se conhecer, esperavam-nos na porta do registro civil. Apertaram a mão de Sophie um pouco sem jeito e, para Frantz, simplesmente fizeram um sinal com a cabeça. A subprefeita os convidou a entrar e, constatando que eles eram somente quatro, disse: "Estão todos aqui?", depois, mordeu a língua e deu início à cerimônia. Parecia um pouco apressada.

– O que importa é que deu conta do serviço – disse Frantz.

Expressão militar.

Frantz poderia ter se casado de uniforme, mas tinha preferido trajes civis, o que faz com que Sophie jamais o tenha visto fardado, nem em foto; quanto a ela, comprou um vestido estampado que lhe moldava lindamente o quadril. Alguns dias antes, enrubescido, Frantz lhe tinha mostrado o vestido de noiva da sua mãe, razoavelmente desgastado agora, mas que deixou Sophie encantada: suntuoso, recoberto de musselina, deve derreter no corpo, como a neve. Esse vestido, no entanto, deve ter tido suas vicissitudes. O tecido estava mais escuro em certos pontos, como se tivesse sido manchado. Com certeza, existia uma intenção da parte de Frantz que devia ser subentendida – mas, quando ele constatou o estado real do vestido, a ideia se foi por sua própria conta. Sophie ficou surpresa por ele ter conservado essa relíquia. "Sim – respondeu ele, espantado –, nem sei por quê... Devia ter jogado fora, é tão velho esse negócio." Mas, mesmo assim, voltou a guardá-lo no armário do corredor de entrada, o que provocou um sorriso em Sophie. Quando saíram da prefeitura, Frantz estendeu sua câmera digital a uma das testemunhas e lhe explicou rapidamente como funcionava. "Depois, é só apertar aqui." A contragosto, ela posou com ele, lado a lado, diante da prefeitura. Em seguida, Frantz se distanciou com as duas testemunhas. Sophie virou as costas para eles, não queria ver as notas passando de uma mão para a outra. "Nossa, é um casamento, mesmo assim...", disse para si mesma, ingenuamente, talvez.

Uma vez marido, Frantz não corresponde mais tanto à imagem que Sophie tinha criado dele enquanto "namorado" ou "noivo". Ele é mais fino, menos bruto na sua fala. Para quem, frequentemente, soa meio rude, Frantz até diz coisas bastante tocantes às vezes. Está mais silencioso também, desde quando parou de se sentir obrigado a não deixar a conversa morrer, mas sempre olha para Sophie como se ela fosse uma das maravilhas do mundo, como um sonho que se tornou realidade. Diz "Marianne..." com tanto afeto, a ponto de fazer com que Sophie acabe se acostumando com o nome. É um pouco a ideia que se tem de um "homem atencioso". Assim, Sophie quase se espantou ao encontrar qualidades nele. A primeira, e que nunca teria imaginado, é a de ser um homem forte. Nas primeiras vezes em que dormiram juntos, ela, que nunca teve fantasias com homens musculosos, ficou feliz em sentir a força dos seus braços, o abdômen firme, o peitoral desenvolvido. Ficou maravilhada com a ideia inocente de que, sob a luz da lua, ele poderia, sorrindo, colocá-la no teto de um carro, sem nem dobrar os joelhos. Desejos de proteção se despertaram nela. Algo como um extremo cansaço, bem dentro dela, foi se abrandando, pouco a pouco. Os acontecimentos da sua vida a privaram de qualquer esperança de ser realmente feliz e, agora, ela sente um bem-estar que quase lhe basta. Já se viram casais que duraram décadas dessa maneira. Sentia certo desprezo quando o escolheu porque ele era muito simples. É um alívio sentir um pouco de estima por ele. Sem se dar realmente conta disto, ela se enroscou nele na cama, deixou que ele a pegasse nos braços, que a beijasse, que a penetrasse, e as primeiras semanas se desenrolaram assim, em preto e branco, tomando novas proporções. Do lado do preto, os rostos dos mortos não se apagavam, mas voltavam à mente com intervalos mais espaçados, como se estivessem recuando. Do lado do branco, ela estava dormindo melhor, não se sentia vivendo novamente, mas, pelo menos, algumas coisas estavam se despertando; encontrava um prazer quase infantil em fazer faxina, em voltar a cozinhar – como se brincasse de casinha –, em procurar um emprego, sem muito esforço, pois o soldo de Frantz, garantia ele, era o suficiente para tirá-los de qualquer risco imediato.

No início, Frantz saía para a base por volta das 8h45 e voltava entre 16 e 17 horas. À noite, eles iam ao cinema ou iam jantar no restaurante do Templier, a poucos minutos de casa. O percurso que traçaram era o inverso do percurso comum: eles tinham começado pelo casamento, e, agora, começavam a se conhecer. Apesar de tudo, não se falavam muito. E ela seria incapaz de dizer qualquer coisa, tamanha era a naturalidade com que as noites se passavam. Um assunto sempre voltava. Como com todos os casais recentes, Frantz se interessava exageradamente pela vida de Sophie, a sua vida de antes, seus pais, sua infância, seus estudos. Se tinha tido muitos namorados. Com qual idade perdeu a virgindade... Todas essas coisas a que os homens afirmam não dar importância, mas que não param de perguntar. Então Sophie falou sobre os pais imaginários, mas críveis, sobre o divórcio dos dois, muito inspirado no verdadeiro, inventou para si uma nova mãe, sem muita semelhança com a real, e, claro, não disse uma só palavra sobre seu casamento com Vincent. Quanto aos namorados e a virgindade, buscou na fonte dos clichês, que deixaram Frantz satisfeito. Para ele, a vida de Sophie se interrompe cinco ou seis anos atrás e é retomada com o casamento. Entre eles, ainda existe uma imensa lacuna. Ela acredita que, mais cedo ou mais tarde, será preciso se concentrar e criar uma história aceitável para cobrir esse período. Mas tem tempo. Frantz tem suas curiosidades amorosas, mas não é nenhum cão farejador.

Tomada por essa nova tranquilidade, Sophie reatou os laços com a leitura. Franz lhe oferece livros de bolso da livraria Maison de la Presse, com bastante regularidade. Há muito tempo desinformada sobre os lançamentos, ela conta com o acaso, ou seja, com Frantz, que geralmente dá muita sorte com o que escolhe: claro que já lhe trouxe umas nulidades, mas também *Portraits de femmes*, de Citati, e, como se tivesse sentido que ela gosta dos autores russos, *Vida e destino*, de Vassili Grossman, e *Dernières nouvelles du bourbier*, de Ikonnikov. Também assistiram a filmes na televisão, e ele alugou outros na locadora. Aí também, às vezes, ele é bem feliz na escolha: assim, ela pôde ver *O jardim das cerejeiras*, com Piccoli, que ela havia perdido no teatro, alguns anos atrás em Paris. Ao longo das semanas, Sophie se sente sendo tomada por uma espécie de dormência, quase voluptuosa, algo como essa maravilhosa preguiça conjugal que às vezes invade o espírito das esposas que não trabalham.

Estava sendo enganada por essa paralisia. Ela a considerou como um sintoma de serenidade reencontrada, enquanto era mais como a sala de espera para uma nova fase da depressão.

Uma noite, ela começou a se debater na cama, a agitar os membros para todos os lados. E, de repente, apareceu o rosto de Vincent.

Em seu sonho, Vincent é um rosto imenso, deformado, como que visto através de uma lente grande-angular ou em um espelho côncavo. Não é realmente o rosto do seu Vincent, do Vincent que ela amou. É o Vincent de depois do acidente, com os olhos lacrimejados, com a cabeça pendendo eternamente para o lado, com a boca semiaberta onde faltam as palavras. Aqui, Vincent não se expressa mais por meio de sons ininteligíveis, ele fala. Enquanto Sophie se torce e retorce durante o sono, para tentar escapar dele, ele olha fixamente para ela e fala com uma voz calma e grave. Não é realmente sua a voz, assim como não é seu o rosto, mas é ele, pois diz coisas que é o único a saber. Seu rosto está praticamente imóvel, suas pupilas se dilatam e se transformam em grandes círculos sombrios e hipnotizantes. *Estou aqui, Sophie, meu amor, minha voz sai da morte à qual você me entregou. Vim para dizer o quanto te amei e o quanto ainda te amo.* Sophie se debate, mas o olhar de Vincent a segura na cama, não consegue se soltar movendo os braços. *Por que você me entregou à morte, meu amor? Duas vezes, lembra?* Está de noite no sonho. *Na primeira vez, era o meu destino, simplesmente.* Vincent dirige com cautela sob a estrada submersa na chuva. Através do para-brisa, ela o vê, cada vez mais sonolento, tentando manter a cabeça erguida, vê seus olhos piscarem, piscarem com mais força na tentativa de lutar contra o sono, enquanto a chuva cai ainda mais forte, inundando a estrada, e o vento, em turbilhões, cola pesadas folhas de plátano nos limpadores do para-brisa. *Só estava cansado, Sophie, com sono, ainda não estava morto nesse momento. Por que você quis que eu morresse?* Sophie se esforça para responder, mas sua língua está pesada, mole, ocupando a boca inteira. *Você não tem nada a dizer, não é?* Sophie gostaria de lhe dizer... Dizer: "Meu amor, como você faz falta, como me faz falta a vida desde que você morreu, como estou morta desde que você partiu". Mas não sai nada. *Você se lembra de como eu era? Sei que se lembra. Desde que morri, não falo nem me movo, as palavras ficam guardadas em mim agora, fico babando, só, lembra como eu fico babando, com a cabeça pesada, com a alma pesada, e como fica pesado meu coração ao te ver olhar para mim, daquele jeito, naquela noite! Também guardo nítida sua imagem. O dia da minha segunda morte. Você está com aquele vestido azul que eu nunca gostei. Está de pé, perto da árvore de Natal, Sophie, meu presente, de braços cruzados, tão silenciosa* (mexa-se, Sophie, acorde, não se torne prisioneira de uma lembrança, você vai sofrer... reaja), *você olha para mim, eu fico babando, não posso falar nada, como sempre, mas olho com amor para minha Sophie, enquanto você fixa os olhos em mim, severos, terríveis, com rancor, com aversão, e sinto que meu amor não pode fazer nada mais: você começou a me odiar, sou um peso morto na sua vida, pelos séculos dos séculos* (reaja, Sophie, vire-se na cama, não deixe esse pesadelo te invadir, a mentira vai te matar, não é você que está aí, acorde, a qualquer preço, tente acordar), *e você se vira, tranquilamente, segura num dos galhos da árvore, olha para mim, fixamente, com um olhar de indiferença, enquanto risca um fósforo e acende uma das velinhas* (não o deixe falar isso, Sophie. Vincent está enganado, você nunca teria feito aquilo. Ele está sofrendo, magoado demais por ter morrido, mas você está viva, Sophie. Acorde!), *a árvore se inflama por inteiro, com um fogo voraz, e, no outro canto da sala, te vejo sumir por detrás de um muro de chamas, enquanto as cortinas se incendeiam e eu, pregado na minha cadeira, apavorado, contraio em vão todos meus músculos, e você se foi, Sophie, minha chama* (Sophie, se você não consegue se mexer, grite!), *Sophie, minha miragem, olhe você, agora, no alto da escadaria, nesse pavimento amplo de onde empurrou minha cadeira de rodas. Você vem terminar a sua obra, é isso... E como você tem um semblante voluntarioso e determinado* (lute, Sophie, não deixe a morte de Vincent invadi-la). *Diante de mim, o abismo da escadaria de pedra, largo como uma alameda no cemitério, profundo como um poço, e você, Sophie, minha morte, fazendo um carinho no meu rosto, eis seu último adeus, sua mão no meu rosto, e você aperta os lábios, contrai a mandíbula e suas mãos, pelas minhas costas, agarram os punhos da minha cadeira* (lute, Sophie, tente se debater, grite mais alto) *e a minha cadeira, num empurrão brusco, alça voo e eu também alço voo, Sophie, minha assassina, e estou no céu, esperando por você, Sophie, pois quero ficar perto de você, em breve você estará perto de mim (grite, grite!), pode gritar, meu amor, sei que você está vindo em minha direção. Hoje você luta contra isso, mas amanhã você virá me reencontrar, aliviada. E ficaremos juntos pelos séculos dos séculos...*

Ofegante, encharcada de suor, Sophie se senta em sua cama. Seu grito de pavor ainda ressoa no quarto... Deitado ao seu lado, Frantz olha para ela, aterrorizado. Ele segura suas mãos.

– O que foi? – pergunta ele.

Com o grito agarrado na garganta, ela se sente sufocada, seus punhos estão cerrados, suas unhas entraram fundo nas palmas. Frantz segura suas mãos e abre cada dedo seu, um por um, falando baixinho, mas, para ela, neste momento, todas as vozes são idênticas e até mesmo a voz de Frantz se assemelha à voz de Vincent, a voz do seu sonho. A Voz.

A partir desse dia, foram-se embora os prazeres de menina. Como nas suas piores fases, Sophie se concentra para não afundar. Durante o dia, tenta não dormir, com medo de sonhar. Mas às vezes é inelutável, o sono chega e a submerge. De noite ou de dia, os mortos vêm visitá-la. Em alguns momentos, Véronique Fabre, com o rosto ensanguentado e sorridente, fatalmente ferida, mas viva. Ela conversa e conta sua morte. Mas não com a própria voz, é a Voz que fala com ela, sempre essa Voz específica, essa Voz que sabe tudo, que conhece tudo nos mínimos detalhes, que conhece tudo da sua vida. *Estou te esperando*, diz Véronique Fabre, *desde que você me matou, sei que vai se juntar a mim. Meu Deus, como você me causou dor... Você não pode imaginar o tanto. Quando se juntar a mim, te conto tudo. Sei que você virá... Em breve, você vai ter vontade de se juntar a mim, de se juntar a todos nós, a mim, a Vincent, a Léo... Estaremos todos aqui para receber você...*

Durante o dia, Sophie não se mexe, fica prostrada. Frantz está enlouquecendo, quer chamar um médico, e ela não aceita, reage. Ela se acalma e tenta deixá-lo mais tranquilo. Mas ela percebe, pelo seu rosto, que ele não entende por que, numa situação daquelas, alguém não chamaria um médico.

Ele volta do trabalho cada vez mais cedo, está muito preocupado. Pouco tempo depois, disse:

– Pedi uns dias de folga. Ainda tinha direito a alguns...

Agora ele passa o dia todo com ela. Assiste à televisão enquanto ela vai sendo aniquilada pelo sono. Em pleno dia. Olha para a nuca raspada de Frantz na frente do televisor e é tragada pelo sono. Sempre as mesmas falas, sempre os mesmos mortos. Nos seus sonhos, o pequeno Léo fala com ela com a voz de homem que nunca terá. A voz de Léo é a Voz. Ele conta, com tantos detalhes, o quanto o cadarço doía na garganta, o quanto ficou cansado tentando respirar, o quanto se debateu, como ele tentou berrar... E todos os mortos retornam, dia após dia, noite após noite. Frantz faz chá para ela, sopa, sempre insistindo em chamar um médico. Mas Sophie não quer ver ninguém, agora que conseguiu desaparecer, não quer correr o risco de uma investigação, ela jura que vai se recuperar. As crises congelam as suas mãos, o batimento cardíaco tem altos e baixos bastante preocupantes. O seu corpo fica gelado, mas a transpiração encharca a roupa. Dorme de dia e de noite. "Essas crises de angústia, isso vai embora do mesmo jeito que chega", ela se arrisca a dizer, para acalmar Frantz, que sorri, mas segue cético.

Uma vez, ela sai, por poucas horas.

– Quatro horas! – disse Frantz, como se ela tivesse batido um recorde. – Fiquei louco aqui. Onde você estava?

Ele segura suas mãos, está realmente preocupado.

– Mas voltei – diz Sophie, como se fosse essa a resposta esperada.

Frantz tenta, quer entender, ficou nervoso com esse sumiço. Tem o espírito simples, mas racional. Fica maluco quando não consegue compreender.

– O que é que eu vou fazer se você começar a sumir assim? Quer dizer... para te encontrar?

Ela diz não se lembrar de onde estava. Ele insiste:

– Quatro horas fora, não é possível que se esqueceu!

Sophie vira os olhos de uma maneira estranha, com um olhar translúcido.

– Num café – diz, como se falasse para si mesma.

– Num café... Você estava num café... Qual café? – pergunta Frantz.

Ela olha para ele, perdida.

– Não tenho certeza.

Sophie começou a chorar. Frantz a abraçou. Ela se enroscou nos seus braços. Estavam em abril. O que ela queria? Pôr um ponto final, talvez. Voltou, no entanto. Será que se lembra do que fez durante essas quatro horas? O que se pode fazer em quatro horas...?

Um mês mais tarde, no início de maio, mais esgotada que nunca, Sophie realmente fugiu.

Frantz desceu por alguns minutos, dizendo: "Volto rápido, não precisa se preocupar". Sophie só esperou os seus passos sumirem nas escadas para vestir um casaco, juntar algumas coisas suas, automaticamente, pegar a carteira e fugir. Saiu do prédio pelo pátio onde ficam as lixeiras, que dá para outra rua. Começa a correr. A cabeça palpita igual ao coração. A batida dos dois juntos ressoa da barriga às têmporas. Está correndo. Está com muito calor, tira o casaco e o joga no passeio, ainda correndo, e se volta para trás. Medo de que os mortos a estejam seguindo? 6.7.5.3. Precisa se lembrar disso. 6.7.5.3. Perde o fôlego, o peito dói, continua correndo, e ali está ela no ponto de ônibus, entra, não, salta dentro de um. Não pegou dinheiro. Remexe os bolsos, em vão. O motorista olha para ela como quem olha para um doido, e ela está doida. Ela desenterra uma moeda de dois euros que estava perdida no jeans. O motorista faz uma pergunta que ela não ouve, mas, mesmo assim, ela responde: "Está tudo bem", o tipo de frase que só pode ajudar quando se tenta acalmar os que estão ao redor. Está tudo bem. 6.7.5.3. Não pode se esquecer. Perto dela, três ou quatro pessoas, no máximo, estão olhando de soslaio para ela. Ela tenta ajeitar a roupa. Sentou no fundo e está observando o trânsito pelo vidro de trás. Gostaria de fumar, mas é proibido, e, de qualquer forma, esqueceu-se de tudo em casa. O ônibus se dirige à estação. Fica muito tempo parado nos sinais vermelhos, volta a se mover de arranco. Sophie recupera o fôlego um pouco, mas, próxima à estação, fica com medo mais uma vez. Sente medo do mundo, das pessoas, dos trens. Medo de tudo. Não acredita que pode fugir assim, tão facilmente. Fica se voltando para trás o tempo todo. Os rostos, atrás dela, será que estão com a máscara da morte que se aproxima? Ela treme cada vez mais e, depois de todos esses dias e noites tão exaustivos, depois desse simples esforço para correr até o ônibus e atravessar a estação, ela está completamente esgotada. "Pra Melun", diz. 6.7.5.3. Não, não tem cupom de desconto. Sim, ela vai passar por Paris, e tenta entregar o cartão do banco, com insistência, queria que o funcionário pegasse logo, queria se livrar da sua mensagem de uma vez, antes que se esqueça: 6.7.5.3, queria que o funcionário lhe desse sua passagem e a deixasse subir, já queria estar vendo as estações passando e descer do trem... Sim, ela vai ter uma longa espera entre um trem e o outro, e, por fim, o funcionário aperta umas teclas e a impressão começa a sair da máquina, a passagem está bem na sua frente, o funcionário diz: "Pode digitar a senha". 6.7.5.3. Uma verdadeira vitória. Contra quem? Sophie vira e está indo embora. Deixou o cartão para trás. Uma mulher aponta para a máquina e sorri. Sophie arranca o cartão do aparelho. Tudo isso tem um gosto de *déjà-vu*, Sophie não para de reviver as mesmas cenas, as mesmas fugas, as mesmas mortes desde... quando? Isso tem que parar. Ela apalpa os bolsos em busca de cigarros, encontra o cartão que acabou de colocar ali e, quando ergue a cabeça de novo, lá está Frantz, bem na sua frente, desesperado, dizendo: "Aonde você vai desse jeito?". Ele está segurando o casaco que ela havia jogado na rua. Inclina a cabeça para um lado, para o outro, e: "Vamos pra casa. Desta vez, vamos chamar um médico... Você está vendo...". Um instante de hesitação e ela quase diz que sim. Um curto instante. Mas não perde a cabeça. "Não, nada de médico... Vamos pra casa". Ele sorri e toma seu braço. Sophie se sente enjoada, anda levemente curvada. Frantz a segura pelo braço, diz: "Então vamos... Estacionei logo ali". Sophie olha para a estação fugindo do seu campo de visão, fecha os olhos, como se devesse tomar uma decisão. Depois se volta para Frantz e coloca a mão no seu pescoço. Aperta e diz: "Ai, Frantz...". Ela chora e, muito mais que apoiada nele, é carregada para a saída, para o carro, para casa. Solta no chão a passagem que já tinha amassado e encosta a cabeça no ombro dele, soluçando.

Frantz está sempre por perto. Logo que ela volta a si, pede desculpas pela vida que o faz levar. Timidamente, ele cobra explicações. Ela promete que vai contar, mas que, primeiro, precisa de um pouco de repouso. E eis o agourento "repouso", a palavra que, por algumas horas, fecha todas as portas, lhe dá um tempo para respirar, o tempo necessário para recuperar as forças, para se preparar para os próximos combates, sonhos, mortos, visitantes insaciáveis. Frantz faz as compras. "Não quero ter que correr atrás de você pela cidade", diz ele com um sorriso, saindo e trancando a porta pelo lado de fora. Sophie devolve o sorriso, em sinal de reconhecimento. Frantz faz a faxina, passa o aspirador, traz frango assado, comida indiana, chinesa, pega filmes na locadora, filmes que traz para casa com um olhar que busca certa cumplicidade. Sophie acha bem feita a faxina, boa a comida, jura que os filmes são muito bons, mas dorme diante da televisão poucos minutos depois dos créditos de abertura. Pesada, sua cabeça se afunda de novo na morte, e Frantz a pega pelos braços logo que ela acorda, deitada no chão, sem voz, sem ar, quase sem vida.

Então, o que era para acontecer acaba acontecendo. É domingo. Faz alguns dias que Sophie não dorme nada. De tanto berrar, perdeu a voz. Frantz cuida dela, sempre por perto, lhe dá comida na boca, porque ela não quer nada. É surpreendente como esse homem aceitou a loucura da mulher com quem acaba de se casar. Parece um santo, devoto, pronto a se sacrificar. "Vou esperar até que você resolva chamar um médico, tudo vai melhorar depois...", explica ele. Ela responde que tudo "vai melhorar logo". Ele insiste. Procura a lógica que está por detrás dessa recusa. Ele acredita ter entrado nos bastidores de uma parte da sua vida, sem ter obtido permissão. O que será que ela tem na cabeça? Ela tenta tranquilizá-lo, sente que deve fazer alguma coisa mais normal para deixá-lo menos preocupado. Então, às vezes se deita sobre ele, fica se movendo até sentir o seu desejo se despertar, abre-se para ele, o guia, tenta agradá-lo, dá uns gemidos, fecha os olhos, espera até que o corpo dele relaxe.

Então, é domingo. Tão tranquilo quanto o tédio. Pela manhã, ressoava no prédio o barulho dos moradores voltando da feira ou lavando o carro na garagem. Sophie passou a manhã toda olhando pela janela e fumando, com as mangas da blusa embrulhando as mãos, de tanto frio que sentia. É o cansaço. Disse: "Estou com frio". Na noite anterior, tinha acordado coberta de vômito. Ainda sente a barriga doendo. E se sente suja. A ducha não bastou, quer tomar um banho de banheira. Frantz prepara a água para ela, quente demais, como de costume, com os sais de banho que ele adora, mas que ela detesta, em silêncio, eles têm cheiro de produto sintético, um perfume meio enjoativo... mas ela não quer contrariá-lo, ou algo assim... O que ela quer é uma água bem quente, algo para aquecer o gelo dos ossos. Ele a ajuda a tirar a roupa. No espelho, Sophie descobre a própria silhueta, seus ombros salientes, a bacia se destacando, sua magreza, seria de chorar se não fosse de estremecer naquele momento... Quanto está pesando? E isto, tão evidente, que, de repente, profere em voz alta: "Acho que estou morrendo". Fica estupefata com a constatação. Disse isso como tinha dito, umas semanas mais cedo: "Estou bem". Tão verdadeira quanto. Sophie está se apagando, lentamente. No decorrer de dias e noites, pesadelo após pesadelo, Sophie está definhando, desencarnando. Está desaparecendo. Logo estará translúcida. Ela olha mais uma vez para seu rosto, para a maçã do rosto, protuberante, para os olhos fundos. Rapidamente, Frantz a abraça. Diz coisas gentis e bobas. Finge rir da besteira que ela acaba de dizer. Aliás, exagera no fingimento. Dá uns bons tapas nas costas dela, como quando se despede sem se ter ideia de quando poderá rever aquela pessoa. Ele diz que a água está quente. Estremecida, Sophie toca na superfície. Um tremor ainda maior se espalha por todo o corpo. Frantz abre um pouco a água fria, ela testa novamente, diz que vai ficar bem, ele sai. Ele tenta expressar sua confiança por um sorriso, mas sempre deixa as portas abertas. Ao ouvir os primeiros ecos da televisão, Sophie entra na água, estende o braço na direção da prateleira próxima à pia, pega a tesoura, observa com atenção os pulsos, mal pode ver o azul das veias. Encosta a lâmina na pele, ajusta a posição, escolhe um ângulo mais de viés, dá uma última olhada para a nuca de Frantz e parece ficar ainda mais convicta do que faz. Respira fundo e se corta com um só gesto. Então relaxa todos os músculos e deixa o corpo deslizar, vagarosamente, dentro da banheira.

A primeira coisa que vê é Frantz, sentado perto da cama. Depois, estendido ao lado do seu corpo, vê o braço esquerdo coberto de curativos bastante espessos. Depois, finalmente, o quarto. Pela janela, entra uma luz indistinta, que poderia ser do início ou do fim do dia. Frantz lhe oferece um sorriso indulgente. Carinhosamente, ele segura a ponta dos seus dedos, tudo o que permite o curativo. Sophie sente a cabeça extremamente pesada. Ao lado dos dois, a mesa móvel com a bandeja de refeição.
– Trouxeram comida para você, aí...
Foram essas suas primeiras palavras. Nada de pergunta, nada de reprovação, nem nada de medo. Não, Sophie não quer comer nada. Ele balança a cabeça como se tomasse aquilo para o lado pessoal. Sophie fecha os olhos. Lembra-se de tudo muito bem. Domingo, cigarros à janela, o frio nos ossos, e seu rosto de morta no espelho do banheiro. Sua decisão. Ir embora. Ir embora, absolutamente. Atraída pelo barulho da porta se abrindo, volta a abrir os olhos. Uma enfermeira entra, sorri gentilmente, contorna a cama e verifica a perfusão, que Sophie ainda não tinha notado. Toca sob sua mandíbula com um polegar preciso, alguns segundos são o suficiente para sorrir novamente.

– Continue repousando – diz ela ao sair –, o médico já vai passar.

Frantz permanece ali, olha para o rumo da janela e tenta manter a postura. Sophie diz: "Sinto muito..." e ele não acha resposta nenhuma. Continua olhando pela janela e mexendo na extremidade dos seus dedos. Existe nele uma força de inércia que é estarrecedora. Ela sente que ele está lá para ficar, para sempre.

O médico é um homem baixo e corpulento, de uma vivacidade surpreendente. Um cinquentão seguro de si, com uma calvície que transmite confiança. Basta um olhar e um pequeno sorriso para que Frantz se sinta obrigado a deixar o quarto. O médico toma seu lugar.

– Não vou perguntar como você está. Posso imaginar. Vai precisar da ajuda de alguém, só isso.

Falou, curto e grosso, o tipo de médico que vai direto ao que importa.

– A gente tem ótimas pessoas aqui. Você pode conversar com alguma delas.

Sophie fica olhando para ele. Ele deve pensar que sua mente não está ali, então cutuca a ferida.

– No mais, foi espetacular, só que não...

E ele retoma rapidamente.

– Claro que, se seu marido não estivesse lá, você estaria morta agora.

Ele escolheu a palavra mais forte, a mais violenta, para testar sua capacidade de reação. Ela decide colaborar com ele, pois sabe muito bem onde está pisando.

– Vai passar.

É tudo o que encontra para falar. Mas é verdade. Ela acredita que vai passar. O médico apoia as duas mãos nos joelhos e se levanta. Antes de sair, aponta para a porta e pergunta:

– Quer que eu fale com ele?

Sophie faz um sinal de não com a cabeça, mas essa resposta não é clara o suficiente. Ela diz:

– Não, eu mesma falo.

— Fiquei com medo, sabe...

Frantz sorri sem jeito. É a hora de se explicar. Sophie não tem explicações para dar. O que poderia dizer? Ela se obriga a sorrir:

— Em casa, eu te explico. Mas aqui não...

Frantz finge compreender.

— É a parte da minha vida que eu nunca te contei. Vou te explicar tudo.

— É tanta coisa assim?

— Algumas coisas, sim. Depois, é você quem vai dizer...

Ele faz um sinal com a cabeça, um sinal difícil de interpretar. Sophie fecha os olhos. Não que esteja cansada, quer ficar sozinha. E precisa de informações.

— Dormi muito tempo?

— Quase trinta e seis horas.

— A gente está onde?

— Na clínica Anciennes Ursulines. É a melhor da região.

— Que horas são? É horário de visita?

— Quase meio-dia agora. Normalmente, a visita é a partir das 2 horas, mas me deram autorização para ficar.

Num dia qualquer, ele teria acrescentado algo como "nessas circunstâncias", mas, dessa vez, preferiu se ater a frases curtas. Ela sente que ele está tomando coragem. E deixa.

— Tudo isso... (Aponta vagamente para os curativos nos pulsos.) É por causa da gente? Tem alguma coisa errada com a gente, é isso?

Se pudesse, ela sorriria. Mas não pode, não quer. Tem que se manter na linha. Ela enrola três dedos sob os dele.

— Não tem nada a ver com isso, juro. Você é tão bonzinho.

A palavra o desagradou, mas ele deixa para lá. Um marido bonzinho. O que poderia ser além disso? Sophie adoraria perguntar onde estão suas coisas, mas se contenta em fechar os olhos. Não precisa de nada mais.

São 19h44 no relógio do corredor. O horário de visita terminou há mais de meia hora, mas não seguem muito à risca o regulamento, ainda se escutam conversas de visitantes em alguns dos quartos. Na atmosfera, ainda pairam uns cheiros residuais da refeição do fim do dia, um odor de sopa rala e repolho. Como é que fazem para que todas as instituições de saúde tenham o mesmo cheiro? Na extremidade do corredor, uma janela larga deixa passar uma luz meio escura. Alguns minutos mais cedo, Sophie se perdeu no prédio. Uma enfermeira do térreo a ajudou a reencontrar o quarto. Agora conhece o local. Ela viu a porta que dá para o estacionamento. Basta passar com sucesso em frente à porta da sala das enfermeiras do seu andar para poder sair tranquilamente. Achou no armário as roupas que Frantz deve ter levado para quando lhe derem alta. Coisas que não combinam umas com as outras. Ela espera, com os olhos grudados na fresta da porta do seu quarto, que está levemente aberta. Jenny é o nome dela, da enfermeira. É uma mulher magra, que anda rebolando e que pinta mechas loiras nos cabelos. Cheira a cânfora. Sua passada é tranquila e firme. Ela acaba de deixar sua sala com as mãos enfiadas no bolso da blusa. Faz isso quando está saindo para fumar. A enfermeira empurra a porta vaivém que conduz aos elevadores. Sophie conta até cinco, abre a porta do quarto e toma o mesmo corredor, passa em frente à sala de Jenny, mas, pouco antes da porta vaivém, vira para a direita e segue pelas escadas. Em poucos minutos estará no estacionamento. Abraçada com sua bolsa, começa a repetir: 6.7.5.3.

Policial Jondrette, rosto amarelo e bigode grisalho. Está acompanhado de um outro, que não diz nada, fica olhando para os pés, com cara de concentrado e preocupado. Frantz lhes ofereceu um café. Disseram que sim, um café, por que não, mas continuaram de pé. Jondrette é um policial compassivo. Quando fala de Sophie, diz: "Sua senhora" e não diz nada que Frantz já não saiba. Mas ele olha para os dois policiais e faz seu papel. Seu papel é estar preocupado, o que não é difícil representar, pois está preocupado. Ele se recorda de que estava assistindo à televisão. Gosta bastante dos programas de jogos sobre conhecimentos gerais, pois ganha com bastante facilidade, embora sempre trapaceie um pouco. Aplausos, momentos de entusiasmo do apresentador, piadas idiotas, risos gravados, empolgações com os resultados, tudo muito barulhento na televisão. De qualquer maneira, Sophie fez o que fez em silêncio. Mesmo se ele estivesse fazendo outra coisa na hora... Perguntas: categoria "Esporte". Ele, em matéria de esporte... Mesmo assim, tentou. Perguntas sobre os jogos olímpicos, o tipo de coisa que ninguém sabe, só uns neuróticos que viram especialistas no tema. Ele se voltou para o banheiro, Sophie estava com a cabeça encostada na borda da banheira, de olhos fechados, com a espuma até o queixo. Ela é tão bonita de perfil. De qualquer forma, mesmo agora, tão magra, Sophie continua bonita. Realmente, muito bonita. Ele pensa nisso com frequência. Voltando a olhar para a televisão, pensou que é bom ficar de olho nela, só para garantir: a última vez que ela tinha dormido na banheira, ele a tirou congelada de lá, teve que esfregar seu corpo com água-de-colônia, por vários minutos, até que recobrasse um pouco da cor. Vê se isso é maneira de se morrer. Como que por milagre, ele sabia a resposta de uma das perguntas, o nome de um saltador com vara búlgaro, e... de repente, seu alarme interno disparou. Ele virou para trás. A cabeça de Sophie tinha sumido, ele correu. A espuma estava vermelha e o corpo de Sophie tinha escorregado para o fundo da banheira. Ele soltou um grito. "Sophie!". Mergulhou os braços na água e a puxou pelos ombros. Ela não tossiu, mas estava respirando. O seu corpo inteiro tinha uma brancura cadavérica e o sangue continuava a escorrer pelo pulso. Não muito. Mas saía em minúsculas ondas, no ritmo dos batimentos cardíacos, e a ferida, encharcada, estava inchada. Então ele ficou enlouquecido por um instante. Não queria que ela morresse. Disse para si mesmo: "Assim não...". Não queria que Sophie escapasse dele. Essa morte, ela estava roubando dele. Era ela quem estava escolhendo onde, quando, como morrer. Para ele, esse livre-arbítrio soava como uma falta de reconhecimento por tudo aquilo que tinha feito, esse suicídio era como um insulto à sua inteligência. Se Sophie viesse a morrer assim, ele nunca mais poderia vingar a morte da sua mãe. Então ele a tirou da banheira, a deitou no chão, enrolou seu pulso com toalhas, falou e falou com ela, correu para o telefone e ligou para os bombeiros, que ficam ali ao lado. Chegaram em menos de três minutos. E ele se preocupou com muitas coisas enquanto esperava socorro. Até onde os aborrecimentos administrativos poderiam vasculhar, questionar a identidade de Sophie, ou pior: poderiam revelar a Sophie quem realmente era o sargento Berg, que jamais foi soldado na vida, nem por um minuto...

Quando a reencontrou no hospital, ele já estava totalmente sob controle, de novo no seu papel, com perfeição. Sabia exatamente o que dizer, o que fazer, o que responder, como se comportar.

Agora, acabou ficando furioso novamente: Sophie fugiu do hospital e a administração só se deu conta mais de seis horas depois! A enfermeira que telefonou para ele não sabia muito bem como lidar com a situação. "Sr. Berg, a sua mulher voltou para casa?" Diante da resposta de Frantz, ela bateu em retirada e passou o telefone para o médico.

Desde a notícia da sua fuga, ele teve tempo para refletir. Os policiais podem tomar o café tranquilos. Ninguém melhor que Frantz para encontrar Sophie. Ele seguiu cada passo dessa mulher suspeita de múltiplos assassinatos, essa mulher que faz três anos que a polícia procura, e não acha. Ele a refez com suas próprias mãos, por completo, nada da vida de Sophie é um segredo para ele, e, no entanto, neste momento, vê-se incapaz de dizer onde ela se encontra, os policiais, então, nem pensar... Frantz está com pressa, com vontade de mandá-los à merda. Simplesmente diz, com uma voz tensa:

– Vocês acham que vai ser rápido pra achá-la?

É isso que um marido pergunta, não é? Jondrette franze a testa, menos imbecil que parece.

– Meu senhor, a gente vai achá-la, não duvide disso – disse ele.

E, por cima da xícara quente de café, que ele bebe a pequenos goles, o policial tem um olhar inquisitivo que perscruta Frantz. Ele repousa a xícara.

– Ela foi para a casa de alguém, vai ligar para o senhor hoje à noite ou amanhã. O melhor é não perder a paciência, o senhor sabe...

E, sem esperar pela resposta:

– Ela já fez isso? Fugir assim...

Frantz responde que não, mas que ela anda mais ou menos deprimida.

– Mais ou menos... – repete Jondrette. – E o senhor tem família? Quer dizer, ela, a sua senhora, tem família? O senhor telefonou para eles?

Não teve tempo para chegar a esse ponto nas suas reflexões e, subitamente, as coisas estão indo rápido demais. Marianne Berg, nascida Leblanc, qual seria sua família? Nos meses anteriores, quando lhe perguntava sobre sua vida, Sophie inventava aos poucos uma família que a polícia iria penar para encontrar... Pista escorregadia essa. Frantz lhes serve mais café. Um tempinho para pensar melhor. Ele opta pela mudança de estratégia. Faz um rosto de insatisfação.

– Na verdade, isso quer dizer que vocês não vão fazer nada, é isso? – emenda ele, nervoso.

Jondrette não responde. Olha para a xícara vazia.

– Se ela não voltar, digamos, em três ou quatro dias, começaremos efetivamente a procura. Veja bem, meu senhor, geralmente, nessas situações, as pessoas voltam por sua própria conta depois de alguns dias. Até lá, quase sempre buscam abrigo junto à família ou aos amigos. Às vezes, basta fazer uns telefonemas.

Frantz diz que entende. Se ficar sabendo de alguma coisa, ele garante que avisa... Jondrette fala que é melhor assim. Agradece pelo café. Seu comparsa consente, olhando para o capacho da entrada.

Frantz se permitiu um prazo de três horas, o que lhe parecia razoável.

Enquanto isso, na tela do seu laptop, ele dá uma última olhada no mapa da região, onde um quadrado rosa, piscando, assinala a localização do celular de Sophie. O mapa indica que sua localização é sua própria residência. Ele procurou o celular de Sophie e o achou na gaveta da cômoda papeleira. Quatro anos, e é a primeira vez que ele é incapaz de dizer, nem que seja aproximadamente, onde se encontra Sophie. Tem que se apressar. Encontrá-la. Reflete por um instante sobre os medicamentos, e fica mais tranquilo: ele a induziu a um estado depressivo que não vai passar tão rápido. Apesar de tudo, tem que trazê-la de volta. Imperativamente. Terminar. Acabar logo com isso. Fica furioso por um momento, mas consegue se controlar por meio de exercícios respiratórios. Virou e revirou o problema. Vai começar por Lyon.

Ele checa o relógio de pulso e, finalmente, pega o telefone.

Colocam Jondrette na linha.

– Minha mulher está com uma amiga – diz Frantz, meio esbaforido, como se acabasse de receber a notícia, feliz e aliviado ao mesmo tempo –, perto de Besançon.

Fica atento para a reação do policial. Tudo ou nada. Se ele pedir informações sobre essa amiga...

– Bom – diz Jondrette num tom de satisfação. – E ela está bem?

– Sim... Quer dizer, parece que sim. Acho que um pouco perdida, mas...

– Bom – disse Jondrette mais uma vez. – E ela quer voltar para casa? Disse se ela queria voltar?

– Sim, foi o que ela disse. Quer voltar para casa.

Um momento de silêncio no telefone.

– Disse quando?

O motor de Frantz está funcionando na velocidade máxima.

– Acho que é melhor ela repousar um pouco. Vou dar uns dias antes de ir buscá-la, acho que vai ser melhor assim.

– Bom. Quando estiver de volta, precisamos que ela venha aqui para assinar uns papéis. Mas não precisa ter pressa! Pode repousar primeiro...

E Jondrette, antes de desligar:

– Aqui, só uma coisinha... Não faz muito tempo que estão casados...

– Pouco menos de seis meses.

Jondrette fica em silêncio. Deve estar com aquele seu olhar inquisitivo.

– E essa... esse ato dela, o senhor acha que... está relacionado com o casamento de vocês?

Frantz responde por intuição.

– Ela já estava um pouco depressiva antes do nosso casamento... Mas, sim, claro, pode ser que sim. Vou conversar com ela sobre isso.

– Sim, é o melhor a se fazer, Sr. Berg. Acredite em mim, é o melhor. Obrigado por nos ter avisado com tanta rapidez. Não deixe de conversar com sua senhora quando buscá-la...

A rua Courfeyrac desemboca perto da praça Bellecour. Um dos belos bairros da cidade. Frantz fez uma nova pesquisa na internet, mas não ficou sabendo de muito mais que aquilo que já tinha descoberto dois anos atrás.

Ele teve dificuldade para achar um posto de observação. Ontem, por várias vezes, foi obrigado a sair de um café e ir para outro. Hoje de manhã, alugou um carro e é de dentro dele que observa o prédio com mais facilidade, e pode seguir Valérie se for preciso. Na época em que via Sophie com mais frequência, ela trabalhava numa sociedade de transporte, agora está numa empresa de um rapaz tão inútil e rico quanto ela, e que crê ter vocação para estilista. É o tipo de empresa na qual se pode trabalhar como um escravo por dois anos para, mesmo depois de tanto esforço, acabar se dando conta de que ela não deu um centavo de lucro. O que, nesse caso, não faz a menor diferença, nem para Valérie nem para o amigo. De manhã, ela deixa seu domicílio, com uma passada esperta e decidida, pega um táxi na Praça Bellecour e segue ao trabalho.

Logo que a viu aparecer na rua, já sabia que Sophie não estava lá. Valérie não sabe se desprender dos acontecimentos, tudo o que vive fica estampado na sua cara. Pela sua passada, pela forma de andar, Frantz viu que ela não estava passando por nenhum problema, nenhuma preocupação, transbordava segurança no caminhar dessa moça, nenhuma inquietação. Ele está quase certo de que Sophie não foi se refugiar ali. Aliás, Valérie Jourdain é uma moça egoísta demais para oferecer guarida a Sophie Duguet, assassina reincidente, procurada pela polícia, mesmo que seja sua amiga de infância. Existem limites para essa moça. E eles são curtos.

E se, por acaso, não fosse bem assim? Quando Valérie se foi, ele subiu até o andar onde ela mora. Porta blindada, fechadura de três pontos. Passou um bom tempo com a orelha colada na porta. Cada vez que um morador entrava ou saía, ele fingia estar subindo ou descendo as escadas, depois voltava para seu posto. Nenhum barulho. Repetiu a operação quatro vezes durante o dia. No total, passou mais de três horas com a orelha colada na porta. A partir das 18 horas, com os barulhos dos apartamentos, televisão, rádio, conversas, mesmo que abafados, impossível distinguir qualquer som secreto que pudesse revelar alguma presença no apartamento de Valérie, presumidamente vazio.

Por volta das 20 horas, quando a moça voltou do trabalho, Frantz ainda estava lá, alguns degraus acima do seu andar. Valérie abriu e entrou sem nenhuma palavra. Ele foi logo colando a orelha na porta. Por alguns minutos, ouviu os barulhos mais corriqueiros (cozinha, banheiro, gavetas...), música em seguida e, finalmente, a voz de Valérie no telefone, não tão distante da entrada do apartamento... Uma voz nítida. Ela está brincando, mas diz que não, não vai sair hoje à noite, está com o trabalho atrasado. Ela desliga, barulhos de cozinha, rádio...

É óbvio que não se sente cem por cento seguro com sua decisão, mas ele resolve confiar na intuição. Sai do prédio e aperta o passo. Tem umas quatro horas de estrada até o departamento de Seine-et-Marne.

Neuville-Sainte-Marie. Trinta e dois quilômetros de Melun. Primeiro, Frantz deu várias voltas para ver se a polícia não estava exercendo algum tipo de vigilância. É o que devem ter feito no início, mas não possuem os meios necessários para mantê-la. E enquanto um novo assassinato não aparecer para comover o público...

Deixou o carro alugado no estacionamento de um supermercado, na entrada da cidade. Em quarenta minutos, chegou a um bosque e, de lá, a um local abandonado. Forçou a grade para entrar e, dali, tinha uma vista que lhe convinha, via a casa um pouco do alto. Não se transita muito por ali. À noite, alguns casais, talvez. Devem chegar de carro. Nenhum risco de ser pego de surpresa: os faróis servirão de aviso.

O senhor Auverney só saiu três vezes. Nas duas primeiras, foi pegar a roupa lavada – a área de serviço está numa ala que não parece ter comunicação com o resto da casa – e apanhar a correspondência – a caixa de correio está fixada a uns cinquenta metros de lá, um pouco mais abaixo do caminho de entrada da casa. Na terceira vez, saiu de carro. Frantz ficou em dúvida por um instante: Seguir? Ficar? Ficou. De qualquer maneira, seria impossível segui-lo, a pé, numa cidade tão pequena.

Patrick Auverney ficou fora durante uma hora e vinte e sete minutos e, nesse meio-tempo, Frantz observou pelos binóculos cada detalhe da casa. Mais cedo, logo que viu Valérie Jourdain pôr os pés na rua, teve certeza de que Sophie não estava com ela. Agora, aqui, não tem certeza nenhuma. Talvez seja o tempo passando, as horas girando a uma velocidade preocupante, talvez seja isso que o esteja levando a esperar por uma solução rápida. Outra preocupação também o faz esperar: se ela não estiver ali, ele não tem a mínima ideia de onde possa estar. Sophie está passando por uma depressão profunda, tentou se matar. Está extremamente frágil. Desde que soube que sumiu do hospital, ele não consegue abrandar a raiva. Quer recuperá-la. Não para de repetir para si mesmo: "Tenho de acabar logo com isso". Fica se martirizando por ter esperado tanto tempo. Não podia ter terminado isso antes? Já conseguiu tudo o que queria, não? Precisa recuperá-la e acabar logo com isso.

Frantz se pergunta o que está passando pela cabeça de Sophie neste momento. E se, por uma segunda vez, ela tentou se matar. Não, não precisaria ter fugido. É fácil se matar numa clínica, talvez seja até mesmo o lugar mais fácil para se matar. Podia ter cortado as veias novamente, as enfermeiras não passam a cada cinco minutos... "Para que fugir?", ele se pergunta. Sophie está completamente perdida. A primeira vez que sumiu, ela passou umas três horas num café e, quando voltou, sequer se lembrava do que tinha feito. Assim, ele enxerga uma única explicação: Sophie escapou da clínica sem nenhuma intenção específica, sem saber aonde ir. Ela não partiu, ela fugiu. Está tentando fugir da loucura. Vai acabar procurando um abrigo. Por mais que tenha olhado para o problema sob todos os ângulos, ele não consegue ver onde uma assassina como Sophie Duguet, procurada por todos os cantos, poderia buscar algum reconforto, a não ser na casa do pai. Sophie deve ter cortado todos os laços para se tornar Marianne Leblanc: a menos que tenha deixado o acaso decidir por ela qual a destinação (e, nesse caso, logo deveria estar de volta em casa), a casa do pai é o único lugar onde ela teria vontade de se refugiar. Tudo é uma questão de paciência.

Frantz ajusta os binóculos e observa o senhor Auverney estacionar o carro no galpão da sua propriedade.

O trabalho não terminou, mas, como o dia foi bem longo, ela está ansiosa para voltar para casa. No geral, como começa bastante tarde, ela nunca sai antes das 20h30, às 21 às vezes. Na saída, diz que vai chegar mais cedo amanhã, sabendo, claro, que não vai fazer nada para que isso aconteça. Durante o trajeto de carro, não para de repetir para si mesma o que pode e o que não pode fazer, o que deve e o que não deve fazer, o que é muito difícil para quem não teve disciplina em nenhum momento da vida. No táxi, fica folheando uma revista com cara de desinteresse. Na rua, não olha para nada ao seu redor. Digita o código para destravar o portão do prédio e o empurra com firmeza. Ela nunca sobe de elevador, então faz como de costume. Assim, chega ao seu andar pelas escadas, pega a chave, abre a porta, fecha e se volta para trás. Sophie está na sua frente, vestida da mesma forma em que chegou na noite passada. Sophie gesticula para ela como um guarda nervoso a orientar o trânsito. Tem que seguir vivendo exatamente como no dia a dia! Valérie sinaliza um Ok com a mão, avança e tenta se lembrar do que faz num dia qualquer, em condições normais. Mas, aí, é como se lhe desse um branco. De repente, não se lembra de mais nada. No entanto, Sophie tinha feito com que ela decorasse uma lista de ações, mas agora... nada. Valérie, branca de medo, olha fixamente para Sophie. Está paralisada. Sophie coloca a mão sobre seus ombros e, autoritária, força-a para baixo, obriga-a a se sentar na cadeira que fica perto da porta, onde ela geralmente deixa a bolsa. Nos segundos seguintes, Sophie se ajoelha e tira os sapatos de Valérie, calçando-os e caminhando pelo apartamento. Passa pela cozinha, abre e fecha a geladeira, passa pelo banheiro e, deixando a porta aberta, dá descarga no vaso, passa pelo quarto... Enquanto isso, Valérie está se recompondo na cadeira, sentindo raiva de si mesma. Foi incapaz de corresponder às expectativas. Sophie reaparece na porta do quarto e, nervosa, sorri. Valérie fecha os olhos, como que aliviada. Quando os abre novamente, Sophie está estendendo o telefone para ela, com um olhar interrogativo e preocupado. Para Valérie, é como uma segunda chance. É só o tempo de discar um número e ela já começou a andar pelo apartamento. Cuidado, tinha dito Sophie, sem exagerar na atuação, não tem nada pior, então ela diz, com um tom natural, que não, não vai sair hoje à noite, ainda tem que trabalhar, ri levemente, fica escutando mais tempo que o normal, depois manda um beijo, sim, sim, eu também, beijo, tchau, beijo, passa pelo banheiro, lava as mãos e tira as lentes de contato. Quando volta para o corredor, Sophie está de pé, com a orelha colada à porta da frente, com o olhar voltado para baixo, concentrada, como se estivesse rezando.

Como Sophie tinha exigido, não trocaram uma única palavra.

Ao chegar, Valérie tinha sentido vagamente um cheiro de urina no apartamento. Agora está mais claro o porquê desse cheiro. Ao guardar as lentes de contato, percebeu que Sophie tinha feito xixi na banheira. Ela faz um sinal de incompreensão para a amiga e aponta para o banheiro. Sophie sai da sua posição por um instante, solta um sorriso meio triste e abre os braços, como que confessando que foi inevitável. Ela deve ter passado o dia todo sem fazer o mínimo barulho, com certeza não tinha outra solução. Então Valérie sorri e simula estar tomando uma ducha...

Durante o jantar, totalmente em silêncio, Valérie leu o longo texto que Sophie tinha escrito à mão durante o dia. De vez em quando, parava a leitura e lhe estendia uma página com um olhar de dúvida. Então Sophie pegava a caneta e, com capricho, caligrafava algumas palavras. Valérie leu para si mesma, bem lentamente, balançando a cabeça sem cessar, de tão maluco que lhe soava tudo aquilo. Sophie ligou a televisão. Graças ao som que fazia, elas puderam voltar a se comunicar, falando bem baixinho. Para Valérie, esse excesso de precaução parecia um pouco ridículo. Sophie apertou seu braço em silêncio e olhou dentro dos seus olhos. Valérie engoliu em seco. Sussurrando, Sophie perguntou: "Tem como você comprar um laptop pra mim, bem pequeno?". Valérie girou os olhos para cima. Que pergunta...!

Ela deu para Sophie o que era preciso para trocar os curativos. Sophie fez tudo com muito capricho. Parecia bastante pensativa. Reergueu a cabeça e perguntou:

– Você ainda está saindo com aquela mocinha que é farmacêutica?

Valérie confirmou. Sophie sorriu:

– Aposto que ela nunca nega nada para você, não é?

Pouco depois, Sophie bocejou, seus olhos começaram a lacrimejar de cansaço. Ela sorria em sinal de desculpa. Não quis dormir sozinha. Antes de adormecer, ela envolve Valérie num abraço apertado. Quer dizer alguma coisa, mas não encontra as palavras. Valérie também não diz nada. Simplesmente aperta ainda mais o abraço.

Sophie adormeceu como uma pedra. Valérie está abraçada com ela. Cada vez que os seus olhos cruzam com os curativos, ela sente um certo asco, um calafrio corre pelo corpo inteiro. Tão estranho. Faz mais de dez anos que Valérie daria tudo para ter Sophie nos braços, assim, na sua cama. "Tinha que ser agora... e desse jeito...", ela diz para si mesma. Dá vontade de chorar. Sabe o quanto esse desejo pesou ao abraçá-la quando ela apareceu.

Eram quase 2 da madrugada quando Valérie acordou com a campainha: Sophie tinha passado cerca de duas horas verificando se o prédio não estava sendo vigiado... Quando abriu a porta, Valérie reconheceu imediatamente a sombra de Sophie naquela jovem que estava esperando ali, com os braços pendendo ao lado do corpo, apertada numa jaqueta preta de vinil. Com cara de drogada, foi o que Valérie pensou de imediato, pois ela parecia dez anos mais velha do que sua idade, os ombros estavam caídos, os olhos fundos. Seu olhar expressava seu desespero. Valérie teve vontade de chorar, no mesmo instante, e a envolveu nos braços.

Agora, ela escuta sua respiração, lenta. Sem se mexer demais, tenta ver seu rosto, mas só consegue enxergar sua fronte. Tem vontade de virá-la e lhe dar um beijo. Sente os olhos lacrimejarem. Abre os olhos com força para não ceder a uma tentação tão fácil.

Durante a maior parte do dia, pensou e repensou nos esclarecimentos, nas interpretações, nas hipóteses, nos sinais nos quais Sophie a tinha mergulhado na noite anterior, depois delas terem se reencontrado. Reviveu na sua mente os incontáveis telefonemas de Sophie, os inúmeros e-mails angustiados que, por meses, Sophie lhe tinha enviado. Por todos esses meses, acreditou que Sophie estava se afogando na loucura. Na mesa de cabeceira, do outro lado da cama, ela sente a presença da foto três por quatro de Sophie, o que trouxe de mais valioso consigo, seu espólio de guerra. No entanto, não é nada de mais: o típico retrato tirado em cabine automática, desajeitado, sobre um fundo desbotado, que parece sujo mesmo novo, que te irrita quando ele sai da máquina, mas você diz que, para uma carteirinha de transporte, "não importa", e, depois, você o vê o ano todo e se sente inconsolável com tanta feiura. Nessa foto, que Sophie protegeu com diversas camadas de fita adesiva transparente, ela está com uma cara meio boba, com um sorriso forçado. O flash da câmera, explosivo, jogou no seu rosto um branco cadavérico.

Apesar de todos esses defeitos, essa coisa de nada é, sem dúvida, o objeto mais precioso que Sophie possui. Ela daria a vida por essa foto, se é que já não deu...

Valérie imagina Sophie no dia em que encontrou essa foto, a sua estupefação. Ela a visualiza, pasmada, virando e revirando o retrato em suas mãos. Naquele momento, Sophie está perturbada demais para entender: tinha dormido umas dez horas seguidas e acordado mais mole que nunca, com a cabeça prestes a explodir. Mas a descoberta a impressiona tanto que ela se arrasta para o banheiro, tira a roupa e entra na banheira, olha fixamente para a ducha acima da sua cabeça e, após um pequeno instante de hesitação, de golpe, abre completamente a torneira de água fria. O choque térmico é tão violento que ela fica com o grito preso na garganta. Quase desmaia, e se segura na borda da banheira. Suas pupilas se dilatam, mas ela se mantém debaixo do jato, com os olhos esbugalhados. Alguns minutos mais tarde, enrolada no roupão de Frantz, ela se senta na mesa da cozinha, segura uma xícara de chá fervendo e mira a foto, diante dela, sobre a mesa. Por mais que remexa os elementos em todos os sentidos e que a enxaqueca esteja martelando sua cabeça, aquilo é definitivamente impossível. Sente vontade de vomitar. Numa folha de papel, ela retoma as datas, reconstitui a sequência lógica dos fatos, cruza acontecimentos. Observando os detalhes da foto, examina o corte de cabelo da época, analisa a roupa que estava usando naquele dia... A conclusão é sempre a mesma: esta foto é aquela que estava na sua carteirinha de transporte em 2000, o ano em que, certo dia, enquanto ela estava parada num sinal vermelho, na Rua du Commerce, um motoqueiro abriu a porta do seu carro e roubou sua bolsa, a bolsa na qual deixava aquela carteirinha.

Pergunta: como é que ela pode ter reencontrado este retrato no forro de uma sacola de viagem de Frantz? Frantz *não pode* ter encontrado isto nas coisas de Marianne Leblanc, pois esta foto estava perdida há mais de três anos!

Ela estava procurando um par de tênis no armário quando, acidentalmente, sua mão entrou no forro de uma sacola de Frantz e saiu de lá com este três por quatro... Ela consulta as horas no relógio da cozinha. Está tarde demais para começar. Amanhã. Amanhã.

Já no dia seguinte, e dia após dia, Sophie revira o apartamento inteiro de uma maneira perfeitamente invisível. Está permanentemente sentindo enjoos horríveis: desde aquele dia, de tanto se forçar a vomitar os medicamentos que Frantz lhe dá (este para a enxaqueca, aquele para melhorar o sono, mais este para a ansiedade, "não é nada, é à base de plantas..."), Sophie chega a ter náuseas que mal lhe dão o tempo necessário para alcançar o banheiro. Tudo está desarranjado na sua barriga. Mesmo assim, ela vasculha, remexe, explora, examina cada canto do apartamento: e nada. Nada além da foto, o que não é nada a ser desconsiderado...

Eis que ela é levada a elaborar outras perguntas, muito mais antigas. Por horas e horas, por dias inteiros, Sophie corre atrás de outras respostas que parecem inalcançáveis. Certas vezes, fica literalmente em chamas, como se a verdade fosse uma fonte de calor em que suas mãos não parassem de se queimar, sem conseguir enxergá-la.

E, de repente, chega lá. Não é uma revelação, é uma intuição, espontânea como um trovão. Ela fixa os olhos no seu próprio celular, que está sobre a mesa. Calmamente, pega o aparelho, abre, retira a bateria. Com a ponta de uma faca de cozinha, desparafusa uma segunda placa e descobre um minúsculo chip eletrônico de cor laranja, fixado com um adesivo de dupla face, o qual ela retira, com toda a paciência, com a ajuda de uma pinça de depilação. Pela lupa, consegue distinguir um código, uma palavra, cifras: SERV.0879, e um pouco mais adiante: AH68- (REV 2.4).

Alguns minutos mais tarde, o Google a direciona para um *site* americano de componentes eletrônicos, para a página de um catálogo de produtos e, em face da referência AH68, a especificação "GPS Signal".

– Você estava onde? – perguntou Frantz, desesperado. – Quatro horas, você tem noção – não parava de repetir, como se ele mesmo não acreditasse.

Quatro horas...

Dois dias mais cedo. É o tempo exato para Sophie deixar a casa, tomar o ônibus para percorrer os dezoito quilômetros de distância até Villefranche, pedir uma bebida num café, ir esconder seu celular nos sanitários, sair e subir para o restaurante panorâmico do mercado Villiers, que dispõe de uma bela vista da cidade, da rua, e do café onde estava, diante do qual, menos de uma hora mais tarde, Frantz, visivelmente cauteloso, embora preocupado, passa duas vezes seguidas com sua moto, para tentar avistar Sophie...

De tudo o que Sophie contou para Valérie na noite passada, é isto o mais marcante: seu carrasco é exatamente o homem com quem se casou para garantir a fuga. É com esse homem que ela se deita todas as noites, é esse homem que se deita sobre ela... Dessa vez, Valérie não consegue segurar as lágrimas, que, silenciosamente, escorrem pelos cabelos de Sophie.

O senhor Auverney, de macacão azul, com as mãos protegidas por luvas de obras, está fazendo a decapagem do portão. Faz dois dias que Frantz anota tudo o que ele faz, gestos, saídas, mas, na falta de elementos de comparação, é impossível afirmar se ocorreu algum tipo de mudança nos seus hábitos. Observou com muita atenção a casa, para investigar se havia algum sinal de vida na sua ausência. Nenhum movimento. A *priori*, o homem está sozinho. Frantz o seguiu em algumas das suas saídas. Ele dirige um carro da Volks, espaçoso e bastante novo, cinza metálico. Ontem, fez compras no supermercado, foi abastecer o tanque. Hoje de manhã, foi aos correios, em seguida passou uma hora na prefeitura, aí voltou para casa, depois de um desvio pela loja de jardinagem, onde comprou sacos de húmus para horticultura, que, aliás, ainda não descarregou. O carro está parado em frente ao galpão que serve de garagem e que tem duas portas largas, sendo que basta que uma esteja aberta para o veículo entrar. Frantz está se vendo obrigado a lutar contra a dúvida que o invade: decorridos dois dias, parece estar esperando em vão, ficou várias vezes tentado a mudar de estratégia. Mas, por mais que revire o problema em todos os sentidos, é aqui, e em nenhum outro lugar, que deve esperar por Sophie. Por volta das 18 horas, Auverney fechou o galão de decapante, foi lavar as mãos na torneira de fora da casa. Abriu o porta-malas do carro para descarregar os sacos de húmus, mas, vendo o peso deles, reconsiderou. Preferiu colocar o carro dentro do galpão para descarregar.

Frantz observa o céu. Por ora, está limpo, seu posto de observação não está sendo ameaçado.

Quando o carro estava dentro do galpão e Patrick Auverney abriu o porta-malas pela segunda vez, olhou para a filha, encolhida ali há mais de cinco horas, e, por muito pouco, ele não falou em voz alta. Mas Sophie já estava com a mão estendida para ele e um olhar imperativo: ficou calado. Quando a puxou dali, ela se alongou um pouco enquanto ia observando o galpão. Depois, ela se voltou para o pai. Sempre o achou bonito. Já ele não pôde confessar que a achou quase irreconhecível. Magérrima, esgotada. Está com olheiras profundas sob os olhos vidrados, como que febris. Sua pele está amarelada. Ele não acredita no que está vendo e ela o compreende. Ela o abraçou com força, de olhos fechados, e começou a chorar em silêncio. Ficaram assim durante um ou dois minutos. Depois Sophie o soltou, procurando um lenço e sorrindo por detrás das lágrimas. Ele lhe estendeu o seu. Ela sempre o achou forte. Tirou uma folha de papel do bolso de trás do seu jeans. O pai pegou os óculos no bolso da camisa e, atento, começou a ler. De vez em quando, ao longo da leitura, ele olha para ela, estarrecido. Olha também para o curativo no seu pulso, que o deixa louco. Balança a cabeça como quem diz: "Mas não é possível". Ao fim da leitura, faz um Ok com o polegar, como exige o texto. Sorriem um para o outro. Ele guarda os óculos novamente, ajeita a roupa, respira fundo e sai do galpão para se sentar no jardim.

Quando Auverney saiu de novo do galpão, foi deslocar os móveis do jardim para uma área coberta, a poucos metros de onde estavam, depois entrou na casa. Pelos binóculos, Frantz o viu passar pela cozinha e pela sala. Alguns minutos mais tarde, volta para fora com o seu laptop, dois arquivos em pastas de papelão, e se põe à mesa do jardim para trabalhar. Consulta pouco suas notas e digita rápido no teclado. De onde se encontra, Frantz o vê meio de costas. De vez em quando, Auverney pega uma planta de um imóvel, verifica, faz uns poucos cálculos à mão, na capa do arquivo mesmo. Patrick Auverney é um homem sério.

A cena é desesperadoramente estática. Qualquer vigilância mostraria sua falha bem aí, mas não a de Frantz. Pouco importa o horário, ele só deixará seu posto de observação muito tempo depois de a última luz da casa ter sido apagada.

p.auverney@neuville.fr – Você está conectado.
– Está aí?

Sophie levou quase vinte minutos para arrumar um local adequado, sem fazer o mínimo barulho. Empilhou caixas de papelão em um ponto cego do galpão. Com um cobertor velho, forrou uma mesinha. Depois abriu o laptop e se conectou à rede Wi-Fi da casa do pai.

souris_verte@msn.fr – Você está conectado.
– Papai? Estou aqui.
– Ufa!
– Por favor, não se esqueça: tente variar os gestos, consulte suas notas, faça coisas bem "profi"...
– Eu sou "profi"!
– É um papai-profi.
– E a saúde?????
– Não precisa se preocupar.
– Sério?
– Quer dizer: não precisa mais se preocupar. Vou melhorar.
– Seu estado me assusta.

— Eu também fiquei assustada. Mas não se preocupe, tudo vai ficar bem agora. Leu meu e-mail?
— Estou lendo. Abri numa outra janela. Mas, antes de tudo: te amo. Muita saudade. MUITA. Te amo.
— Também te amo. Tão bom te ver de novo, mas ASSIM VOCÊ VAI ME FAZER CHORAR, AGORA NÃO, POR FAVOR!!!
— Ok. Vou guardar isso para mais tarde. Para depois... Fala, você tem certeza que isso que a gente está fazendo serve pra alguma coisa? Porque, senão, a gente está parecendo meio bobo assim...
— Lê direitinho meu e-mail: juro que, se ele estiver aqui, AGORA, ele está te observando.
— Dá impressão de estar atuando num teatro vazio.
— Então, pode relaxar: você tem UM espectador! E prestando MUITA atenção!
— Se ele estiver aqui...
— SEI que está.
— E você acha que NADA passa despercebido para ele?
— Sou a prova viva disso.
— Fico imaginando se...
— O quê?
— Nada...
— Oiii?
— ...
— Papai, cadê você?
— Aqui.
— Acabou de imaginar?
— Nem tanto...
— O que você está fazendo?
— Gestos. Vendo seu e-mail de novo.
— Ok.
— É tudo tão maluco e ao mesmo tempo me faz tão bem...!
— O quê?
— Tudo. Te ver, saber que está aqui. Viva.

– ... saber que não fiz nenhuma daquelas coisas todas também, pode falar!
– Sim, também.
– Você desconfiou de mim, não é?
– ...
– Oiii!
– Sim, desconfiei.
– Não te culpo por isso, sabe, até eu acreditei. Você então...
– ...
– Eiii!
– Acabando de ler seu e-mail...
– ...
– Ok, acabei. Inacreditável.
– Perguntas?
– Milhares.
– Dúvidas?
– Aqui, assim fica difícil...
– DÚVIDAS?
– Que merda, sim!
– É por isso que eu te amo. Vai lá, pergunta.
– A história das chaves...
– Está certo: é aí que tudo começa. Início de julho, 2000, um cara de moto rouba minha bolsa, no carro. A polícia me devolve a bolsa dois dias depois: tempo mais que suficiente para ele fazer uma cópia de tudo. Do apartamento, do carro... Podia entrar em nossa casa, pegar coisas, mudá-las de lugar, bisbilhotar nossos e-mails, enfim: podia TUDO, absolutamente TUDO!
– Os seus... distúrbios, eles são dessa época?
– Corresponde, sim. Na época, eu tomava uns negócios para dormir, à base de plantas. Não sei o que ele colocou lá dentro, mas acho que é a mesma coisa que me dá até hoje. Depois da morte de Vincent, comecei a trabalhar pros Gervais. A faxineira perdeu o chaveiro dela uns dias depois que eu estava lá. Ela procurou em todo lugar, estava em pânico, com medo de contar pra

eles, os Gervais. Como por milagre, achou o chaveiro no fim de semana. Mesmo esquema... Acho que foi assim que conseguiu entrar e matar o coitadinho do menino. É POR ISSO que eu pensei que a porta tinha sido trancada por dentro.
– É possível... E o cara da moto?
– Os caras das motos, têm vários nessa história, mas sei que todos eles são o mesmo! O que rouba minhas chaves, o que rouba o chaveiro da faxineira, o que nos segue, Vincent e eu, o que Vincent faz cair da moto e foge, o que cai na minha armadilha de esconder meu celular nos sanitários de um café em Villefranche...
– Bom, Ok, as coisas parecem fazer sentido assim. O que você está esperando para contar para a polícia?
– ...
– Você tem elementos o bastante, não?
– Não estou pensando em fazer isso.
– ????? O que mais você quer?
– Não é o bastante...
– ???
– Digamos que, pra mim, isso não basta.
– Que idiotice!
– É a minha vida.
– Então vou eu na polícia!
– Papai! Sou Sophie Duguet! Procurada por PELO MENOS três assassinatos! Se a polícia me encontra agora, é prisão. Perpétua! Acha que a polícia vai levar a sério todas essas elucubrações minhas, sem eu ter PROVAS concretas?
– Mas... você tem...!
– Não! O que eu tenho é um conjunto de circunstâncias, todas elas suportadas por uma hipótese inicial que não vale nada, tão ínfima se colocada na balança ao lado de três assassinatos, sendo que um deles é de uma criança de seis anos!
– Ok. Só por enquanto... Outra coisa: como é que você tem certeza de que esse cara é o SEU Frantz?

– Ele me conheceu por uma agência matrimonial, com o nome Marianne Leblanc (que constava na certidão de nascimento que eu comprei). Sempre me conheceu por esse nome.
– Daí...?
– Daí que você é que vai me explicar: quando eu cortei o pulso e ele começou a gritar, por que é que ele estava me chamando de "Sophie"???
– Claro... Mas... POR QUE cortar o pulso?????????
– Papai! Só consegui fugir uma vez, e ele conseguiu me pegar na estação. A partir daí, sempre ficou por perto. Quando saía, me deixava trancada. Mas consegui, por vários dias, não tomar nada que ele me dava: as crises de enxaqueca e de angústia ficaram mais leves... No mais, não tinha outra solução. Eu tinha que encontrar uma saída: num hospital é que ele não ia poder me vigiar vinte e quatro horas por dia...
– Isso podia ter acabado mal...
– Impossível! O que fiz era espetacular, mas nada grave. Ninguém morre desse jeito... Sem contar que ele nunca ia me deixar morrer. Ele mesmo que quer me matar, com as próprias mãos. É isso que ele quer.
– ...
– Está aí?
– Sim, sim, aqui... Na verdade, estou tentando imaginar... Mas, principalmente, estou com tanto ódio, meu coração! Estou sentindo esse ódio subindo, horrível.
– Eu também, mas, com ele, ódio não funciona. Com ele, tem de ser outra coisa.
– O quê??
– ...
– !!! O QUÊ??
– Ele é inteligente, tem de ser esperto com ele...
– ??? O que você vai fazer agora?
– Ainda não sei direito, mas, de qualquer forma: voltar.
– Espera aí! Você ficou MALUCA? Te proíbo de voltar: PROÍBO!

— Eu sabia que você ia falar isso...
— Te proíbo de chegar perto desse cara de novo, e ponto final!
— Vou ficar sozinha nessa de novo?
— O quê?
— Estou perguntando se, de novo, mais uma vez, eu vou ficar sozinha nessa! Sinceramente: é isso a sua ajuda? Tudo o que você pode me oferecer é sua compaixão e seu ódio? VOCÊ SABE O QUE EU VIVI??? Você consegue imaginar??? O Vincent morreu, papai! Ele matou o Vincent! Ele matou a minha vida, ele matou... tudo! Vou ficar sozinha nessa mais uma vez?
— Me escuta, "souris verte"...
— Não me enche com essa de "souris verte"! AQUI, EU ESTOU AQUI! Que merda, vai me ajudar ou não?
— ...
— Te amo. Te ajudo.
— Ai, papai, estou tão cansada...
— Fica um pouco aqui, repousa um pouco.
— Eu tenho que ir. E é nisso que você vai me ajudar. Ok?
— Claro... mas ainda tem uma pergunta que não sai da minha cabeça...
— ???
— Por que ele está fazendo tudo isso? Você o conhece? Conhecia?
— Não.
— Ele tem dinheiro, tem tempo e uma obstinação que é visivelmente patológica... Mas... por que VOCÊ?
— É por isso que eu vim, papai: é você que ficou com os arquivos da mamãe?
— ???
— Acho que é naqueles tempos que a gente deve procurar. Será que ele foi um dos pacientes da mamãe? Ele ou alguém próximo dele? Sei lá.
— Fiquei com umas coisas dela, eu acho. Numa caixa, talvez... Nunca abri.
— Então, acho que agora é a hora.

Frantz dormiu dentro do seu carro de aluguel. Na primeira noite, quatro horas no estacionamento do supermercado, na segunda, de novo quatro horas no estacionamento da rodoviária. Ele se arrependeu mil vezes da estratégia que tinha escolhido, pensou mil vezes em voltar atrás, mas conseguiu se conter. É preciso ter sangue-frio, só isso. Sophie não tem outro lugar para ir. Ela virá para cá. Necessariamente. É uma criminosa, uma procurada, não vai procurar a polícia, vai voltar para casa ou vir para cá, não tem nenhuma outra opção. Mesmo assim. Passar horas e horas aqui, vigiando de binóculos uma casa onde nada acontece, isso acaba desanimando, a dúvida sempre encontra um espaço para se aproximar e, para lhe impor alguma barreira, só mesmo quatro anos de muito trabalho e convicção.

No fim do terceiro dia, Frantz dá um pulo em casa. Toma um banho, troca de roupa, dorme quatro horas. Aproveita para pegar o que está faltando (garrafa térmica, câmera fotográfica, um bom casaco, canivete, etc.). Nos primeiros raios de sol, já está de volta no seu posto.

A casa de Auverney é uma construção longa, de dois andares, como se encontram aos montes na região. Na extremidade direita, a área de serviço e um alpendre, onde devem ficar os móveis do jardim durante o inverno. Na extremidade esquerda, a que se encontra logo à frente de Frantz, o galpão, onde ele estaciona o carro e guarda todo seu impressionante material de bricolagem. O galpão é grande o suficiente para mais dois veículos. Quando ele pensa em sair de carro, deixa a porta da direita aberta.

Saiu de terno hoje de manhã. Deve ter algum compromisso importante. Abriu as duas portas do galpão e tirou o paletó. Levou para o jardim um cortador de grama, como um daqueles carrinhos que servem para aparar campos de golfe. A máquina deve estar estragada, pois ele teve que empurrá-la, e esse negócio tem cara de pesar uma tonelada. Prendeu um envelope em cima dela. Alguém deve passar para pegar durante o dia. Frantz aproveitou que as portas estavam escancaradas para dar uma olhada – e tirar umas fotos – do todo do galpão: uma das metades está inteiramente ocupada por pilhas de caixas, sacos de húmus, malas fechadas com fita adesiva. Auverney deixou a casa por volta das 9 horas. Não reapareceu desde então. São quase 14 horas. Nenhum movimento.

Ficha clínica

Sarah Berg, sobrenome de solteira: Weiss, nascida em 22 de julho de 1944
Pais deportados e mortos em Dachau, data desconhecida
Casamento com Jonas Berg em 4 de dezembro de 1964
Nascimento de um filho, Frantz, em 13 de agosto de 1974
1982 – Diagnóstico: psicose maníaco-depressiva (3º tipo: melancolia ansiosa)
1987-1988 – Hospitalização: clínica des Rosiers (Dra. Catherine Auverney)
1989 – Hospitalização: clínica Armand-Brussières (Dra. Catherine Auverney)
4 de junho de 1989 – Após uma sessão com Dra. Auverney, Sara Berg veste seu vestido de noiva e se defenestra do 5º andar. Morte imediata.

A espera é de esgotar as forças de qualquer um, por mais que o sujeito seja duro como uma pedra. Agora já faz três dias que Sophie desapareceu... Auverney retornou por volta das 16h30. Deu uma olhada no cortador de grama e, com um gesto resignado, apanhou o envelope que tinha deixado na máquina antes de sair.

É exatamente nesse momento que o celular de Frantz tocou.

Primeiro, um enorme silêncio. Ele disse: "Marianne...?" e ouviu o que pareciam ser soluços. Repetiu:

– Marianne, é você?

Dessa vez, não restou dúvida. Através dos soluços, ela disse:

– Frantz..., onde você está?

Ela disse:

– Venha, rápido.

Depois ela começou a repetir e repetir: "Onde você está?", como se não estivesse esperando resposta nenhuma.

– Estou aqui – tentou dizer Frantz.

Depois:

– Eu voltei... – disse ela com uma voz rouca, exausta. – Estou em casa.

– Então não sai daí... Não se preocupe, estou aqui, estou voltando, já chego.

– Frantz... Eu te imploro, volte, rápido...

– Chego em... umas duas horas. Vou deixar o celular ligado. Estou aqui, Marianne, não precisa mais ficar com medo. Se ficar com medo, me ligue, combinado?

Depois, como ela não responde:

– Combinado?

Após um tempo de silêncio, ela disse:

– Venha, rápido...

E ela voltou a chorar.

Ele fechou o celular. Sente um alívio imenso. Faz mais de três dias que ela não toma os medicamentos, mas, pela voz, ele a sente partida, astênica. Por sorte, ela não parece ter recuperado as forças com essa fuga, ele não saiu prejudicado. Precisa ficar atento, mesmo assim. Descobrir onde ela estava. Frantz já está na grade do terreno. Rasteja por debaixo e sai em disparada. Precisa voltar, rápido. Não pode ter certeza de nada. E se ela sumir de novo? Precisa telefonar de quinze em quinze minutos, até chegar. Ele fica levemente preocupado, mas o que prevalece é a sensação de alívio.

Frantz corre para o carro e tudo se libera. Enquanto dá a partida, começa a chorar feito criança.

SOPHIE E FRANTZ

Quando ele abre a porta, Sophie está sentada na cozinha. Dá a impressão de ter se sentado ali há séculos e nunca mais ter se movido. A mesa está vazia, só com o cinzeiro em cima, transbordando; ela está com as mãos juntas, postas sobre a toalha impermeável. Está vestindo umas roupas que ele não reconhece, amarrotadas, descombinadas, que parecem ter sido compradas num brechó. Seus cabelos estão sujos, os olhos vermelhos. Está extremamente magra. Ela se volta lentamente para ele, como se o movimento lhe demandasse um esforço descomunal. Ele se aproxima. Ela quer se levantar, mas não consegue. Simplesmente vira a cabeça para o lado e diz: "Frantz".

Ela encosta o seu corpo no dele. Ela está com um cheiro forte de cigarro. Ele pergunta:

– Você comeu pelo menos?

Ela continua colada nele e diz não com a cabeça. Ele prometeu para si mesmo que não ia perguntar nada agora, mas não consegue evitar:

– Onde você estava?

Sophie deixa a cabeça pender para um lado e se afasta dele, com um olhar de perdida.

– Não sei – diz ela. – Pedi carona...

– Não aconteceu nada com você, pelo menos?

Ela faz um sinal que não.

Frantz fica ali, por um bom tempo, segurando-a contra o seu corpo. Ela parou de chorar, encolhida nos seus braços como um animalzinho assustado. Soltou o peso nele, mas continua incrivelmente leve. Está tão magra... Ele se pergunta, claro, onde ela esteve, o que pode ter feito esse tempo todo. Ela vai acabar lhe contando, não existe segredo para ele na vida de Sophie. Mas o mais marcante, nesses instantes de silêncio após o reencontro, é que ele vê o quanto ficou com medo.

Depois de receber a herança do seu pai, Frantz estava convencido de que iria poder se dedicar inteiramente à doutora Catherine Auverney, mas a notícia da sua morte, alguns meses mais cedo, ressoou nele como uma grande traição. A existência se mostrava extremamente desleal para com ele. Mas, hoje, alguma coisa faz com que cada fibra do seu corpo se revigore: um alívio, o mesmo que sentiu no dia em que descobriu a existência de Sophie e soube que ela tomaria o lugar da doutora Auverney para ele. Que ela morreria no seu lugar. É esse o tesouro que quase perdeu no decorrer dos últimos três dias. Ele aperta o corpo dela contra o seu e sente um enorme bem-estar. Baixa levemente a cabeça e respira fundo, sente o cheiro dos seus cabelos. Ela se afasta levemente, olha para ele. Com as pálpebras inchadas, o rosto desfigurado. Mas ela é bela. Inegavelmente bela. Ele se curva e, de repente, vê-se diante desta verdade, na sua mais plena nudez, na sua mais plena veracidade: ele a ama. Não é bem isso o que o toca, faz tempo que a ama. Não, o que é terrivelmente comovente é que, de tanto ter cuidado dela, de tanto a ter retrabalhado, pilotado, guiado, moldado, Sophie, agora, tem exatamente o rosto de Sarah. No fim da sua vida, Sarah também tinha essas bochechas profundas, esses lábios sem brilho, esses olhos vazios, esses ossos à mostra, essa magreza evanescente. Como Sophie hoje, Sarah olhava para ele com amor, como se ele fosse a única solução para os males do mundo, a única promessa de um novo dia de serenidade. Essa aproximação entre as duas mulheres o atordoa. Sophie é perfeita. Sophie é um exorcismo, sua morte vai ser maravilhosa. Frantz vai chorar muito. Ela vai fazer muita falta para ele. Muita. E ele vai ficar triste quando se ver curado, sem ela...

Sophie ainda pode olhar para Frantz por detrás da fina cortina de lágrimas, mas sabe que o efeito do líquido lacrimal não dura muito. É difícil dizer o que está se passando dentro dele. Então, é melhor ficar assim, sem se mover, dar um tempo... Esperar. Ele está segurando seus ombros. Ele a aperta contra seu corpo e, neste exato momento, ela sente nele alguma coisa que se enfraquece, que cede e se rende, mas ela não sabe o que é. Ele a aperta e ela começa a ficar com medo, pois seu olhar está estranhamente fixo. É visível que vários pensamentos estão girando na sua cabeça. Ela não tira os olhos dele, como se quisesse paralisá-lo. Ela engole em seco e diz: "Frantz..." e estende os lábios para ele, que logo os beija. É um beijo contido, tenso, um pouco pensativo, mas, mesmo assim, tem algo de voraz nessa boca. Algo de imperativo. E alguma coisa dura abaixo da cintura. Sophie se concentra. Gostaria de pensar em algo a fazer sem que o medo precisasse ser levado em consideração, mas é impossível. Ela se sente retida, tomada. Ele é forte, fisicamente forte. Ela tem medo de morrer. Então aperta seu corpo contra o dele, aperta sua cintura contra a dele, sente que ele está se endurecendo e fica mais tranquila. Encosta a cabeça nele e olha para o chão. Pode respirar. De cima a baixo, ela relaxa todos os músculos, um por um, e, pouco a pouco, seu corpo vai se derretendo nos braços de Frantz. Ele a carrega. Leva-a até o quarto e a deita na cama. Ela poderia adormecer assim. Ela o ouve se distanciando, passando na cozinha, abre os olhos por um instante, fecha de novo. Agora, o barulho característico da colher nas paredes do copo. Ele, novamente diante dos seus olhos, diz: "Dorme um pouco agora, descansa. Isso é o mais importante: ficar de repouso". Ele levanta sua cabeça e ela engole o líquido. Para disfarçar o gosto, ele sempre põe bastante açúcar. Aí ele volta para a cozinha. Rapidamente, ela vira para o lado, puxa uma ponta do lençol, enfia dois dedos no fundo da garganta. Sente o espasmo, regurgita o líquido com uma contração que revira seu estômago, volta o lençol para o lugar e se deita mais uma vez. Ele chega. Passa a mão na sua testa. "Dorme tranquila", ele diz com um suspiro. Beija seus lábios secos. Admira seu belo rosto. Agora ele a ama. Esse rosto é sua posse. Ele já está temendo o momento em que ela não estará mais lá...

– A polícia passou por aqui...

Sophie não tinha pensado nisso. A polícia. Seu olhar a trai, imediatamente revela sua preocupação. Frantz sabe a que ponto a verdadeira Sophie teme a polícia. Despista, disfarça.

– Claro – acrescenta ele – que a clínica foi obrigada a avisá-los. Então vieram...

Ele desfruta do pânico de Sophie por um instante e depois a abraça.

– Cuidei de tudo – garante ele. – Eu não queria que te procurassem, sabia que você ia voltar.

Ela conseguiu se manter afastada da polícia durante todos esses meses. E, agora, acabou caindo na rede. Sophie respira fundo, tenta raciocinar. Frantz tem que tirá-la dessa, seus interesses se convergem. Disfarça, despista.

– Você tem que ir lá assinar uns papéis, só pra mostrar que voltou e tal... Eu disse pra eles que você estava em Besançon, na casa de uma amiga. É melhor se livrar logo disso.

Sophie balança a cabeça, sinaliza um "não". Frantz a aperta nos braços mais um pouco.

O *hall* de entrada da delegacia é todo coberto por cartazes desbotados, com fotos ampliadas de carteiras de identidade, conselhos de precauções a serem tomadas, números de emergência para todo tipo de circunstância. O policial Jondrette olha para Sophie com uma serenidade simplória. Bem que gostaria de ter uma mulher assim, decadente. Isso deve fazer com que o homem se sinta útil. Seu olhar passa de Sophie para Frantz. Em seguida, dá uns tapinhas na mesa e seus dedos grossos param sobre uma folha impressa.

– Então é assim, do nada, a gente foge do hospital...

É sua maneira de demonstrar um pouco de diplomacia. Diante dele, uma mulher que tentou se matar, e isso é a única coisa que encontra para dizer. Sophie percebe que é melhor não contrariá-lo e se submeter à sua concepção de um macho dominante. Ela baixa a cabeça. Frantz passa o braço atrás dos seus ombros. Bonito casal.

– E a senhora estava em...

– Bordeaux – solta Sophie com um suspiro.

– Isso, Bordeaux. Seu marido me contou. Estava com a família...

Sophie troca de estratégia. Ergue os olhos e mira Jondrette. Por mais que seja tosco, esse policial deve ter sentimentos. E o que está sentindo é que essa senhora Berg tem uma personalidade forte.

– Família faz bem... – solta ele –, quer dizer, nessas horas...

– Acho que ela precisava assinar uns papéis...

A voz de Frantz faz com que o diálogo, de contornos meio indefinidos até ali, tome um rumo mais preciso. Jondrette volta à realidade.

– Sim. Aqui...

Ele vira a folha para Sophie, que procura uma caneta. Jondrette lhe dá uma em que se vê o logo de uma oficina mecânica. Sophie assina. *Berg*.

– Agora vai ficar tudo bem... – diz Jondrette.

Difícil dizer se era uma afirmação ou uma pergunta.

– Vai, sim – diz Frantz.

Um bom marido. Jondrette olha para o casal de jovens, deixando a delegacia enlaçados um no outro. Deve ser bom ter uma mulher assim, mas também deve ser um poço de preocupações, um poço sem fundo.

Ela precisou ter muita paciência para aprender isto: imitar a respiração de quem dorme. Demanda uma concentração enorme, uma atenção constante, mas agora ela consegue muito bem, a ponto de, passados uns vinte minutos, ele ter certeza de que ela está dormindo. Ele a acaricia por sobre a roupa, deita sobre ela e coloca a cabeça no travesseiro. Com o corpo mole, ela abre então os olhos, vê os ombros dele, e o sente penetrando nela. Por muito pouco não dá vontade de rir...

Sophie acaba de iniciar um período de sono que vai lhe dar certo descanso. Dessa vez, com toda a euforia do momento, com a imensa alegria de tê-la reencontrado, ele pega pesado no sonífero: ela dorme profundamente no quarto. Ele a vigia por um tempo, escuta sua respiração, nota os leves tiques nervosos que se dão no seu rosto, aí se levanta, tranca o apartamento e desce para o porão.

Ele faz um balanço geral e, como elas não têm nenhuma utilidade, ele decide apagar as fotos da casa do pai de Sophie. Dá uma olhada rápida e vai deletando. A casa, as janelas, o carro, aí Auverney saindo, prendendo o envelope no cortador de grama, Auverney trabalhando na mesa do jardim, descarregando os sacos de húmus, decapando a grade do portão. São 2 horas da madrugada. Ele pega o cabo USB da câmera e, antes de deletar tudo, transfere algumas imagens para o computador, para poder ver melhor no monitor. Selecionou somente quatro. A primeira é de Auverney andando no jardim. Escolheu essa por ela mostrar com perfeição seu rosto. Ele é bastante robusto para um homem de mais de 60 anos. Um rosto quadrado, com energia nos traços, um olhar vivo. Frantz amplia o rosto, 80%. Inteligência. 100%. Perspicácia. 150%. O tipo de sujeito com quem é bom tomar cuidado. É a esse traço de personalidade, certamente genético, que Sophie deve agradecer por ainda estar viva. A segunda imagem mostra Auverney trabalhando na mesa do jardim. Está um pouco de costas para a câmera. Frantz amplia em 100% uma pequena parte da imagem, na qual se vê a tela do computador. O fragmento está um pouco embaçado. Ele o abre num programa de tratamento de imagens, aplica um filtro para tentar enxergar com mais precisão. Parece distinguir a barra de ferramentas de um processador de textos, mas o todo continua desfocado. Arrasta a imagem para a lixeira. A terceira foto foi tirada no último dia. Auverney está de terno, indo colocar no cortador de grama o envelope que, sem dúvida, era destinado a quem faria o conserto. Impossível ler o que está escrito no envelope, e, na verdade, tanto faz. A última foi tirada bem no fim desses dias de esconderijo. Auverney tinha deixado a porta escancarada. Frantz vê agora em detalhes o que observou pelos binóculos durante um bom tempo: uma grande mesa redonda com uma luz de bilhar bem rebaixada e, no fundo, um aparelho de som embutido num armário onde há um número impressionante de CDs. Frantz a arrasta para a lixeira também. Na hora de fechar o programa de imagem, sente uma última curiosidade. Retira da lixeira a foto do galpão e, com alguns cliques, amplia o que se vê na sombra: caixas de papelão, sacos de húmus, material de jardinagem, caixa de ferramentas, malas. A pilha de caixas é cortada em diagonal pela sombra da porta. As de baixo estão parcialmente iluminadas e as de cima na penumbra. 120% de ampliação. 140%. Frantz tenta ler as inscrições em tinta preta sobre a borda de uma das caixas. Aplica filtros, manipula o contraste, amplia mais. Consegue adivinhar algumas letras. Na primeira linha: um A, um U e, no fim, um S. Na linha seguinte, uma palavra que começa com um D, depois um T, depois um R e, mais à frente, uma outra, que é "AUV..", e, portanto, sem dúvida alguma, "Auverney". Na última linha, nitidamente, está escrito: "H a L". De baixo para cima, essa é a primeira caixa da pilha. Aquela que se encontra no topo é atravessada por uma linha de luz: a parte inferior está visível, a superior não. Mas o pouco que enxerga faz com que pare instantaneamente. Por um bom tempo, Frantz fica abismado com o que vê e com o que aquilo representa para ele. Está diante das caixas que contêm os arquivos da doutora Auverney.

 Dentro de uma dessas caixas, encontra-se o histórico clínico da sua mãe.

 A chave gira na fechadura. Ela está sozinha agora. Sophie se levanta no mesmo momento, corre para o armário, fica na ponta dos pés, pega sua chave e destranca a porta, com todos os músculos tensos. Escuta os passos de Frantz nas escadas. Corre para a janela, mas não o vê sair. A menos que tenha passado pelo pátio onde ficam as lixeiras, o que é pouco provável, pois não pegou agasalho. Ele está em algum lugar no prédio. Com toda a rapidez, ela calça sapatos sem salto, fecha de novo a porta, silenciosamente, e desce as escadas. Nenhum televisor ressoa mais nessa parte do prédio. Sophie acalma sua respiração, para no térreo, dá mais uns passos... Tirando essa, não tem outra saída. Abre lentamente a porta, rezando para ela não ranger. A escuridão não é total e, embaixo das escadas que estão à sua frente, ela nota uma luminosidade bem distante. Fica parada para ver se escuta alguma coisa, mas só consegue ouvir o próprio coração, batendo nas têmporas. Desce vagarosamente. Já embaixo, a luz a guia para a direita. Está no porão, onde ficam os depósitos dos moradores. No fundo, à esquerda, uma porta está entreaberta. Não precisa seguir adiante, seria até perigoso. Frantz mantém três chaves no chaveiro da moto. Agora ela sabe para que serve a terceira. Sophie volta em silêncio para o apartamento. Precisa esperar por uma oportunidade.

Pelo gosto, muito mais amargo que de costume, devia ser uma dose maciça. Felizmente, Sophie sabe se prevenir agora. Ela mantém perto da cama um bolo de lenços de papel amassados, para que possa regurgitar, e os troca sempre que vai ao banheiro. Mas nem sempre funciona. Antes de ontem, Frantz ficou por perto por bastante tempo. Não desgrudou dela um segundo. Ela sentiu o líquido abrindo uma passagem sinuosa na garganta. Antes que começasse a tossir, o que nunca aconteceu e, portanto, certamente causaria alguma desconfiança, ela resolveu engolir, simulando um movimento brusco de sono agitado. Alguns minutos mais tarde, sentiu o corpo se entorpecendo, os músculos adormecendo. Isso a fez pensar nos segundos que antecedem uma operação, quando o anestesista pede para a gente contar até cinco.

Daquela vez, foi um fracasso, mas possui uma técnica bastante elaborada e, em condições favoráveis, não ocorre nenhum problema. Ela consegue guardar o líquido na boca e engolir só a saliva. Se Frantz se afasta nos minutos seguintes, ela gira o corpo para o lado, apanha o bolo de lenços e cospe. Mas, se tem que conservar o medicamento na boca por tempo demais, ele penetra pela mucosa, mistura-se à saliva... E, se tem que engolir, resta ainda a possibilidade de provocar o vômito, mas isso tem que ser feito logo nos primeiros segundos. Desta vez, tudo ocorre sem nenhum problema. Alguns minutos após ter cuspido, ela simula a respiração de quem dorme em águas profundas e, quando Frantz se curva sobre ela e começa a acariciá-la e falar com ela, ela roda a cabeça para a esquerda, para a direita, como se tentasse fugir das suas palavras. Ela se agita, lentamente no início, aí, em velocidade de cruzeiro, gesticula, se retorce e, até mesmo, quando precisa manifestar uma agonia incontrolável no seu pesadelo, ela se debate como um peixe fora da água. Frantz, por sua vez, também segue seu ritual. Primeiro, ele se inclina sobre ela e fala calmamente, a acaricia um pouco, os cabelos, os lábios, com a ponta dos dedos, o pescoço, mas, em seguida, toda a energia vai para as palavras.

Frantz fala e observa. Modifica o discurso conforme sua vontade de atormentá-la ou, ao contrário, de acalmá-la. Ele sempre insere alguns mortos no roteiro. Nesta noite, temos Véronique Fabre. Sophie se recorda muito bem: o sofá no qual consegue se apoiar com os cotovelos, o corpo da moça em uma poça de sangue. A faca de cozinha que Frantz deve ter colocado em sua mão.

– O que aconteceu, Sophie? – pergunta Frantz. – Uma crise de ódio? É isso, não é? Uma crise de ódio...

Sophie tenta se virar na cama para escapar dele.

– Você se lembra bem dessa moça, não? Vai, tenta lembrar. Ela está com uma roupa cinza, bastante triste. Dá para ver uma gola branca, arredondada... na base do pescoço. Agora você se lembra disso. Ela, de sapatos sem salto...

A voz de Frantz é grave, o ritmo da fala lento.

– Eu estava preocupado, sabe, Sophie. Fazia quase duas horas que você estava na casa dela... e nada de te ver descer...

Sophie solta uns gemidos leves, vira a cabeça de uma maneira nervosa. Suas mãos se agitam por sobre o lençol.

— ... e, na rua, vejo essa moça, que corre para a farmácia e explica que você está passando mal... Meu anjo, consegue imaginar o quanto eu fiquei preocupado?

Sophie tenta evitar a voz girando o corpo com força. Frantz se levanta, contorna a cama, fica ajoelhado e prossegue, baixinho na sua orelha.

— Não dei o tempo que ela precisava para cuidar de você. Logo que entrou, toquei a campainha. Abriu a porta com a sacola da farmácia ainda na mão. Atrás dela, vi você, meu anjo, minha Sophie, estendida no sofá, num sono profundo, assim como hoje, minha pequena... Quando te vi, acabou a minha preocupação. Você era muito bonita, você sabe. Muito mesmo.

Frantz passa o dedo sobre os lábios de Sophie, que não consegue evitar o reflexo de recuar o rosto. Para compensar, cerra as pálpebras com força, faz uns movimentos minúsculos e espasmódicos com os lábios...

— Fiz exatamente o que você teria feito, minha Sophie... Mas, antes, eu a espanquei. Nada de mais, simplesmente fiz com que caísse de joelhos, só para dar tempo para dar uns passos até a mesa e agarrar uma faca de cozinha. Depois, esperei que ela se levantasse. Estava com uma cara de espantada, de alucinada até, claro, eram sensações demais ao mesmo tempo, demais para ela, coitada. Não precisa ficar agitada assim, meu anjo. Estou aqui, você sabe que nada pode acontecer com você.

Sophie se debate novamente, como um peixe fora da água, e se vira, vai subindo as mãos rumo ao pescoço, como se quisesse tapar as orelhas, mas não soubesse bem como, seus gestos parecem perdidos e inúteis.

— Fiz como você. Você teria se aproximado, não é mesmo? Teria olhado nos olhos dela. Lembra-se desse olhar? Um olhar tão expressivo. Você não teria dado o mínimo tempo para ela, teria mirado e, num instante, bem forte, teria fincado a faca na barriga dela. Sente, Sophie, sente como é isso no braço, enfiar uma faca, assim, na barriga de uma moça. Vou te mostrar.

Frantz se curva sobre ela, pega no seu pulso lentamente. Ela tenta resistir, mas ele já o segura com firmeza e, na hora em que repete essas palavras, imita o gesto no ar. O braço de Sophie, manipulado com força, perfura o ar e parece encontrar uma resistência elástica...

– Pronto, é essa a sensação, Sophie, é assim que você enfia a faca, num só golpe, e roda, assim, bem no fundo...

Sophie começa a gritar.

– Veja, Sophie, veja só o rosto de Véronique. Veja como ela sofre, a dor que você provoca nela. A barriga dela está queimando, veja esses olhos esbugalhados, essa boca aberta de tanta dor, e você, você continua segurando a faca no fundo dessa barriga. Sem piedade, Sophie. E ela começa a berrar. Então, para fazê-la se calar, você puxa a faca – já cheia de sangue, Sophie, sente como ela está pesada – e você enfia de novo. Sophie, alguém tem que te fazer parar...!

Mas, dizendo isso, Frantz continua forçando o pulso de Sophie para a frente, no vazio. Sophie agarra o pulso com a outra mão, mas Frantz é forte demais. Ela está gritando agora, e, sacudindo-se, tenta levantar os joelhos, mas não adianta, é como uma criança brigando com um adulto...

– Então, Sophie, nada pode te fazer parar? – prossegue Frantz. – Uma, duas vezes, e mais uma vez, e outra, você não se cansa de cravar a faca nessa barriga, e mais uma vez, e outra, e, daqui a pouco, você vai acordar com a faca na mão e, do seu lado, Véronique, numa poça de sangue. Como que alguém pode fazer uma coisa dessas, Sophie? Como é que alguém pode continuar vivendo depois de ter sido capaz de fazer uma coisa assim?

São pouco mais de 2 horas da madrugada. Faz uns dias que Sophie consegue se manter de pé dormindo somente algumas horas por noite, graças a uma mistura explosiva de vitamina C, cafeína e glicuronamida. É a esta hora da noite que Frantz está no seu sono mais profundo. Sophie olha para ele. Esse homem tem um rosto voluntarioso e, mesmo enquanto dorme, aparenta ter uma energia e uma força de vontade tão potentes. Sua respiração, muito lenta até então, está mais irregular agora. Ele faz uns ruídos durante o sono, como se sentisse dificuldade para respirar. Sophie está nua, com um pouco de frio. Cruza os braços e fica olhando para ele. Ela o odeia, calmamente. Vai até a cozinha. Ali, uma porta dá para um cômodo minúsculo da residência que eles chamam de "varal", vai saber por quê. É um espaço de menos de dois metros quadrados, com uma pequena abertura para fora – seja inverno, seja verão, faz sempre frio ali –, onde amontoam tudo o que não tem lugar na casa e, também, onde reina o conduto de lixo. Cautelosamente, Sophie abre a portinha do conduto e enfia o braço lá dentro, em direção ao alto, bem fundo. Tira dali um saco plástico transparente e o abre bem depressa. Coloca na mesa uma seringa e um frasco de algum produto. Deixa o saco com os demais produtos na beira do conduto e, por precaução, dá uns passos rumo ao quarto. Frantz ainda dorme profundamente, está roncando um pouco. Sophie abre a geladeira e tira os iogurtes que só Frantz toma. A agulha da seringa desliza para dentro do pote e deixa um furo minúsculo que uma ponta do lacre mascara. Depois de injetar em cada um a sua dose, Sophie sacode os potes para misturar bem o produto e os coloca de volta no lugar. Poucos minutos mais tarde, o saco plástico já foi recolocado no seu esconderijo e Sophie retorna para a cama. O simples contato com o corpo de Frantz lhe causa um asco indescritível. Bem que gostaria de matá-lo enquanto dorme. Com uma faca de cozinha, por exemplo.

Segundo suas contas, Sophie deveria dormir por umas dez horas. Se nada der errado, vai ser mais que o suficiente. Caso contrário, vai precisar de mais uma tentativa em outro momento, mas ele está tão excitado que sequer quer cogitar nessa hipótese. Em plena noite, chega em Neuville-Sainte-Marie em menos de três horas.

Há um presságio de chuva na noite. Seria o ideal. Ele deixou a moto na borda do bosque, ou seja, no ponto mais próximo possível sem que chame a atenção. Alguns minutos mais tarde, é recebido por duas boas-novas: a casa de Auverney está na escuridão total e as primeiras gotas de chuva se espatifam no chão. Ele repousa sua sacola de esporte ao lado dos pés, tira depressa o macacão e fica só com um moletom leve. É só o tempo de calçar os tênis e fechar a sacola e Frantz já desce a pequena colina entre o bosque e o jardim de Auverney. Salta por cima da grade. Não tem cachorro, ele sabe. Logo que toca na porta do galpão, uma luz se acende no andar de cima da residência. É o quarto de Auverney. Ele gruda as costas na porta. Auverney não pode perceber a sua presença, a não ser que desça e saia no jardim. Frantz checa que horas são. Quase 2 da madrugada. Ainda tem muito tempo, mas muita impaciência também. É o tipo de estado de espírito que faz com que erros sejam cometidos. Ele respira fundo. A janela do quarto projeta um retângulo de luz que perfura a fina cortina de chuva e cai na grama. Pode ser vista uma forma que passa e desaparece. Nas noites em que o observou, Auverney não parecia sofrer de insônia, mas como saber... Frantz cruza os braços, olha a chuva envolvendo a noite e se prepara para uma longa espera.

Quando era pequena, noites de tempestade como esta a eletrizavam. Ela escancara as janelas e respira fundo o frescor que lhe congela o pulmão. Precisa disso. Não conseguiu pôr para fora todo o medicamento que Frantz lhe deu, está um pouco titubeante, com a cabeça pesada. O efeito não deveria durar, mas está na fase ascendente do sonífero e, dessa vez, Frantz exagerou na dose. Se fez isso, é porque vai se ausentar por um bom tempo. Eram 23 horas quando saiu. Ela acredita que ele não deve voltar antes das 3 ou 4 da madrugada. Na dúvida, ela toma por base 2h30. Para não cair, ela vai se segurando nos móveis e abre a porta do banheiro. Agora já se acostumou. Tira a camiseta, entra debaixo da ducha, respira fundo e abre a água fria ao máximo. Solta um grito rouco e voluntário, e se força a continuar respirando. Poucos segundos mais tarde, já está congelada e se esfregando com uma toalha que, rapidamente, ela estende no varal, em frente à janela. Prepara um chá bem forte (que não se sente pelo hálito, diferentemente do café) e, enquanto espera o tempo de infusão, movimenta-se para tonificar os músculos, braços e pernas, faz algumas flexões para acelerar a circulação do sangue e, aos poucos, sente a vitalidade voltando. Beberica seu chá fervente, depois lava e seca o que usou para o preparo. Toma certa distância e verifica se não tem nada na cozinha que revele sua passagem por ali. Sobe em uma cadeira, ergue uma das placas do teto rebaixado e tira de lá uma pequena chave de boca. Antes de descer para o porão, coloca luvas de borracha e troca os sapatos. Fecha bem devagar a porta e desce.

Não parou de chover em momento algum. Pode-se escutar, bem ao longe, o barulho abafado dos caminhões passando na rodovia. Parado assim, em alguns centímetros quadrados, Frantz sente que está começando a resfriar. No mesmo instante em que espirra pela primeira vez, a luz do quarto se apaga. Exatamente 1h44. Frantz resolve dar um tempo, vinte minutos. Fica na sua posição de espera e se pergunta se vai precisar ir ao médico. O primeiro trovão ecoa à distância, os raios riscam o céu e clareiam toda a propriedade por um instante.

A exatas 2h05, Frantz abandona sua posição, ladeia o galpão e tateia a moldura de uma pequena janela que fica à altura de um homem, pela qual, com a ajuda de uma lanterna, consegue enxergar claramente o interior. A moldura é antiga, os invernos fizeram com que ficasse inchada. Frantz tira seu estojo de ferramentas, coloca uma palma das mãos no centro da janela, testa sua resistência, mas, mal a empurra e a janela já se abre, batendo com força na parede. Com o estardalhaço que faz a tempestade, é pouco provável que o barulho tenha sido notado no segundo andar da casa, do outro lado do galpão. Ele fecha o estojo e, com cuidado, o coloca na borda da janela. Salta e cai com leveza no lado de dentro. O chão foi cimentado. Ele tira os sapatos para não deixar marcas. Alguns segundos mais tarde, com a lanterna na mão, avança em direção aos arquivos da doutora Auverney. Cinco minutos bastam para que retire da pilha a caixa em que se lê "A a G". Não consegue evitar uma excitação que o faz perder a calma. Tem que se forçar a respirar fundo várias vezes, soltar os braços e balançá-los...

As caixas são muito pesadas. Estão fechadas com uma fita adesiva grossa, simplesmente. Frantz vira de cabeça para baixo aquela que o interessa. O fundo é simplesmente colado. Basta deslizar a lâmina do estilete sob as quatro abas de papelão para que a caixa se abra. Então ele se encontra diante de uma pilha impressionante de pastas de papel. Pega uma na sorte: "Gravetier". O nome está à tinta azul sobre a pasta, em letras de forma. Ele a coloca de volta na caixa. Tira várias outras e sente estar se aproximando da que procura. Baland, Baruk, Benard, Belais, Berg! Uma pasta laranja, também com letras de forma, com a mesma caligrafia das demais. A pasta é bem fina. Nervoso, Frantz a abre. Contém somente três documentos. O primeiro é intitulado "balanço clínico", referente a Sarah Berg. O segundo é só uma folha com elementos administrativos (estado civil, etc.), e o último um papel com indicações medicamentosas escritas à mão, com uma letra praticamente indecifrável. Ele apanha o histórico clínico e, dobrando-o em quatro, guarda consigo. Coloca a pasta de volta no seu devido lugar, vira a caixa, pinga umas gotas de cola extraforte nas abas e devolve a caixa para a pilha. Alguns segundos mais tarde, pula pela janela mais uma vez e está de novo no jardim. Menos de quinze minutos depois, está dirigindo na estrada, policiando-se para não ultrapassar o limite de velocidade.

Logo que passou pela porta, Sophie ficou com medo, instantaneamente. Não que desconheça quem é Frantz, mas o espetáculo oferecido por esse cômodo no porão... é como se entrasse no seu inconsciente. As paredes estão integralmente recobertas por fotos. As lágrimas sobem aos olhos instantaneamente. Ela sente um desespero terrível quando seu olhar se encontra com os closes ampliados de Vincent, com seu rosto tão belo e tão triste. Quatro anos da sua vida estão ali. Ela caminhando (onde mesmo?), fotos coloridas tiradas na Grécia, que lhe custaram o cargo na Percy's e tanto constrangimento... Ela de novo, na saída de um supermercado, em 2001, e, ali, a casa na região de Oise... Sophie morde o punho. Gostaria de berrar, gostaria de explodir esse porão, esse prédio, o mundo inteiro. Ela se sente violada, mais uma vez. Em uma foto, um vigia está segurando Sophie no supermercado. Em outra, ela entra na delegacia, vários closes a mostram na época em que era bonita. E, aqui, feia, no jardim da casa de Oise, andando de braços dados com Valérie. Já tem um semblante triste. E eis que... Eis Sophie segurando o pequeno Léo pela mão, e ela começa a chorar, inevitável. Não consegue mais raciocinar, não consegue mais pensar, só consegue chorar. Sua cabeça oscila sob o efeito desse mal irreparável que é sua vida, toda exposta bem ali. Começa a gemer, os soluços se prendem na garganta, as lágrimas afogam as fotos, o porão, a vida. Sophie cai de joelhos, ergue os olhos para as paredes, seu olhar cruza com a imagem de Vincent, deitado sobre ela, nu, uma foto tirada pela janela do seu apartamento, como seria possível isso, closes em objetos seus, carteira, bolsa, cartela de pílula anticoncepcional, ela de novo, aqui com Laure Dufresne, ali também... Sophie geme de dor, encosta a testa no chão e continua a chorar, Frantz pode chegar agora, não tem mais importância, está pronta para morrer.

Mas Sophie não morre. Reergue a cabeça por fim. Aos poucos, o desespero dá lugar a um ódio extremo. Ela se endireita, enxuga o rosto, sua cólera está intacta. Frantz pode chegar agora, não tem mais importância, está pronta para matá-lo.

Sophie está espalhada por todas as paredes, exceto em uma, à direita, que tem apenas três fotos. Dez, vinte, trinta vezes talvez, as mesmas três fotos, em outro enquadramento, em cores, em preto e branco, sépia, retrabalhadas, três imagens da mesma mulher. Sarah Berg. É a primeira vez que Sophie a vê. A semelhança com Frantz é estarrecedora, os olhos, a boca... Em duas das imagens, ela ainda é jovem, com cerca de 30 anos de idade. Bonita. Muito bonita até. Na terceira, deve ser mais perto do fim. Está sentada num banco, com um olhar perdido, diante de um salgueiro-chorão que goteja sobre a grama. O seu rosto está apático.

Sophie assoa o nariz, senta-se à mesa, abre o laptop que se encontra ali e o inicia. Alguns segundos mais tarde, aparece a janela para digitar a senha de acesso. Sophie confere quantas horas são, impõe a si mesma um limite de quarenta e cinco minutos e começa pelo óbvio: sophie, sarah, mamãe, jonas, auverney, catherine...

Quarenta e cinco minutos mais tarde, tem que desistir.

Cuidadosamente, ela fecha o computador e mexe nas gavetas. Encontra um monte de objetos seus, às vezes, os mesmos que figuram nas fotos pregadas na parede. Ainda sobra um pouco do tempo que tinha planejado ficar ali. Na hora de partir, ela abre um caderno quadriculado e começa a ler:

3 DE MAIO DE 2000

Acabo de vê-la pela primeira vez. Ela se chama Sophie, estava saindo de casa e só pude ver sua silhueta. Ela é, visivelmente, uma mulher apressada, entrou no carro e foi logo arrancando, a ponto de eu mal poder segui-la de moto.

CONFIDENCIAL

Dra. Catherine Auverney
Clínica Armand-Brussières
ao
Dr. Sylvain Lesgle
Diretor da clínica Armand-Brussières

Balanço clínico

<u>Paciente</u>: Sarah Berg, sobrenome de solteira: Weiss
<u>Endereço</u>: (consultar arquivo adm.)
<u>Nascimento</u>: 22 de julho de 1944, em Paris (11º *arrondissement*)
<u>Profissão</u>: sem profissão

Falecimento: 4 de junho de 1989, em Meudon (CEP do departamento: 92)

Sra. Sarah Berg foi tratada pela primeira vez em setembro de 1982 (hospital Pasteur). Seu arquivo não nos foi comunicado. Somente nos foi informado que, diante da insistência do esposo, Jonas Berg, mas também com o consentimento da paciente, essa hospitalização foi determinada pelo clínico geral que a acompanhava. Naquele momento, o tratamento parece ter se dado por um curto prazo, somente enquanto atendimento de urgência, sem que sua internação se prolongasse.

Sra. Sarah Berg foi tratada uma segunda vez em 1985, pelo Dr. Roudier (clínica du Parc). A paciente sofria então de sintomas mais sérios de uma depressão crônica cujas primeiras manifestações eram extremamente antigas, remontando a meados dos anos 60. A hospitalização, resultante de uma tentativa de suicídio (TS) com barbitúricos, durou do dia 11 de março ao 26 de outubro.

Comecei a tratar de Sarah Berg em junho de 1987, em sua terceira hospitalização (concluída em 24 de fevereiro de 1988). Mais tarde, eu viria a saber que a TS que justificava tal internação já havia conhecido, pelo menos, dois precedentes entre 1985 e 1987. O modus operandi dessas TSs, essencialmente medicamentosas, podia ser considerado na época como estável. O estado da paciente demandava, assim, um tratamento intenso, o único capaz de combater com eficácia novas passagens ao ato suicida. Consequência do tratamento: foi necessário esperar até o fim de julho de 1987 para que se pudesse realmente entrar em contato direto com a paciente.

Chegando a esse ponto, Sarah Berg, com 43 anos, revelou-se uma mulher dotada de uma inteligência viva, dispondo de um vocabulário rico, se não complexo, e de uma inegável capacidade de elaboração e de reação. Sua vida, evidentemente, foi marcada pelo fato de, pouco após seu nascimento, os pais terem sido deportados para o campo de concentração de Dachau, de onde jamais retornaram. As primeiras manifestações depressivas de caráter delirante, sem dúvida muito precoces, pareciam articular um forte sentimento de culpa – comum em casos que assim se configuram – com uma vigorosa hemorragia narcísica. Durante suas sessões, Sarah sempre evocava os pais e frequentemente se perguntava sobre a justificativa histórica do desaparecimento dos mesmos (por que eles?). Essa pergunta mascarava, evidentemente, uma dimensão física mais arcaica, ligada à perda do amor do outro e à perda da autoestima. É preciso frisar que Sarah era um ser extremamente comovente, a ponto de, às vezes, aparentar ser capaz de desarmar qualquer indivíduo com a sinceridade transbordante com a qual aceita, ao extremo, o autoquestionamento. Por vários momentos, perturbada, quando evocava a retenção dos pais, em sua recusa do luto – adiado por uma atividade transbordante e secreta de pesquisa junto a sobreviventes... –, Sarah se revelou um ser com uma sensibilidade dolorosa, ao mesmo tempo ingênua e lúcida. O princípio neurótico no qual se insere sua infância articula o sentimento de culpa da sobrevivente com o sentimento de indignidade encontrado em muitos órfãos, que, inconscientemente, interpretam a "partida" dos pais como a prova de que estes os consideravam como crianças desinteressantes.

Não descartamos, como um fator comum ao conjunto de nossa análise, que fatores genéticos, os quais escapam às nossas investigações, podem ter tido influência sobre a doença de Sarah Berg. Aconselhamos, evidentemente, que sejam cuidadosamente observados os descendentes diretos da paciente, em quem devemos temer o aparecimento de sintomas depressivos marcados por fixações mórbidas. [...]

Frantz voltou no meio da madrugada. Sophie acordou com o barulho da porta e mergulhou naquele sono falso que domina tão bem. Pelo barulho dos seus passos no apartamento, pela maneira de fechar a porta da geladeira, ela compreendeu que ele estava muito agitado. Ele, que normalmente é tão calmo... Ela distinguiu sua sombra na porta do quarto. Aí ele se aproximou e se ajoelhou. Acariciou seus cabelos. Parecia pensativo. Em vez de se deitar, embora já fosse tarde da noite, retornou à sala, seguiu para a cozinha. Ela teve a impressão de ouvir barulho de papel, como se ele abrisse um envelope. Depois, mais nada. Ele não voltou mais para a cama. Ela o encontrou pela manhã, sentado na cozinha, com um olhar perdido. Estava, de novo, terrivelmente semelhante à imagem de Sarah, mas mais desesperado, como se tivesse envelhecido dez anos, de uma hora para a outra. Ele simplesmente ergueu os olhos para ela, como se estivesse olhando através do seu corpo.

– Você está passando mal? – perguntou Sophie.

Ela ficou parada, fechou o roupão. Frantz não respondeu. Eles passaram um bom tempo assim. Sophie teve uma sensação estranha, de que esse silêncio, tão novo, tão inesperado, era a primeira comunicação real entre eles desde que se conheceram. Mas ela não saberia dizer por quê. A luz do dia entrava pela janela da cozinha e caía em cheio sobre os pés de Frantz.

– Você saiu? – perguntou Sophie.

Ele olhou para os pés sujos de lama como se eles não lhe pertencessem.

– Sim... Quer dizer, não...

Alguma coisa estava errada, sem sombra de dúvida. Ela se aproximou e se forçou a passar a mão na nuca de Frantz. Tocá-lo foi repulsivo, mas ela se controlou. Pôs a água para ferver.

– Quer um chá?

– Não... Quer dizer, sim...

Tem algo curioso no ar. Parecia que a noite tinha acabado para ela, enquanto que, para ele, estava só começando.

Ele está com o rosto extremamente pálido. Diz simplesmente: "Estou me sentindo acabado". Faz dois dias que não se alimenta direito. Ela lhe aconselha laticínios: ele come três iogurtes que ela prepara com todo o cuidado para ele, bebe chá. Aí fica lá, à mesa, olhando para a toalha impermeável. Ruminando. Para ela, isso dá um pouco de medo, essa cara sombria. Ele passa um bom tempo assim, perdido nos seus pensamentos. Então, simplesmente, começa a chorar. Sem nenhuma manifestação de tristeza no rosto, as lágrimas escorrem e caem na toalha impermeável. Faz dois dias.

Sem muito jeito, ele enxuga os olhos e diz: "Estou doente", com uma voz tremida, fraca.

– Deve ser gripe... – responde Sophie.

O tipo de frase idiota, que atribui as lágrimas a uma gripe. Mas é tão inesperado isso, ele chorando...

– Deite um pouco – retoma ela –, vou preparar algo quente pra você beber.

Ele murmura alguma coisa como: "Sim, vai fazer bem...", mas ela não sabe se entendeu direito. Tem algo estranho no ar. Ele se levanta, dá meia-volta, entra no quarto e se deita vestido. Ela prepara o chá. Uma oportunidade perfeita. Ela confere se ele ainda está deitado, aí abre o conduto de lixo...

Ela não sorri, mas está sentindo um alívio profundo. Acabou de virar o tabuleiro. Contou com a sorte, mas essa ajuda é o mínimo que merece. No primeiro momento de fraqueza, ela estava pronta para tomar o comando da situação. A partir de agora, ela promete para si mesma que não vai mais dar descanso para ele. Só depois de morto.

Quando ela entra no quarto, ele lhe lança um olhar de estranhamento, como se reconhecesse nela alguém por quem não estivesse esperando, como se fosse dizer alguma coisa muito grave. Mas, nada. Fica calado. E se apoia nos cotovelos.

– Você devia tirar a roupa... – diz ela com cara de atarefada.

Ela empilha os travesseiros, ajeita os lençóis. Frantz se levanta, tira a roupa, lentamente. Parece muito abatido. Ela sorri: "Parece até que você já está dormindo...". Antes de se deitar, ele toma o chá que ela preparou. "Vai te ajudar a dormir um pouco...". Frantz dá os primeiros goles e diz: "Eu sei...".

[...] Sarah Weiss se casa em 1964 com Jonas Berg, nascido em 1933, onze anos mais velho que ela. Essa escolha confirma a procura por uma figura parental simbólica destinada a, tanto quanto possível, compensar a ausência parental direta. Jonas Berg é um homem muito ativo, imaginativo, trabalhador, e um homem de negócios extremamente intuitivo. Agarrando com as duas mãos a oportunidade econômica oferecida pelos "Trinta Gloriosos" (1945-1975), Jonas Berg criou, em 1959, a primeira rede de supermercados da França. Quinze anos mais tarde, transformada em uma rede de franquias, a empresa somaria cerca de quatrocentas e trinta lojas, o que garantiu à família uma prosperidade que, graças à prudência do fundador, seria mantida durante a crise econômica dos anos 1970, ou até mesmo intensificada, principalmente pela aquisição de imóveis de aluguel. Seu falecimento ocorreria em 1999.
Jonas Berg, por sua firmeza e pelos sentimentos sinceros que tem pela esposa, será um inalienável porto seguro para ela. Parece que os primeiros anos do casal foram marcados por um agravamento – um pouco implícito no início, mas mais evidente no decorrer do tempo – dos sintomas depressivos de Sarah, que progressivamente se orientam para uma dimensão realmente melancólica.
Em fevereiro de 1973, Sarah fica grávida pela primeira vez. O jovem casal acolhe o acontecimento com uma imensa alegria. Enquanto Jonas Berg sonha, secretamente, sem dúvida, em ter um filho, Sarah espera pela vinda de uma menina (obviamente destinada a se tornar "o objeto ideal de reparação" e o paliativo que lhe possibilite reprimir a falha narcísica original). Essa hipótese é confirmada pela felicidade excepcional do casal ao longo dos primeiros meses de gravidez e pelo desaparecimento quase completo dos sintomas depressivos de Sarah.
O segundo acontecimento decisivo na vida de Sarah (depois da partida dos pais) ocorre em junho de 1973, quando ela dá à luz, prematuramente, um bebê do sexo feminino, natimorto. A reabertura da chaga lhe causará danos que sua segunda gravidez tornará irreparáveis. [...]

Quando tinha certeza de que ele estava dormindo, Sophie desceu ao porão; em seguida, subiu com o caderno que lhe servia de diário. Acendeu um cigarro, colocou o caderno sobre a mesa e começou a leitura. Logo nas primeiras palavras, tudo está ali, muito bem colocado, mais ou menos como ela havia imaginado. A cada página, seu ódio vai se reforçando, até se transformar num bolo na barriga. As palavras do caderno de Frantz reverberam como um eco das fotos com as quais recobriu as paredes do porão. Depois dos retratos, os nomes vêm desfilar: Vincent e Valérie primeiro... De vez em quando, Sophie ergue os olhos para a janela, apaga o cigarro, acende outro. Nesse momento, seu ódio por Frantz é tamanho que, se ele viesse a se levantar, ela poderia enfiar uma faca na sua barriga sem sequer piscar. Poderia apunhalá-lo enquanto dorme, seria tão fácil. Mas é justamente porque o odeia tanto que ela não faz isso. São várias as opções que se apresentam. E ela ainda não fez uma escolha.

Sophie pegou um cobertor no armário e foi dormir no sofá da sala.

Frantz se desperta após umas doze horas de sono, mas é como se ainda estivesse dormindo. Seus movimentos são lentos, o rosto extremamente pálido. Ele olha para o sofá, onde Sophie deixou o cobertor. Não diz nada. Olha para ela.

– Você está com fome? – pergunta ela. – Quer chamar um médico?

Ele faz um "não" com a cabeça, mas ela não sabe se ele se refere à fome ou ao médico. Talvez aos dois.

– Se for gripe, vai passar – diz ele com uma voz neutra.

Ele se senta, ou melhor, desaba numa cadeira diante dela. Ele coloca as mãos na sua frente, como se fossem objetos.

– Você tem que tomar alguma coisa – diz Sophie.

Frantz faz um sinal como quem diz que é ela que resolve. E diz: "É você que resolve...".

Ela se levanta, vai à cozinha, põe uma refeição congelada no micro-ondas, acende um cigarro e espera até ficar pronta a comida.

Ele não fuma e, geralmente, a fumaça o incomoda, mas está tão fraco que sequer parece notar que ela está fumando, e apagando as pontas na louça do café da manhã. Logo ele, tão metódico normalmente.

Frantz está de costas para a cozinha. Quando a comida fica pronta, ela serve metade num prato. Verifica rapidamente se Frantz ainda está na mesma posição e mistura o sonífero no molho de tomate.

Frantz experimenta e ergue os olhos para ela, que sente um certo mal-estar com aquele silêncio.

– Está bom – ele diz, finalmente.

Ele experimenta a massa, espera uns segundos, experimenta o molho.

– Tem pão? – pergunta ele.

Ela se levanta de novo e lhe traz um saco de pão de forma industrializado. Ele passa o pão no molho. Come o pão sem vontade, mecanicamente, conscienciosamente, até o fim.

– O que você está sentindo, exatamente? – pergunta Sophie. – Está doendo em algum lugar?

Ele aponta para o peito com um gesto não muito claro. Seus olhos estão inchados.

– Uma bebida quente vai fazer bem...

Ela se levanta, prepara um chá. Quando volta, repara que ele está com os olhos lacrimejando novamente. Ele bebe o chá bem devagar, mas logo o deixa de lado, larga a xícara na mesa e se põe de pé com dificuldade. Passa no banheiro e depois volta para a cama. Encostada no umbral da porta, ela olha para ele se deitando. Devem ser umas 15 horas.

– Vou fazer umas compras... – ela arrisca.

Ele nunca permite que ela saia. Mas, dessa vez, Frantz abre os olhos, olha para ela, aí parece ter o corpo todo tomado de torpor. É só o tempo de Sophie se vestir e ele já caiu num sono profundo.

[...] De fato, Sarah fica grávida uma segunda vez, em fevereiro de 1974. Evidentemente, com a configuração profundamente

depressiva na qual se insere na época, essa gravidez ressoa fortemente no plano simbólico, tendo a concepção se dado um ano após a precedente, praticamente na mesma data. Sarah se encontra então sujeita a temores de caráter místico ("essa criança que está vindo 'matou' a anterior para poder existir"), em seguida a angústias autoacusatórias (matou sua filha assim como também já tinha matado sua mãe) e, por fim, a manifestações de indignidade (ela se vê como uma "mãe impossível", certamente incapaz de dar vida a alguém).

Essa gravidez, que será ao mesmo tempo um calvário para o casal e um martírio para Sarah, está rodeada de inumeráveis incidentes, e a terapia, obviamente, não revelará senão alguns de seus aspectos. Sarah, por várias vezes e longe dos olhos do marido, tenta provocar um aborto. Podemos medir a imperiosa necessidade física de abortar através da violência dos métodos aos quais Sarah recorre na época... Esse período é igualmente marcado por duas TSs, manifestações mais que evidentes de recusa à gravidez por parte da paciente, a qual vê cada vez mais próximo o nascimento da criança – que, para ela, será um menino, com certeza – e concebe esse filho como um intruso, um "estranho a ela", pouco a pouco revestido de um aspecto abertamente malévolo, cruel, até mesmo diabólico. Milagrosamente, essa gravidez chega a seu termo no dia 13 de agosto de 1974, com o nascimento de um menino chamado Frantz.

Objeto simbólico de substituição, rapidamente a criança virá a jogar o luto parental a segundo plano e se tornar o único foco de toda a agressividade de Sarah, potencializando essa agressividade e a levando a formas odiosas que serão frequentes e manifestas. A primeira dessas manifestações tomará a forma de um altar que, durante os primeiros meses de vida do filho, Sarah montará em memória à filha, ao bebê natimorto. O caráter místico e oculto das "missas negras" – às quais ela nos confessará ter se consagrado na época, em segredo – demonstra o aspecto metafórico de seu desejo inconsciente: ela pede, como nos confessou, à sua "filha morta que está no céu" que lance o filho vivo "nas chamas do inferno". [...]

Pela primeira vez há semanas, Sophie desce para fazer as compras. Antes de sair, deu uma olhada no espelho e se achou de uma feiura imensa, mas sentiu prazer quando estava caminhando na rua. Sentiu-se livre. Poderia ir embora. É o que vai fazer quando tudo estiver em ordem, é o que disse para si mesma. Subiu de volta com uma sacola cheia de comida, o suficiente para vários dias. Mas, intuitivamente, sabe que não vai precisar de tanto.

Ele dorme. Sophie está sentada numa cadeira ao lado da cama e o observa. Ela não está lendo, não fala nada, não se mexe. A situação foi invertida. Sophie não consegue acreditar. Então era para ser tão simples assim? Por que agora? Por que, de repente, Frantz foi ao chão desse jeito? Parece estar em pedaços. Está sonhando, agitado. Ela olha para ele como para um inseto. Ele chora enquanto sonha. Ela o odeia tanto que às vezes não sente mais nada. Aí Frantz se torna algo como uma ideia. Um conceito. Ela vai matá-lo. Ela o está matando.
No exato instante em que ela pensa: "Eu o estou matando", inexplicavelmente, Frantz abre os olhos, como se fosse ligado por um interruptor. Ele tem os olhos fixos em Sophie. Como é que pode acordar depois de tudo o que ela lhe deu? Ela deve ter se enganado... Ele estende a mão e agarra firme seu pulso. Ela recua na cadeira. Ele está olhando fixamente para ela e a segura, ainda sem nenhuma palavra, até que diz: "Você está aqui?". Ela engole em seco. "Sim", ela murmura. Como se se tratasse de um simples parênteses no sonho, ele volta a fechar os olhos. Não dorme, chora. Os olhos continuam cerrados, mas as lágrimas escorrem até o pescoço. Sophie ainda espera um pouco. Frantz se vira para a parede, nervosamente. Seus ombros balançam com os soluços. Alguns minutos mais tarde, sua respiração se desacelera. Ele começa a roncar baixinho.
Ela se levanta, vai se sentar novamente na cozinha e reabre o caderno.

A assustadora chave de todos os mistérios. O caderno de Frantz descreve em detalhes o quarto que alugava em frente ao apartamento onde moravam ela e Vincent. Cada página é uma violação, cada frase uma humilhação, cada palavra uma crueldade. Tudo o que ela perdeu está ali, diante dela, tudo o que lhe foi roubado, toda sua vida, seus amores, sua juventude... Ela se levanta e vai olhar Frantz dormir. Ela fuma sobre ele. Só matou uma única vez, um chefe de fast-food, ela se lembra sem medo nem remorso. E isso não é nada ainda. Esse homem dormindo nessa cama, quando ela o matar...

Aparecem no diário de Frantz os traços fortes de Andrée. Algumas páginas adiante, a mãe de Vincent voa pelas escadas de casa e se estatela lá embaixo, enquanto Sophie está num sono profundo, próximo a um coma. Morte imediata... Andrée é empurrada da janela... Até então, Sophie tinha medo da sua vida. Mas não fazia ideia dos horrores que os sombrios bastidores da sua existência podiam revelar. É de perder o fôlego. Sophie fecha o caderno mais uma vez.

[...] É sem dúvida graças ao sangue-frio de Jonas, à sua resistência física e psíquica e à posição indubitavelmente positiva que ocupa na vida de sua esposa que o ódio de Sarah por seu filho jamais acarretou um acidente médico-legal. Devemos, no entanto, mencionar que, nesse momento, a criança está sujeita a discretos maus-tratos por parte de sua mãe: ela evoca principalmente beliscões, cascudos, torção de membros, queimaduras, etc., que ela sempre tenta fazer com que não deem na vista. Sarah explica então que precisa lutar contra si mesma, até suas forças se esgotarem, para não matar essa criança na qual agora se condensa todo seu rancor em relação à vida.

O lugar do pai, como dizíamos, vai sem dúvida se constituir na única proteção para esse filho, possibilitando que este sobreviva a uma mãe, em potencial, infanticida. O olhar do pai levará Sarah a desenvolver um comportamento esquizoide: de fato, à custa de uma enorme energia psíquica, ela consegue representar um duplo papel: passar a imagem de uma mãe amorosa e atenciosa com uma criança para a qual, em segredo, ela deseja a morte. Esse desejo secreto se manifesta em um grande número de sonhos nos quais, por exemplo, a criança está condenada a localizar os avós

e ficar no lugar deles no campo de concentração de Dachau. Em outras elaborações oníricas, o garotinho é castrado, estripado, até mesmo crucificado, ou morre afogado, queimado ou atropelado, geralmente vítima de sofrimentos atrozes que têm sobre a mãe um efeito de reconforto e, em suma, de libertação.
O disfarce de Sarah Berg, tanto para seu entorno quanto para a própria criança, demanda dela uma atenção ininterrupta. Cabe pensar que o fato de prestar tanta atenção em si mesma para mascarar, para esconder, para reprimir o ódio que tem pelo filho, é que acabará sugando sua energia psíquica, até precipitá-la nas fases efetivamente depressivas dos anos 80.
Paradoxalmente, é até mesmo seu próprio filho que, do estado de vítima (ignorante), passará àquele de algoz (involuntário), já que sua existência será, em si, e independentemente de seu comportamento, o real agente desencadeador da morte de sua mãe. [...]

Vinte horas mais tarde, Frantz se levanta. Seus olhos estão inchados, chorou muito enquanto dormia. Aparece na porta do quarto enquanto Sophie está fumando na janela, olhando para o céu. Dada a quantidade de soníferos que ingeriu, o percurso tomado só pode advir de muita vontade. Definitivamente, foi liquidado por Sophie. Ela, no decurso das últimas vinte e quatro horas, venceu a corrida molecular em que disputaram um contra o outro. "Você é realmente um herói", diz Sophie, friamente, enquanto Frantz titubeia pelo corredor em busca do banheiro. Ele caminha tremendo, seu corpo é percorrido por calafrios dos pés à cabeça. Apunhalá-lo ali, assim, seria uma simples formalidade... Ela vai até o banheiro e olha para ele, sentado no vaso. Está tão fraco que, para esmagar sua cabeça, com o que quer que seja, seria tão fácil... Ela fuma e olha para ele, com um olhar grave. Ele levanta os olhos para ela.

– Você está chorando – constata ela, dando um trago no cigarro.

Ele responde com um sorriso amarelo, aí se levanta apoiando-se nas paredes. Suas pernas, bambeando, atravessam a sala em direção ao quarto. Eles se cruzam de novo na porta do quarto. Ele ergue a cabeça um pouco hesitante, segurando no umbral da porta. Ele mira essa mulher, esse seu olhar glacial, e hesita. Aí baixa a cabeça e, sem falar uma única palavra, deita na cama, de braços abertos. Fecha os olhos.

Sophie volta para a cozinha e pega o diário de Frantz novamente, que ela havia guardado na primeira gaveta do armário. Retoma a leitura. Ela revive na mente o acidente de Vincent, sua morte... Agora sabe como Frantz se infiltrou na clínica, como, depois da hora da refeição, foi buscar Vincent, como, empurrando sua cadeira de rodas, contornou a sala dos enfermeiros, como empurrou a porta de segurança que dá para a escadaria principal. Sophie imagina, numa fração de segundo, o rosto aterrorizado de Vincent, ela sente na carne sua impotência. E, nesse momento, de súbito, ela decide que não interessa mais o que está escrito no resto desse diário. Ela fecha o caderno, levanta, escancara a janela: ela está viva.

E está pronta.

Frantz dorme novamente, por umas seis horas. Agora são mais de trinta horas sem comer nem beber nada, num sono comatoso. Sophie chega a pensar que ele vai morrer ali mesmo, desse jeito. De alguma reação retardada aos remédios. De overdose. Ingeriu doses que já o teriam matado se ele não fosse tão forte. Ele teve vários pesadelos e Sophie ouviu seu choro enquanto dormia. Ela dormiu no sofá. Também abriu uma garrafa de vinho. Desceu para comprar mais cigarros e algumas outras coisas. Quando voltou, Frantz estava sentado na cama e sua cabeça, pesada demais para ele, oscilava de um lado para o outro. Sophie olha e sorri para ele.

– Olha só quem já está pronto... – diz ela.

Ele responde com um sorriso amarelo, mas não consegue abrir os olhos. Ela se aproxima. Mal encosta a mão nele e é como se lhe tivesse dado um forte empurrão com o ombro. Ele se segura na cama e chega a se manter sentado, embora o corpo inteiro fique vacilando em busca de um equilíbrio menos instável.

– Você está prontinho... – diz ela.

Ela coloca a mão no seu peito e faz com que ele ceda à pressão sem nenhuma dificuldade. Ele se deita. Sophie sai do apartamento carregando um grande saco de lixo verde.

Chegou ao fim. Agora faz gestos calmos, simples, decididos. Uma parte da sua vida está encerrada. Por uma última vez, ela olha as fotos e, uma por uma, as desprega e joga num saco. Leva quase uma hora para cumprir a tarefa. Às vezes para e observa uma ou outra, mas elas não lhe fazem mais o mal que lhe fizeram na primeira vez. É como um álbum de fotos normal, no qual ela reencontrasse, sem procurar, imagens um pouco esquecidas da sua vida. Ali, Laure Dufresne rindo. Sophie se lembra do seu rosto duro, da sua cara fechada quando lhe mostrou as cartas anônimas que Frantz tinha enviado. Seria tão bom restaurar a verdade, reparar os danos, limpar-se de tudo isso, mas essa vida já passou. Sophie está cansada. Aliviada e distante. Aqui, Valérie, de braços dados com Sophie, lhe dizendo alguma coisa ao pé do ouvido, com um sorriso levado. Sophie tinha se esquecido de como era o rosto de Andrée. Antes de tudo isso, essa moça não fazia tanta diferença na sua vida. Nessa foto, ela a vê como uma pessoa simples e sincera. Tenta não imaginar seu corpo voando pela janela do apartamento. Em seguida, Sophie não para muito mais. Num segundo saco de lixo, junta todos os objetos. Reencontrá-los a deixa ainda mais atordoada que as fotos: relógio, bolsa, chaves, caderneta, agenda... E, quando tudo está embalado, ela pega o laptop, o último saco. Primeiro, joga o computador na grande lixeira verde do prédio e amontoa o saco de objetos em cima. Depois, volta ao porão, tranca a porta e sobe ao apartamento com o saco de papéis.

Frantz continua dormindo, mas parece ter um pé aqui e outro lá. Sophie coloca uma panela grande no chão da varanda e começa pelo diário, arrancando as folhas por punhados e as queimando ali dentro. Depois é a vez das fotos. Às vezes o fogo fica forte demais, ela recua e tem que esperar antes de retomar o trabalho. Então, pensativa, fuma um cigarro enquanto vê as imagens se retorcendo nas chamas.

No final, ela limpa razoavelmente bem a panela e guarda-a no lugar. Toma uma chuveirada e começa a preparar sua bolsa de viagem. Não vai levar muita coisa. Somente o essencial. Agora, tudo deve ser deixado para trás.

> [...] *Prostração, fixidez no olhar, expressões de tristeza, de temor e às vezes de terror, dificuldades de elaboração, fatalismo diante da morte, convicção de culpa, pensamentos místicos, demanda por punição, são estas algumas das figuras que compõem o quadro clínico de Sarah em 1989, quando é novamente hospitalizada. Felizmente, a confiança instaurada entre nós, Sarah e eu, durante sua internação precedente, favorece o clima positivo do qual podemos aproveitar ao máximo para alcançar nosso objetivo primordial, que é amenizar suas manifestações de aversão, de repulsa e de execração, desenvolvidas em segredo em relação ao filho. Tais manifestações se tornaram ainda mais exaustivas por ela ter sempre conseguido disfarçá-las com bastante eficiência, pelo menos até a TS que a levou a ser novamente acompanhada. Nessa época, já faz mais de quinze anos que reprime, sob a imagem de uma mãe aparentemente amorosa, uma abominação então visceral e desejos de morte em relação ao filho.* [...]

Sophie deixou a bolsa de viagem perto da porta de entrada. Como depois da estadia num quarto de hotel, ela dá uma volta no apartamento, verifica isso, guarda aquilo, ajeita as almofadas no sofá, passa um pano mais uma vez na horrível toalha de mesa impermeável, guarda o resto da louça. Aí abre o armário, tira uma caixa e a coloca sobre a mesa da sala. De dentro de sua bolsa de viagem, pega um frasco cheio de cápsulas azul-claras. Da caixa aberta, tira o vestido de noiva de Sarah, vai para perto de Frantz, que ainda se encontra num sono profundo, e começa a despi-lo. Difícil tarefa, um corpo pesado desses, quase como o corpo de um morto. Ela é obrigada a rolá-lo de um lado para o outro, várias vezes. Finalmente está nu como um verme. Ela levanta suas pernas, uma por uma, e passa-as dentro do vestido, roda-o novamente e sobe o vestido à altura do quadril. Daí em diante fica mais difícil, o corpo de Frantz é grande demais para entrar no vestido até os ombros.

– Tudo bem – fala Sophie com um sorriso no rosto –, sem problema.

Acaba levando mais de vinte minutos para atingir um resultado satisfatório. Precisou desfazer as costuras laterais, dos dois lados.

– Viu – ela murmura –, não falei que não tinha problema?

Ela toma uma distância para ver o efeito que causa. Frantz, mais coberto por ele do que realmente trajando esse vestido de noiva desgastado, está sentado na cama, com as costas contra a parede, com a cabeça pendendo para o lado, inconsciente. Os pelos do seu peito saem pelo decote arredondado. Causa um efeito surpreendente e absolutamente patético.

Sophie acende um último cigarro e se encosta ao umbral da porta.

– Você ficou tão bonito assim – diz ela sorrindo. – Dá até vontade de tirar umas fotos, mas...

É hora de acabar com isso. Ela vai buscar um copo e uma garrafa de água, pega os comprimidos de barbitúrico e, de dois em dois, três em três às vezes, os põe na boca de Frantz e o faz beber a água.

– Ajuda a descer...

Frantz tosse, de vez em quando regurgita, mas sempre acaba engolindo. Sophie lhe dá doze vezes a dose letal.

– Leva tempo, mas vale a pena.

No final, a cama está bastante molhada, mas Frantz engoliu todos os comprimidos. Sophie toma distância. Olha para a obra e a acha literalmente felliniana.

– Falta um último toque...

Vai até sua bolsa de viagem, apanha um batom e retorna.

– Verdade que não é a cor que combina mais, mas, fazer o quê...

Com afinco, ela desenha os lábios de Frantz. Deixa passar demais em cima, embaixo, dos lados. Toma distância para ver o efeito que causa: uma cara de palhaço, adormecido, dentro de um vestido de noiva.

– Perfeito.

Frantz resmunga, tenta abrir os olhos e, com muito custo, consegue. Quer articular alguma palavra, mas logo desiste. Começa a fazer uns gestos nervosos, aí desaba.

Sophie vira a cara, apanha a bolsa de viagem e abre a porta do apartamento.

> *[...] Durante as sessões de terapia, o discurso de Sarah se foca justamente na pessoa de seu filho: o físico do menino, seu espírito, suas maneiras, seu vocabulário, seus gostos... tudo é motivo de repulsão para ela. Assim, torna-se necessária uma longa preparação antes das visitas de seu filho na clínica, preparação que conta com a compreensão e a ajuda do pai, bastante marcado pelas provações dos últimos anos.*
>
> *Devemos, aliás, ressaltar que é uma das visitas do filho que terá o papel de agente desencadeador do suicídio da mãe no dia 4 de junho de 1989. No decurso dos dias precedentes, ela expressa, em vários momentos, seu desejo de "não estar mais na presença do [seu] filho". Ela se declara fisicamente incapaz de continuar, mesmo que seja por mais um único segundo, representando essa pavorosa farsa. Somente uma separação definitiva, explica ela, talvez possibilite que ela sobreviva. A pressão involuntária da instituição, o sentimento de culpa, a insistência de Jonas Berg, esses são os fatores que fazem com que ela, apesar de tudo, aceite que o filho venha visitá-la. No entanto, passando por uma fase crítica em que ela volta toda a agressividade para si mesma, logo que seu filho deixa o quarto, Sarah coloca uma vez mais seu vestido de noiva (homenagem simbólica ao marido, com o apoio do qual sempre pôde contar) e se defenestra do quinto andar.*
>
> *O relatório policial, datado de 4 de junho de 1989, redigido às 14h53 por J. Belleville, da guarda de Meudon, pode ser consultado no arquivo administrativo de Sarah Berg pelo número de referência: JB-GM 1807.*
>
> *Dra. Catherine Auverney*

Sophie percebe que, por muito tempo, sequer pensou em como o tempo estava. E o tempo está bom. Ela passa a porta de vidro do prédio e para por um instante diante da escadaria de entrada. Basta descer cinco degraus e estará em sua nova vida. Esta vai ser a última. Deixa a bolsa entre os pés, acende um cigarro, mas logo desiste, pisa nele. À sua frente, trinta metros de asfalto e, um pouco mais adiante, o estacionamento. Ela olha para o céu, apanha a bolsa, desce os degraus e se afasta do imóvel. Seu coração bate apressado. Ela respira com dificuldade, como após um acidente que foi evitado por um triz.

Caminha uns dez metros e, de repente, escuta seu nome, distante, vindo do alto.

– Sophie!

Na janela do quinto andar, lá está Frantz, vestido de noiva, de pé na varanda, bem no alto. Ele passou por cima da grade, está suspenso por sobre o vazio, segurando no parapeito com a mão esquerda.

Ele oscila, vacila. Olha para ela. Diz mais baixo:

– Sophie...

Aí se atira com uma determinação incrível, como um mergulhador. Seus braços se abrem num gesto largo e, sem um só grito, seu corpo se estatela aos pés de Sophie. Faz um barulho pavoroso, sinistro.

FATOS DIVERSOS

Antes de ontem, um homem de 31 anos, Frantz Berg, se jogou do quinto andar do condomínio des Petits-Champs, onde morava. Teve morte imediata.

Antes de se matar, ele havia colocado o vestido de noiva que pertenceu à sua mãe, que, curiosamente, havia encontrado a morte em condições bastante similares em 1989.

Sofrendo de uma depressão crônica, ele se jogou da janela sob o olhar de sua jovem esposa, enquanto esta saía para passar o fim de semana na casa do pai.

A autópsia revelou que ele havia ingerido soníferos e uma enorme quantidade de barbitúricos, cuja origem é ignorada.

Sua esposa, Marianne Berg, Marianne Leblanc antes do casamento, com 30 anos de idade, torna-se a herdeira da fortuna da família Berg. Seu marido era ninguém mais, ninguém menos que o filho de Jonas Berg, o fundador da rede de supermercados Point Fixe. O jovem havia vendido a empresa para uma multinacional poucos anos mais cedo.
S. T.

souris_verte@msn.fr – Você está conectado.
grand_manitou@neuville.fr – Você está conectado.
– Papai?
– Minha "souris verte"... Então, fez sua escolha...
– Sim, tive que resolver rápido, mas não me arrependo: vou continuar sendo Marianne Berg. Assim evito papelada, explicações, justificativas, imprensa. Fico com o dinheiro. Vou fazer uma vida novinha em folha pra mim.
– Bom... Você é quem manda agora...
– Sim...
– Quando é que te vejo?
– Estou terminando as formalidades, mais um ou dois dias. Aí a gente se encontra na Normandia, como o combinado?
– Sim. Vou passar por Bordeaux, como tinha te explicado, é o mais seguro. Ter uma filha oficialmente desaparecida me obriga a ter um jogo de cintura que, na minha idade...
– Na sua idade, na sua idade... Até parece que você está velho desse jeito...
– Nem vem com essa de ficar me agradando...
– Bom, isso aí já tá feito.
– Verdade...
– Papai, só uma coisa...!
– Sim?
– Os arquivos da mamãe... Só tinha aquilo que você me passou?
– Sim. Mas... eu já te expliquei isso tudo, não?
– Sim. E...?
– E... e... tinha aquela folha de anotação, a "ficha clínica", só. Só o que te dei... Nem sabia que isso estava lá, aliás.

– Certeza?
– ...
– Papai?
– Sim, certeza. E essa ficha, na verdade, nem era pra estar lá: sua mãe veio trabalhar aqui alguns dias antes da sua última hospitalização e, mesmo que ela sempre carregasse sua caixa de fichas pra cima e pra baixo, acabou deixando aqui. Eu devia ter entregado pros seus colegas, mas me esqueci e, depois, nem pensei mais nisso. Até você tocar no assunto de novo...
– Mas... esses arquivos, os VERDADEIROS, os relatórios das sessões, essas coisas todas, onde é que elas foram parar??
– ...
– Onde estão, papai?
– Bom... Depois que sua mãe morreu, suponho que tudo isso ficou nas mãos dos colegas... Nem sei direito qual a cara desses negócios... Por quê?
– Porque, no meio das coisas de Frantz, achei uma coisa meio estranha. Um documento da mamãe...
– ... que tipo de documento?
– É um documento que relata o caso de Sarah Berg. Em detalhes. Bastante curioso. Não são suas anotações de trabalho, é um relatório. Endereçado a Sylvain Lesgle, não sei por que cargas d'água. A data é do final de 1989. Não faço ideia de como Frantz encontrou isso, mas ele deve ter penado quando fazia a leitura disso... ou, pior ainda...!
– ...
– Você realmente não sabe de nada disso, papai?
– Não, nada, mesmo.
– Você nem vai me perguntar o que estava escrito ali?
– Você falou que tratava do caso de Sarah Berg, não é?
– Sei. Na verdade, seria algo muito curioso da parte da mamãe.
– ...?
– Eu o li com MUITA atenção e posso garantir que é tudo, menos profissional. O título é: "Balanço clínico" (você já ouviu isso na sua vida?). Até parece "profi", à primeira vista, e, aliás,

até bem feito, mas, é só olhar direito pra ver que... é uma bobagem atrás da outra...!
– ...?
– Ele relata, presumidamente, o caso de Sarah Berg, mas numa verborragia pseudopsiquiátrica bem bizarra, com palavras e expressões visivelmente tiradas de enciclopédia, ou de obras meio superficiais. Nas partes biográficas, ou a gente acha as mesmas coisas que estão na internet sobre o marido da paciente, ou, por exemplo, coisas tão elementares que qualquer um poderia ter escrito, mesmo sem conhecê-la: bastaria saber de uns dois ou três fatos da sua vida, e isso já seria o suficiente pra escrever essa tagarelice psico-sei-lá-das-quantas...
– Ah...
– É COMPLETAMENTE fantasioso, mas, pra quem não sabe muito do assunto, até que não soa estranho...
– ...
– Pra mim (pode ser que eu esteja enganada!), essa biografia de Sarah Berg é o que há de mais inventado.
– ...
– O que acha, meu querido papai?
– ...
– Não vai falar nada?
– Bom, olha só... Sabe como é... essa linguagem dos psicólogos, isso nunca foi muito a minha praia... O meu negócio é arquitetura, construção civil...
– E daí?
– ...
– Eiiiii!
– E daí que... Olha, "souris verte"... Eu fiz o que pude...
– Ah, papai...!
– Sim, Ok, reconheço: ficou um pouco aproximativo demais...
– Dá pra explicar melhor?
– O pouco que se descobre naquela "ficha clínica" já é o essencial: Frantz deve ter sonhado um tempão em vingar a morte da mãe dele matando a sua. E, como ele foi privado disso, é pra você que ele transferiu todo o ódio.

– Óbvio.
– Achei que a gente podia usar isso pra dar uma alavancada no negócio. Daí que veio a ideia do relatório. Só pra fazer o rapaz fraquejar um pouco... Você precisava de ajuda.
– Mas... como Frantz encontrou isso?
– Você garantiu que ele estava me vigiando, atentamente. Então empilhei umas caixas que, supostamente, continham os arquivos da sua mãe. Aí deixei a porta da garagem aberta o suficiente... Penei pra fazer com que esses arquivos parecessem mais velhos e, na letra B, inseri o documento que eu tinha preparado pra ele. Reconheço que a redação ficou bastante... aproximativa.
– Aproximativa, mas... MUITO eficaz! O tipo de documento pra deprimir qualquer filho, sobretudo se for muito apegado à mãe! E você sabia que ele era!
– Era só uma questão de lógica.
– Não estou acreditando... Você fez isso?
– Eu sei, é de uma maldade...
– Papai...
– E... o que você fez com esse troço? Entregou pra polícia?
– Não, papai. E nem cometi a insensatez de conservá-lo. Eu não sou louca.

Este livro foi composto com tipografia Electra LT Std
em papel Off-White 70 g/m² na gráfica Formato.